緑の家の女

逢坂 剛

角川文庫
20198

目次

緑の家（カサ・ベルデ）の女

1

掲示板に気をとられていたので、入口で人とぶつかりそうになった。

「失礼」

体を引いて相手を見ると、顎の細い三十過ぎの男が、軽く頭を下げた。一昔前の、文学青年ふうの男だった。

先を譲り、会場へはいる後ろ姿を見送る。

体つきはやせているが、かなり上背があった。薄茶のコーデュロイの上着に、焦げ茶のスラックスをはいている。左足の裾が膝で上へ折り返され、留めてあるのが見えた。

男は片方の足がなく、松葉杖をついていた。

わたしは男と反対側の壁の、入口に近い椅子にすわった。

会場はせまく、しかも五分の入りだった。

いくら、映画ファンの数が減ったといっても、これには少々がっかりさせられた。そもそも、《エロール・フリンを見る》というテーマが、もはや今日的とはいいがたいのだ。

わたしは、月一回開かれるこの催しの案内を、映画雑誌『シネマファン』の先月号で見た。土曜の午後で時間があいていたし、会場の御茶ノ水文化センターがわたしの事務所の近くなので、のぞいてみる気になったのだ。

もっとも、それだけが理由ではなかった。

会場で、フリンの作品が上映されるほかに、映画評論家の塩谷正彦が『エロール・フリンとスペイン内戦』と題する講演を行なう、と出ていた。スペイン内戦に関係があるとなれば、見逃すわけにはいかない。

予定時間の午後一時を過ぎても、人数はせいぜい三十人ほどしか集まらなかった。それも大半が、五十代から六十代の人たちだ。おそらく若いころ、エロール・フリンの剣戟映画で育った世代なのだろう。

壁に張られたスクリーンの横に、演壇が置かれている。眼鏡をかけた、五十がらみの小柄な男がそこに立ち、『シネマファン』編集長の大坪と名乗った。簡単に開会の挨拶をすませ、評論家の塩谷正彦を紹介する。

引き続いて大坪は、エロール・フリンの略歴と作品を、駆け足で説明した。会場はしんとして、まるで通夜のような雰囲気だった。

解説が終わると、まず『ロビン・フッドの冒険』が上映された。フィルムの状態が悪く、映画の内容も今の水準からすれば、上出来とは言いがたい。

ところが、上映中しばしば会場に溜め息が満ち、活劇場面になると熱狂的な拍手が来たのには、驚いた。最初の、しんとした雰囲気が嘘のように、会場は大いに盛り上がった。

映画が終わったあと、休憩をはさんで塩谷正彦の講演が始まった。

塩谷はまだ、四十代の後半にみえた。眼鏡をかけているが、声も仕草も若わかしい。杉綾模様のブレザーを着て、ペイズリーのアスコット・タイをしている。

事前に、映画関係の資料を読んできたので、エロール・フリンに関する基礎的な知識は、一応頭にはいっていた。

フリンと、スペイン内戦の関わりについては、あまり詳しいことを知らない。リリアン・ヘルマンの自伝『未完の女』の中に、ちょっとしたエピソードが出てくるのを、読んだことがある程度だ。リリアン・ヘルマンは、米国の有名な劇作家だが、かのダシール・ハメットの愛人としても、知られている。

ヘルマンによると、スペイン内戦が勃発した翌年の一九三七年七月、俳優のフレデリック・マーチの自宅で、ある映画の試写会が行なわれた。それは、『スペインの大地』という内戦の記録映画で、オランダの映画監督ヨリス・イベンスが、ヘミングウェイらの協力を得て、製作したものだった。

この試写会に招かれた客の中に、エロール・フリンがいた。フリンは、内戦中のスペインへ行ってきたという理由で、声をかけられたらしい。ところがその席で、共和国政府を援助するために募金が始まると、フリンはトイレへ行くと称して座をはずし、そのまままいなくなってしまった、という。

どちらにせよ、ハリウッドのスターが内戦中のスペインを訪れた、というのは初耳だったので、わたしは塩谷がどんな話をするのか、楽しみにしていた。

2

塩谷は手元のメモを見ながら、歯切れのいい語り口で話を進めた。ときどき、受けない冗談を言うので座が白けたが、話自体はなかなか面白かった。

それをまとめると、こういうことになる。

エロール・フリンは一九三七年三月、新聞王のウィリアム・R・ハーストから特派員に任命されて、共和国側のスペインへ渡った。医者で親友の、キーツという男が一緒だった。

当時フリンは、妻リリーとのすさんだ生活や、ハリウッドの退屈な映画作りにあきあきしていた。そうした現状から逃げ出すためなら、共和国側だろうと反乱軍側だろうと、極端にいえばどちらでもよかったのだ。

スペインへ渡ったフリンとキーツは、アルヘシーラスの戦線を視察したとき、残酷な出来事を目撃する。

共和国の兵士たちが、一人の司祭を捕虜にして、河にかけられた丸木橋を渡るように命じた。そして、無事に向こう岸にたどり着くことができたら、命は助けてやると約束した。司祭は太っており、丸木橋は細かった。

息詰まるようなゲームが、始まった。でぶの司祭は法衣をたくし上げ、頼りない足取りで丸木橋を、渡って行った。そして、もう少しで渡り切ろうとしたとき、背後の機関銃が火を吹き、司祭の体は蜂の巣にされてしまう。

この事件はフリンに、強いショックを与えたらしい。自分が同情を寄せている共和国が、そのような残酷な仕打ちをするとは、夢にも予想していなかったからである。

その後フリンは、兵士から実戦に参加するようにすすめられ、マシンガンを取って戦線に立つ。しかし映画と現実の間には、大きなギャップがあった。結局、フリンは一発も弾を撃たず、前線から引き上げる。

塩谷は、こうしたエピソードを積み重ねて、フリンのスペインでの体験を、映画そのままの活劇調で物語った。いささか眉唾臭い感じもあったが、フリンのファンにとっては、小気味のいい話だったかもしれない。

講演が終わり、質疑応答にはいった。

わたしは、手を上げて発言した。

「もし差し支えなければ、今のお話の出典を教えていただけませんか」

塩谷は、ちょっと驚いたように、わたしを見た。

「何かご不審な点でもありますか。わたしは作り話をしたつもりはありませんが──」

「そうじゃないんです。たいへん面白いお話でしたので、ぜひオリジナルの資料を読みたい、と思いましてね。わたしは、スペイン内戦の研究をしているものですから」

塩谷は、疑い深い目でわたしを見たが、思い直したように言った。

「今お話ししたのは、エロール・フリンが自伝の中で書いている、エピソードなんです。したがって、出典に疑問の余地はありません。ただ、なかなか見つからない本ですよ」

得意げに胸を張る。

そのとき、後ろの方から声が飛んだ。

「その自伝というのは、一九五九年にアメリカで出版された、《My Wicked, Wicked Ways(不道徳処世術)》という題の本じゃありませんか」

声のした方を振り向くと、例の松葉杖の男が首から上を出し、質問していた。

壇上に目をもどす。

塩谷はちょっと顎を引き、それから残念そうにうなずいた。

「ええ、そうです。ご存じでしたか」

「原書を持ってますのでね。当時だいぶ売れたらしくて、日本にもかなりの数が、出回っているんです。塩谷さんのは、第何版ですか」

塩谷は、ハンカチを出して口元をぬぐった。かすかに顔が赤らむ。

「いや、原書はその、まだ入手しておりません。先日たまたま古書店で、訳書の方を見つけたものですから、それを参考にしてお話し申し上げたようなわけで」

わたしは興味を引かれ、二人を交互に見比べた。

松葉杖の男は、ちらりと冷笑を浮かべた。

「それは筑摩書房の、世界ノンフィクション全集の中にはいっている、『ハリウッドの王子』というやつでしょう。確か二十年以上前に、出版されたものですが」

　塩谷は眼鏡の具合を直し、咳払いをした。

「そうです。あなたもお持ちですか」

「ええ、別に珍しい本じゃないですから。ただあの訳書は、原作の三分の一を抄訳しただけで、しかもかなり誤訳があります。原書をあたれば、すぐに分かることですが」

　男の言葉には、妙なとげがあった。塩谷は、少しむっとしたように、胸をそらした。

　編集長の大坪が、助け舟を出す。

「誤訳といっても、話の内容が伝わらないほどの、間違いじゃないでしょう」

　男は大坪には目もくれなかった。

「問題はほかにもあります。あの本は、厳密な意味での自伝ではなくて、エロール・フリンが自分を主人公にして人に書かせた、冒険小説とみるべきものです。訳書の解説で、篠田一士もそう書いていましたね」

　塩谷は、しぶしぶ口を開いた。

「確かに、そういう面もありますね」

　男は続けた。

「もう一つある。フリンがスペインへ行ったのは、共和国側に同情したからじゃない。彼はむしろ、フランコの味方だったんです」

　静まり返っていた会場が、かすかにざわめいた。首があちこちに揺れる。

「それはどういうことですか」

塩谷が、憤然とした口調で、問い返す。

男は平然と答えた。

「さっきのお話に出てきた、キーツという男がいますね。彼の正体を知っていますか」

塩谷の頬が紅潮した。

「いや。訳書にはただ、キーツとしか書いてありません。医者だということは分かってるんですが。一緒に、スペインへ連れて行ったくらいですから、フリンの親友だったことは、間違いないでしょう」

「スペイン行きはフリンではなく、キーツの発案でした。彼はある事情で、どうしても共和国側のスペインに、潜入する必要があった。そのために、有名人のフリンを利用して、無理やり同行したというのが、真相です」

塩谷は、ぽかんとして男を見た。今や全員の視線が、松葉杖の男に向けられていた。

「いろいろとお詳しいようですが、それではキーツはいったい、何者だったんですか」

塩谷が促すと、男は小さく含み笑いをした。

「本名ヘルマン・フリードリヒ・エルベン博士。この男は、ナチスのスパイでした。彼は共和国の、国際旅団に加わっているドイツ人義勇兵の身元を探り出し、本国へ通報する役目を負っていたんです」

会場に、驚きの声が上がった。

男が続ける。

「つまりエロール・フリンは、それを自覚していたか否かは別として、ナチスのスパイの手先を務めたわけですよ。だから共和国びいき、などということはありえない。フリンが、心情的ファシストだったことは、間違いないといっていい」

松葉杖の男が、その日の集いをぶち壊しにしたことも、間違いなかった。

3

そのころわたしは、JR御茶ノ水駅から徒歩五分の曙ビルという古いビルに、現代調査研究所の事務所を構えていた。

エロール・フリンの映画会から数日後、電話で桂本忠昭(かつらもとただあき)法律事務所に呼ばれた。

桂本はわたしに用事があるとき、秘書の神原佐枝に電話をかけさせ、事務所に呼びつけるのを常としている。

桂本の事務所は、わたしの事務所から数メートルを隔てた、廊下の反対側にあった。二つの事務所は、中間に位置する階段と湯沸かし室、トイレを共用している。よほどの事情がないかぎり、桂本がわたしの事務所に足を踏み入れることはない。

佐枝がお茶を運んで来た。

桂本は、わたしが彼女をみだらな目で見るのではないかと恐れるように、じっと顔を見つめてきた。おかげでわたしは、佐枝の指先に目をとめることさえできなかった。

桂本は百キロの巨体を揺すって言った。

「実は、わたしが顧問をしている会社で、大同サービスという不動産管理会社があるんだが、そこからちょっとした調査を依頼されてね。あんたの力を借りたいんだよ」

「力を借りたい。うれしいことをおっしゃいますね、先生。現代調査研究所の名前にふさわしい依頼内容だと、もっとうれしいんですが」

「そりゃ、いうまでもないよ。まさにこれは、あんたの事務所にうってつけの仕事だ」

「とおっしゃいますと」

「大同サービスが管理しているマンションの中に、猿楽町のカサ・ベルデという賃貸マンションがある。完成してから、まだ半年しかたっとらん、新しいマンションだ」

そのマンションなら、以前入居募集のチラシを見た覚えがある。今住んでいる三鷹のアパートに比べて、圧倒的に事務所に近い上に、家賃も思ったほど高くなかったので、一時は真剣に借りることを考えたほどだ。

「カサ・ベルデなら知っています。わたしも借りようとしたことがあるんです。年収とか家族構成とか、入居条件がけっこう厳しくて、あきらめましたが」

「それそれ。入居条件の第一は所帯持ちであること、第二は賃貸契約を交わした本人とその家族が居住すること、これだな」

「つまりわたしのような独り者は、結婚しない限り永久に入居できないわけですね。どうして、そんな条件をつけるんですか」

「つまりは、治安と環境を守るためさ。身元の怪しい独身者を入居させると、いろいろと心配なことが起こる。不特定多数の女を連れ込んだり、こっそり爆弾を製造したりする輩がいたんじゃ、たまらんからな」

「わたしは、どっちもしないと誓いますが、先生のお力でなんとかなりませんか」

桂本は苦い顔をした。

「今はそんな話をしとるんではない。実は、そういう条件で入居したにもかかわらず、早くも契約違反の疑いのある者が、現れたんだ。もし、それが事実なら即刻契約を破棄して、立ち退きを要求せねばならん」

「契約違反。どういう人物ですか」

「二〇六号室を借りている、北川一郎という男だ。明和商事に勤める、ぱりぱりの商社マンさ。ところが、当人およびその家族が住むべきこの部屋に、なんの関係もない女が一人で、住んどるらしいんだ。どうも、愛人を住まわせてるんじゃないかと、わたしはそうにらんどるんだがね」

そう言って、一人でうなずく。

「明和商事といえば、一流の商社じゃないですか。そこの社員がどうしてまた、契約違反などしなくちゃいけないんですか」

桂本は貧乏揺すりをした。

「それが分からんから、こうしてあんたに出馬を要請しとるんじゃないか」

「とおっしゃると、わたしにそのあたりの背景を探れとでも」

「そういうことさ。しかし、それだけが理由じゃない。実はその女、問題の部屋で怪しげな商売を営んでおる、という噂があるんだ」

わたしは、たばこを探ろうとしてやめた。

「怪しげな商売、というと」

「とぼけるんじゃない。その方面にかけては、ベテラン中のベテランのくせして」

桂本が決めつけたので、その件については深追いするのをやめた。

「その女は北川の愛人なんでしょう。愛人の身で、そんなことをしますかね」

「しようとしまいと、近所でそういう噂が出とるんだよ。どちらにせよ、北川が契約に違反しとることは、ほぼ間違いないんだ。とはいえ、いきなり立ち退きを要求するわけにもいかん。とりあえず契約書に定められたとおり、当人が家族と住むように説得しなければなるまい。それに応じない場合に、初めて立ち退き交渉を持ち出すことになる。そのときのために、追い出せるだけの動かぬ証拠を、集めてもらいたいわけさ」

「ちょっと、先生。どうもその仕事は、わたし向きじゃないような気がしますがね」

「不向きな仕事に挑戦するところに、進歩が始まる。ロラン・バルトは、うまいことを言ったじゃないか」

ロラン・バルトが、そんなことを言ったとは思えないが、わたしは反論しなかった。

わたしにとっては、ロラン・バルトよりも桂本忠昭の方が、はるかに影響力を持っているのだ。

　桂本はなだめるように、にやりと笑った。

「まあ、なにごとも経験だ。さっそく大同サービスへ行って、北川一郎が契約したいきさつや背景を、聞いてみてくれ。うまく契約が解除されたら、そのあとへあんたがはいれるように、取り計らってやってもいい」

「ほんとうですか」

「ほんとうだ。急いでかみさんになる女を探すんだな。とにかく所帯持ちでなければ、入居できないんだから」

4

　駿河台から見ると、猿楽町は崖下の町だ。

　わたしは、女坂と呼ばれる長い石段を経由して、猿楽町二丁目へ下りた。

　カサ・ベルデは、通りを少し水道橋の方へ歩いた所にあった。スペイン語で《緑の家》という意味だが、白壁に緑色のタイルをあしらった、いかにも安易な発想のスペイン風マンションだ。この界隈としては規模が大きく、五階建てで三十戸を超す戸数を抱えている。

入口は、三メートルほどの空間をはさんで、二重のガラスドアになっていた。手前のドアは、簡単に開いた。すぐわきの壁に、部屋番号のパネルやメイル・ボックスが、取りつけられている。

内側のドアは開かなかった。最近はやりのオート・ロック方式で、専用の鍵を使うか、入居者が部屋で開扉ボタンを押さないかぎり、開かない仕組みになっているのだ。

部屋番号のパネルを調べる。

桂本の言葉どおり、二〇六号室は《北川一郎》と表示されていた。数字ボタンで部屋番号を押すと、インタフォンがつながるらしい。そこで来意を告げて、ドアをあけてもらうのだろう。これでは、部外者の出入りはむずかしい。そのせいか、管理人室もなかった。

マンションを出て、建物を正面から見た。一階は狭いながらも、専用庭がついている。どの部屋が二〇六号室か分からないが、二階の窓は全部カーテンがしまっていた。

マンションのすぐ近くに、吉田屋という酒屋があった。

わたしは店にはいって、サンバイザーをかぶった若い店員に、声をかけた。国産のウィスキーを、包んでくれるように頼む。

「そこの、カサ・ベルデにいる友だちを訪ねて来たんだが、うっかり手ぶらで来てしまってね。近くに酒屋があって助かったよ」

店員は愛想よく、頭をひょこひょこさせた。

「そりゃどうも。あれはいいマンションですね。あたしなんかも、一度でいいから住んでみたい、と思いますよ。でも、入居の資格審査が、厳しいらしくて」

「ところが友だちの話じゃ、けっこう怪しげな連中も、入居してるみたいだよ。毎晩バクチ大会を開くやつとか、部屋であっちの方の商売をしてる女とか、いろいろいるらしいね」

店員は包装の手を休め、瞬きした。

「あっちの方っていいますと」

「知らないのかね。二〇六号の女と言えば、このあたりじゃ有名な話だ、と聞いたけど」

店員は赤くなり、やけにていねいに包装紙のしわを伸ばした。

「二〇六号ですか。まだ、御用聞きに行ったことないから、分かりませんね」

「そうか。友だちは、だれでも知ってるようなことを、言っていたがね」

店員は咳払いをした。

「そりゃまあ、噂ぐらいは聞いたことありますけどね」

かけたかまに、手応えがあった。

「ふうん。どこで聞いたの」

「この先の《グルーチョ》ってバーですよ。そこへよく来るお客さんが、酔っ払ってしゃべるのを、聞いたことがあるんです」

「まさか、ぼくの友だちじゃないだろうね。斎藤っていうんだが」

店員は首を振った。

「違いますね。森野っていう人です」

それから、よけいなおしゃべりをしたというように、急に無口になった。

わたしは金を払って店を出た。


大同サービスは、カサ・ベルデから徒歩で十分ほどのところにあった。高速五号線西神田ランプのすぐ近くで、風が吹くと倒れそうな細長いビルだった。

桂本に言われたとおり、カサ・ベルデを担当している青田、という主任に面会を求めた。

二分後、額の両脇がはげ上がった年齢不詳の男が出て来て、すぐ脇の応接室にわたしを通した。紺の背広の肩に、天井から降ってきたようなふけを、溜めている。

青田は、桂本から電話をもらったらしく、わたしがカサ・ベルデの二〇六号室の調査を始めたことを、知っていた。

わたしは、北川一郎がその部屋を借りたいきさつや、契約条件などをひととおり聞いた。

青田は、鉛筆でテーブルの表面をたたきながら、いらいらした口調でしゃべった。

「とにかくあの部屋に、本人ないし家族以外の人間が住んでるとしたら、これははっきり契約違反になる。できるだけ早く、しっぽをつかまえてくれませんか」

「入居者の表示は北川一郎となっていますが、本人が住んでいないことは確かなんですか」

「ときどき出入りはしているらしいが、住んでいるといった感じじゃないようだね。かよってるだけでしょう。女の方はふだん部屋にいて、たまに近所へ買い物に行く姿を見られている。だれとも挨拶しないし、口もきかないそうですがね」

「それが奥さん、ということはないですか」

「まずないね。あたしは奥さんと、一度だけ会ったことがある。契約する前に、北川さんと一緒に部屋の下見に、来たんです。痩せた背の高い人で、度の強い眼鏡をかけていた。唇の薄い、きんきん声の女だった。ところが今住んでる女は、あたしはまだ見たことないけど、聞いたところでは背格好や印象が、まるっきり違う。あれは愛人に違いないね」

「下見に来た方が、偽の奥さんだったかもしれませんよ」

青田は顎を引いた。

「どういうことかね、そりゃ」

「男は愛人を住まわせるのに、普通奥さんを連れて下見になど、行かないでしょう」

「じゃ、下見に来たのが愛人で、今あそこに住んでるのが奥さん、というわけかね」

「ありえないことではない」

青田はいやらしい笑いを浮かべた。

「あたしは確認したわけじゃないが、あの部屋でいかがわしい商売が行なわれている、という噂がある。桂本さんから聞いてませんか」

「聞きました。実際にそういう噂が、出ているようですね。さっき近所の酒屋で、確認してきました」

「一流商社の社員が、奥さんにそんなことをさせる、と思いますか」

「愛人にだってやらせないでしょう」

青田は鉛筆の尻で鼻のわきを掻き、しばらく考えていた。それから、鉛筆をぽんとテーブルに投げ出して言った。

「ま、どちらにしても、契約違反の疑いが、濃厚なわけだ。住んでる女が、奥さんだろうとだれだろうと、公序良俗に反する行為をしていれば、当然解約の対象になる。ほかの入居者からちくちくやられて、こっちも迷惑してるんです。せっかく、厳正な審査をして入居者を選んだのに、これじゃ格好がつきませんよ。かといって、あまりことを荒立てると、やぶ蛇になるしね。一つあなたの才覚で、北川さんとの契約を円満に解除できるように、なんとかお膳立てしてもらえませんか」

わたしは立ち上がった。

「その返事は、保留させてください。わたしの雇い主は、桂本弁護士なのでね」

妙な顔をしている青田を残して、わたしは応接室を出た。

5

《グルーチョ》は、L字型のカウンターだけの、狭いバーだった。

別の仕事の取材が長引き、店にはいったときは夜の十時を回っていた。

先客が三人。そのうち二人は近所の会社員らしく、一方が他方の愚痴を辛抱強く聞いている、という図だった。残りの一人は奥のL字の角にもたれ、カウンターの上に伏せている。黒のセーターと、ぼさぼさの髪しか見えない。

カウンターの中には四十前後の、機織りをしたあとの鶴のような女がいた。顔立ちはまずまずで、ポメラニアンが好きな男には、美人に見えるかもしれない。

カクテルを飲みたかったが、女が途方に暮れるといけないので、水割りを頼んだ。女は、勝手に自分のぶんを作り、わたしと乾杯した。

「あたし千代。昔グルーって苗字のアメリカ人と、結婚したことがあるの。それで、お店の名前をグルー千代、つまりグルーチョってつけたわけ。別にマルクス兄弟の映画が、好きだったからじゃないの、みなさん、そう思うらしいけどね。マルクスって言っても、資本論を書いた人じゃないわよ」

「知ってるさ。枕木を燃やして、汽車を走らせた男だろう」

千代は、割れた電球のような口をあけて笑った。

「こちら、お初めてね。近くにお勤め」

「まあそんなところだ。この先の、カサ・ベルデというマンションに、友人がいてね。これから訪ねて行くところさ」

奥のカウンターにもたれていた男が、かすかにみじろぎした。だいぶ酔っているらしく、それきりまた静かになる。

千代は舌でぐるりと、唇の周囲をなめた。

「こんな時間に訪ねていくの」

「そいつは毎晩、起きるのが遅いんだ。夜中の十二時前に起きたことがない」

「なんのお仕事してる人なの」

「ハッカーさ」

千代は目をぱちぱちとさせた。

「何、それ」

「一種の泥棒だよ。電線を伝って潜り込むのが専門でね」

そんな無駄話をしているうちに、二、三十分たった。酔ったふりをしても、不自然でない程度に、杯も重ねた。

ころ合いを見て、切り出す。

「ところで、カサ・ベルデには面白い部屋が、あるそうじゃないか。寂しい男を、なぐさめてくれる部屋が」

千代の目が、ちらりとカウンターの奥をかすめた。二人連れの会社員は五分ほど前に帰り、客は黒いセーターの男しか残っていない。

千代は興味なさそうに言った。

「それがどうかしたの」

「ここへ来れば、詳しいことが分かるって聞いたんだ」

「お友だちを訪ねるんじゃなかったの」

「新しい友だちを作るのも、悪くないと思ってね、寂しい男としては」

それを待っていたように、突然カウンターの奥で酔いつぶれていた男が、上体を起こして言った。

「寂しい男って、あなたのことですか」

わたしはその声に驚き、顔を見てもう一度驚いた。

ようやく口を開く。

「そうだ、寂しそうに見えないかね」

男は含み笑いをした。

「寂しくない男なんていませんよ」

わたしは、たばこに火をつけて言った。

「エロール・フリンもそうだったのか」

男は初めてわたしをまともに見た。

「エロール・フリン」

「そうさ。つい先日の映画会で、きみが塩谷正彦をとっちめるのを見たよ」

男は細い顎を、ぐいとしゃくった。片頬をゆがめて言う。

「これはこれは、あそこにいらしてたとはね。だけど、あんなえせ評論家をとっちめたところで、自慢にもなりませんよ」

だいぶ斜に構えている。年上のわたしに対して、気後れする様子もない。

わたしは、話の継ぎ穂を求めた。

「キーツという男は、きみの話によればエルベン博士だが、実際のところナチスのスパイだったのかね」

男は顎を軽く上下させた。

「間違いないですね。FBIや国務省の機密文書に、はっきりそう書いてある」

「そして、ドイツ人義勇兵の身元を探るために、フリンを利用して共和国スペインへ潜り込んだ、と」

「ええ。当時のドイツ人義勇兵は、国にいれば逮捕される共産主義者が、ほとんどだった。エルベンは医者という身分を利用して、野戦病院に収容されたドイツ人負傷兵に、取り入ったんです。医者から、家族に連絡してやると言われれば、彼らは身元を明らかにしただろうし、写真も撮らせただろう。エルベンは、集めた情報をゲシュタポに通報する。たちまちその家族は逮捕され、収容所に送られるって寸法です」

「フリンは、ハースト系の特派員としてスペインへ渡った、と塩谷は言ったね」

　ふんと鼻を鳴らす。

「悪い冗談ですよ。確かにフリンは、《コスモポリタン》の特派員と称して入国許可を取ったけど、そいつは嘘っぱちもいいとこだ。もっとひどいのは、ハリウッドで集めた義捐金百五十万ドルを持って行く、と大ぼらを吹いたことです。吹きも吹いたり、百五十万ドルですよ。ありもしないその金を、いつもらえるかと専用の車や通訳をつけて、サービスにこれ努めた共和国政府こそ、いい面の皮じゃないですか」

　男は早口でまくしたてた。しゃべるのだけ聞いていると、さほど酔っているようには見えない。

「あの日きみは、二本めの映画をやっている間に、帰ってしまったようだね。それで聞きそびれたんだが、ここで会ったのも何かの縁だ。教えてほしいことがある」

「なんですか」

「きみが持っている情報の、出典を聞かせてもらえないかな」

　男はふっと口をつぐんだ。警戒するように目を光らせる。

「どうして、そんなことに興味を持つんですか。フリンのファンには、見えませんがね」

「スペイン内戦に興味があるんだ」

　男は急に話題を変えて言った。

「フリンはフリンでも、漢字で書く不倫の話はどうしたんですか。寂しさを紛らしたかったんじゃないんですか」

それでわれに返った。

確かに今は、自分の趣味にうつつを抜かしている場合ではない。ただ男が、出典を言い渋ったことは、覚えておかねばなるまい。

たばこを消して言う。

「そうだった。もう少しで、寂しいのを忘れるところだった。心当たりがあるのかね、カサ・ベルデのお楽しみについて」

黙って話を聞いていた千代が、ぐいとグラスをあけて、唐突に言った。

「ちょっとトイレに行ってくるわ」

カウンターの端を跳ね上げて、わたしの背後のトイレにはいる。すぐに勢いよく水の流れる音が始まった。

男はわたしの顔を、のぞくように見た。

「名前を教えてくださいよ」

「岡坂。きみは」

「森野。どんなタイプが好みなんですか」

森野か。酒屋の店員が言っていた名前だ。

「どんなと言われても、好みなんかないんだ。二〇六号の女でいい」

男は急に目を光らせた。むずかしい顔をして、頭を掻きむしる。それからボールペンを取り出し、コースターの裏に何か書いた。カウンターの上を、滑らせてよこす。

見ると、電話番号が書いてあった。

「森野に聞いた、と言えば分かります」

そう言って体をかがめ、足元から松葉杖を取り上げた。

わたしは、森野が杖をたくみにあやつり、店を出て行くのを見送った。

千代がトイレから出て来たのは、それからだいぶたってからだった。

6

翌日の午前中、カサ・ベルデを訪ねた。

数字ボタンで二〇六を押す。インタフォンがかちりと鳴って、落ち着いた女の声が、はい、と答えた。

「こんにちは、吉田屋です」

わたしはそう言って、酒屋の御用聞きらしい声に聞こえるように祈った。

「吉田屋さん」

「はい、すぐそこの酒屋ですが、大同サービスさんから季節のごあいさつに、お酒を届けるように言われまして」

「大同サービス」

「マンションの管理会社だ、とおっしゃってましたが」

少し間があり、それからどうぞ、という声が返ってきた。内側のガラスドアがすっと開く。

わたしはホールにはいり、エレベーターを使わずに階段を上った。

二〇六号室は正面ではなく、西側に隣接する高等学校の校庭に、面していた。わたしは、抱えてきたウィスキーの包みを、ドアのマジック・アイの高さに掲げた。その姿勢で、チャイムのボタンを押す。

しばらくして、ドアが開いた。

化粧気のない小柄な女が、不審そうな顔でわたしを見上げた。

年齢は三十から三十五の間で、茶がかった髪をひっつめに結い、小ぶりだが肉の厚い唇をした女だった。草色のスカートに、花模様のカーディガンを着ている。やや下がった目尻の周辺に、薄いそばかすがあった。

どこから見ても、ごくありふれた主婦にしか見えないが、部屋の下見のときに青田が会ったという女とは、確かに別人と思われた。今目の前にいる女は、痩せてもいないし背も高くない。眼鏡もかけていない。

わたしは肘でドアの枠を押さえ、しまらないようにして言った。

「北川さんの奥さんですか」

女は眉をひそめた。

わたしの顔つきと口ぶりから、すぐに酒屋の御用聞きではない、と悟ったようだ。目にかすかな、脅えのようなものが走る。

「どなたですか」

「岡坂といいます。岡坂神策。この近所で、事務所を開いている者です」

女は、なんの事務所か聞こうともせず、なじるように言った。

「どうして酒屋だなどと、嘘をつくんですか」

「入れてもらうためです」

女はじっと顔を見つめた。わたしを突き飛ばして、ドアをしめることができるかどうか、計算しているようだった。

結局あきらめたらしく、口を開いた。

「なんのご用ですか」

「森野さんの紹介で来たんです。こんな朝から悪いですが。最初からそう言えばよかったかな」

女の視線が、ちらりと揺れる。

「森野さん。そんな人、存じませんけど」

「松葉杖をついた、一見文学青年ふうの男性ですがね。わたしがゆうべ会ったときは、だいぶ酔っていましたが」

女は、むきになったように、首を振った。

「存じません。何かのお間違いでしょう」

わたしは、横手の下駄箱の上にウィスキーの包みを置き、内ポケットから手帳を出した。メモした電話番号を読み上げる。

「森野さんに教わったんですが、こちらの番号と違いますか」

女は、カーディガンの裾を握り締めた。

「違います。もうお帰りになって」

「ゆうべ遅くこちらに、鈴木さんですか、といって間違い電話がかかりませんでした

か」

女は息を吸い込んだ。

わたしは微笑して言った。

「あれはわたしだったんです。出て来た女性は、あなたと同じ声をしていましたよ」

女は、わたしをにらみつけたが、何も言わなかった。

「もう一度お尋ねしますが、あなたは北川さんの奥さんですか」

「そうです。もう帰ってください」

「森野さんから、ここへ来れば孤独な男性に慰めが与えられる、と聞いて来たんですが

ね」

女はそれに答えなかった。

はだしのままタイルの上に下り、わたしを外へ押し出した。目の前で、ドアが乱暴に

しまる。鍵のかかる音がした。ウィスキーの包みを取る暇もなかった。

わたしは、少しの間そこに立っていたが、やがて廊下を引き返した。

マンションは終始しんとして、森の奥のような静寂に包まれていた。

7

午後から、京橋にある明和商事を訪ねた。

北川一郎は、総務局の庶務部長になったばかりで、ふだんはだいたい在席している、と聞いた。事実その日も、在席していた。

受付で大同サービスの名を出し、マンション契約の件で確認したいことがある、と来意を告げる。

しばらく待たされたあと、五階の応接室へ通された。革張りのソファに、トルコ絨毯という豪華な調度で、役員専用の応接室らしかった。入口のほかに、もう一つ奥にドアがある。

北川は渋いグレイの背広を着た、四十前後の男だった。茶色の太縁の眼鏡をかけ、恰幅のいい体つきをしている。

北川の目には、初めから警戒の色があった。

わたしは名前を名乗って、大同サービスのために調査をしていることを告げた。

「調査といいますと」

野太い声が、緊張を伝えている。

「実は北川さんが借りておられる、カサ・ベルデの二〇六号室のことなんです。この部屋が、当初交わした契約条件にない、別の目的で使用されている疑いがありましてね。その確認のために、うかがったのです」

北川は喉を動かした。

「どういう疑いですか」

「率直にうかがいますが、現在二〇六号室に住んでおられる女性は、北川さんの奥さんですか」

北川は目を伏せ、答える前にハンカチを出して、手の中に握り締めた。

「そうじゃない、とでもおっしゃるんですか」

「わたしがお聞きしてるんです」

ハンカチを口に当て、咳をする。

「そういう質問に、答える義務はないと思いますね」

「そうでしょうか。契約条件に、本人とその家族が住むこと、とあるのはご承知でしょう。それに違反した場合には、契約を解除していただかなくてはなりません」

北川は両腕を肘掛けに載せ、体を前に傾けた。テーブルの表面を見つめ、唇を引き結ぶ。しばらくそのままの姿勢でいたが、やがて溜め息をつき、ソファの背にもたれ直した。

「確かに彼女は、法律上の妻ではありません。しかし事実上は、わたしの妻といってもいい女なんです」

きっぱりと言って、わたしを見る。

わたしはその目を見返した。

「つまりそれは、遠回しな表現を用いなければ、愛人を囲っているということですか」

北川の顔が、かすかに紅潮する。

「どうとでも解釈してください」

「わたしの解釈では、これは明らかな契約違反、と言わなければなりませんね」

北川は、テーブルのたばこ入れをあけた。一本抜き取って、せわしげにライターで火をつけた。手が少し震えている。

「なるほど、厳密な意味では契約条件に、違反しているかもしれない。しかし、他人に迷惑さえかけなければ、別にいいじゃないですか」

「それでは、契約書を交わす意味がありません。一つのケースを認めれば、他のケースを禁じることができなくなる。こうした大きな会社の庶務にいらっしゃれば、それくらいお分かりでしょう」

北川はハンカチで、額の汗をふいた。

少しの間黙っていたが、やがて低い声で早口に言った。

「実は家内は体が弱くて、夜の方がまったくだめなんです。結婚して十一年、ほとんど夫婦生活がない。平松景子とのことは、家内も認めています。ただの愛人とは違うんです。あのマンションは、第二の自宅といってもいい。どうか見逃してください」

そう言って北川は、深ぶかと頭を下げた。

わたしは居心地が悪くなり、ソファの中ですわり直した。

「平松景子というのは、彼女の名前ですか」

北川は、下を向いたまま、うなずいた。

「契約の前に、一緒に部屋を下見された女性が、いたそうですね。それはどなたですか」

「家内です」

「愛人を囲うのに、奥さんと下見とはね」

北川が顔を上げた。

「家内も認めている、と言ったはずです。確かめてもらってもいい。信じてください」

「信じる以前に、理解できませんね。なにしろこっちは、妻も愛人もいないので」

北川はたばこを揉み消し、唐突に内ポケットから封筒を取り出した。

「これで一つ、話をつけてもらえませんか。つまり、わたしとあなたの間で、個人的に」

わたしは北川を見つめた。北川は目を伏せ、封筒をテーブルに滑らせた。

取り上げて中をのぞくと、金がはいっていた。ざっと二十万はある。

封筒をテーブルにもどした。

「わたしは、なかなか買収されない男なんです。いっそのこと、カサ・ベルデを解約して、この金は次のマンションの敷金に、回したらいかがですか」

北川は顔を赤らめ、封筒を見下ろした。

奥のドアが静かに開き、男が一人はいって来た。

北川は急いで立ち上がり、最敬礼した。

男は北川とほぼ同じ体格だが、年は一回りほど上に見えた。額の生え際が後退し、目つきが険しい。焦げ茶のダブルのスーツを身に着け、袖口から金のカフスをのぞかせている。

「そう固いことを言わずに、なんとか話をつけてやってもらえんですか」

横柄な口調で言い、北川の隣にどかりとすわる。差し出された名刺を見ると、明和商事・常務取締役・総務局長、本多義明となっていた。

わたしも名刺を渡した。

本多は、それにちらりと目をくれ、眉をひそめた。態度がもっと横柄になる。足を組み、体を斜めにして、たばこに火をつけた。香りの強い、アメリカのたばこだった。

「話を聞いておられたようですね」

わたしが言うと、本多は下唇を突き出した。

「この部屋には、特殊マイクが仕掛けてあるんです。ときどき妙な客が来るんでね」

「わたしが妙な客に見えるとすれば、ふだんどんな客を相手にしておられるのか、想像するのが怖いくらいですね」

「ちかごろは、総会屋もブラック・ジャーナリストも、一見しただけでは分からん格好をしていますからな」

「わたしがそのどちらでもないことは、お分かりいただけたと思いますが」

本多はそれには答えなかった。

「北川君の家庭の事情は、わたしも直属の上司として、ある程度理解しているつもりです。だから彼もあなたに会う前に、わたしに相談をもちかけたんだ。一言口出しさせてもらえば、北川君は間違ってもトラブルを起こすような男ではない。その点はわたしが保証する。だから賃貸契約の件は、大目に見てやってくれませんか。迷惑はかけないと、当人も約束してるじゃないですか」

それに合わせて、北川が大きくうなずく。

わたしは首筋を掻いた。

「北川さんが、奥さんにも上司にも恵まれていることはよく分かりますが、これは人情ではなくルールの問題なんです」

本多はいやな顔をした。

「私立探偵には、人情がないのかね」

「分かりません。わたしは、私立探偵ではないのでね。調査の仕事はしていますが」

本多は、急に口調を荒らげて言った。

「そんなことは、どっちでもいい。話をつけるのか、つけないのかね。きみでは結論が出せないというのなら、大同サービスの責任者を連れて来てもらっても、いいんだよ」

相手の顔を見直す。

もし本多が、わたしに対してはったりをかます必要があると考えているなら、その理由を知りたいと思った。

わたしは意地の悪い口調で言った。

「実はそれと関連して、もう一つ問題がある。平松景子さんについて、よくない噂が流れているんです」

北川はぽかんと口をあけ、それから本多の顔を見た。本多はじっとわたしをにらんだ。

北川がどもりながら言う。

「よ、よくない噂というと」

「部屋に、不特定多数の男を引っ張り込んで、いかがわしい商売をしている、という噂です。愛人うんぬんよりも、むしろその方が問題になっているくらいでね」

北川は目をむいた。

「そんな馬鹿な。いかがわしい商売とはなんですか、失敬な」

大きな声で言い、それからはっと気がついて口をつぐんだ。

本多は、たばこを乱暴に揉み消した。

「きみ、冗談にもほどがあるよ。北川君の名誉のためにも、そういうことは言ってほしくないね」

「北川さんが、名誉を大切にする人であってほしいと、心から祈りますね」

北川は、ハンカチをくしゃくしゃに丸めながら言った。

「まさか彼女を追い出すために、そんな噂を流してるんじゃないだろうね」

わたしは、耳の後ろを掻いた。

「その手があることは、覚えておきましょう」

本多は薄笑いを浮かべ、体を乗り出した。

「いったい何の根拠があって、そんな噂を立てるのかね」

「わたしが立てたわけじゃありません。近所でそう言ってるんです。わたしたちの耳にもはいるくらいだから、ほうってはおけない。外聞というものがありますからね」

重苦しい沈黙が漂った。

やがて本多は体を引き、北川を見た。固い声で言う。

「少し、時間をもらった方がよさそうだな、北川君。お互いに、事実を確認する必要があるだろう。かりに解約するとしても、それくらいの余裕はあるはずだ」

わたしはうなずいた。

「もちろんです。大同サービスとしても、ことを荒立てるつもりはないと言っています。どうでしょう、一週間後に結論を出していただく、ということでは」

北川は本多の顔色をうかがい、それからしぶしぶうなずいた。

8

それから数日後のことだ。

翌日に締め切りを控えた原稿があって、夜遅くまで事務所で仕事をした。書き上げたときは、午前一時半を回っていた。三鷹のアパートへ帰るには、もう遅すぎる。泊まることにして、簡易ベッドにもぐり込んだ。

寝入りばなに、救急車のサイレンの音を聞いた。深夜のせいか、やけに近く聞こえる。おかげで、ふさがりかけたまぶたが、また開いた。

しばらくうとうとしていると、今度はパトカーのサイレンが聞こえてきた。それですっかり、目が冴えてしまった。同時に空腹感を覚える。

水道橋駅の駅裏に、午前三時半ごろまで営業している店がある。そこへ行って、軽く燃料を補給しようと思い、事務所をしめて外へ出た。

女坂を猿楽町へ下りる途中、何かざわついた空気が下の方から、伝わってきた。物音や人声がする。カサ・ベルデの方角だった。

気配を頼りに歩いて行くと、カサ・ベルデの前にパトカーが停まっているのが見えた。深夜にもかかわらず、人だかりがしている。パジャマの上にコートを着た男や、髪をピンカールした女の姿が見える。

そのいちばん後ろに、ジャンパーを着た松葉杖の男が立っていた。

後ろから、声をかける。

「いろいろなところに顔を出すね」

森野は驚いて振り向いた。

「なんだ、あなたですか。どうしたんですか、こんなに夜遅く」

「それはこっちのせりふだよ。いったい何があったんだね」

森野は顎をしゃくった。

「なんでも、横手にある二階のベランダから、中へ忍び込もうとしたやつが、いるらしいんですよ。見つかって逃げようとしたとき、過って一階の専用庭へ転落した。コンクリートか何かに頭をぶつけて、成仏したそうです」

「死んだのか、二階から落ちたぐらいで」

「打ちどころが悪かったんでしょう。どこのどいつか知らないが、世の中にはばかな泥棒がいますね」

髪をピンカールした女が振り向いた。カーディガンの袖を口に当てて言う。

「さっき教えてあげたでしょ、二〇六号の借り主だって。自分の部屋に潜り込もうとして、落ちたのよ。泥棒なんかじゃないわ」

わたしは、体が冷たくなるのを感じた。

「借り主って、北川一郎のことですか」

女は肩をすくめた。

「あら、お知り合いだったの」

専用庭をのぞき込もうとしたが、人だかりに邪魔されて見えなかった。

その場を離れて、向かいの電柱まで身を引いた。少し膝が震えている。

森野があとについて来た。

わたしは森野を見た。

「二〇六号と言えば、きみが教えてくれた部屋だ。北川一郎名義になっているが、実際には平松景子という女が、一人で住んでいる。彼女は北川の愛人なんだ」

森野は無表情だった。

「なかなか詳しいですね」

「こないだはどうしてそんな女を、ぼくに紹介しようとしたんだ。けんもほろろに追い返されて、恥をかいたぞ」

森野は小さく笑った。

「あれは酔っ払いが、酔っ払いをからかっただけのことですよ。気に障ったら、ごめんなさい」

わたしは口をつぐんだ。

森野はあの夜酔っていたが、わたしが本心から女を求めていたのでないことを、見抜いたのかもしれない。

森野は続けた。

「それにしても、二〇六号のことをよく知ってますね。何か調べてるんですか」

「何か調べているように見えるかね」

「ええ。名前は確か、岡坂さんでしたよね」

「覚えていてくれてありがとう、森野君」

森野はじっとわたしを見下ろした。

「どんなお仕事ですか。刑事さんとは思えないけど」

わたしはたばこに火をつけた。

「近所で、調査事務所を開いてるんだ。ときどき、私立探偵と間違えられるがね」

「違うんですか」

「まあ、似たようなものだ」

森野は苦笑した。

「それで、何を調べてるんですか」

「このマンションは、借り主とその家族が住む、というのが入居条件になってるんだが、北川は二〇六号を借りて、愛人を住まわせていた。つまり、契約違反を犯したわけだ。ぼくはそのことを立証して、賃貸契約を解除する仕事を、請負っていたのさ。もし、死んだのがほんとうに北川なら、仕事を続ける必要はなくなったがね」

森野は目を細めた。

「わりと、汚い仕事ですね」

「きみの仕事は、きれいなのかね。何をしているのか、知らないが」

「何をしているように見えますか」

「何かをしているようには見えないね」

森野は低い声で笑った。

「面白いことを言いますね。映画のシナリオに使えそうだ」

「それで思い出した。この間の、エロール・フリンの話の出典だが、まだ教えてくれるつもりはないかね」

森野はあきれたように首を振った。

「わりとしつこい人ですね。それより、もう帰らなくちゃ。こんなところをうろうろしてたら、風邪をひいちまう」

そう言い残すと、身を翻した。松葉杖が力強くしなる。

森野の後ろ姿はしだいに遠ざかり、やがて闇に溶けて消えた。


翌朝の桂本弁護士は、これまで一度も見たことがないほど、機嫌が悪かった。夜中に、大同サービスの青田から電話で叩き起こされ、北川一郎の死を知らされたという。

いずれにしても、午前中は桂本とゆっくり話す時間がなかった。わたしは、原稿を届けに出版社を回る用があり、桂本は大同サービスの要請を受けて、御茶ノ水署の事情聴取に、立ち会わなければならなかった。

三時過ぎにもどると、すぐに桂本の事務所から大声で呼ばれた。

急いで行くと、桂本はソファにだらしなくもたれ、爪楊枝で歯をせせっていた。機嫌の悪いのは、直っていない。神原佐枝は使いにでも出たのか、姿が見えなかった。

わたしを見るなり、悪態をつく。

「くそ。まさかマンションの契約問題で、死人が出るとは思わなかったよ」

「どうでしたか、取り調べの方は」

「取り調べじゃない、事情聴取だ」

「失礼、事情聴取はいかがでしたか」

桂本はわたしをにらみつけ、それから溜め息をついた。

「とにかく、よく分からん事件だよ。あんたはゆうべ、現場をのぞいたと言ったな」

「ええ、今朝お話ししたとおりです。しかし、あの北川が死ぬとはねえ。つい先日、会ったばかりなのに。ゆうべあそこで、いったい何があったんですか」

桂本は爪楊枝を二つに折り、テーブルに投げ捨てた。

「まあ聞いてくれ」

昨夜午前二時過ぎ、カサ・ベルデ二〇六号室の平松景子と名乗る女から、一一九番に緊急連絡がはいった。怪我人が出たというので、救急車が駆けつけてみると、真下の一〇六号室の専用庭に男が一人、倒れていた。花壇の、コンクリート・ブロックで後頭部を強打し、首の骨を折ってすでに息が絶えていた。

急遽、御茶ノ水署の捜査班が出動し、現場検証が開始された。所持していた身分証明書から、死んだ男は明和商事勤務の会社員、北川一郎であることが判明した。

平松景子の供述によれば、午前二時ごろベランダで物音がするので、起き出してみると不審な男の影が見えた。てっきり泥棒だと思い、ガラス戸越しに本を投げつけたりして、騒ぎ立てた。男はあわてて逃げようとしたが、そのとき手を滑らせたらしく、頭から専用庭へ転落した。のぞいて見ると、倒れたまま動く気配がないので、とりあえず一一九番に電話した、というのである。

御茶ノ水署の取り調べに対して、平松景子は死んだ北川が二〇六号室の借り主であり、自分と特別な関係にあったことを、素直に認めた。しかし周囲が暗かったことと、気が動転していたこととで、刑事に知らされるまで、侵入者が北川とはまったく気がつかなかった、と供述しているという。

わたしは口をはさんだ。

「なんだかおかしいな。いくら暗いといっても、自分の愛人を見分けられない、なんてことはないでしょう」

「それは、いちがいには言えんさ」

「だいいち、愛人のマンションを訪ねるのに、ベランダからはいる男がいますかね。かりに鍵を忘れたのなら、数字ボタンを押して、あけてもらえばいいわけだし」

桂本は口のわきを掻いた。

「平松景子は、何日か前に北川と喧嘩して、そのあとマンションに入れるのを、拒んでいたそうだ。チェーンをかければ、鍵を持っていてもはいれないからな。それで北川は頭に来て、ベランダから侵入しようとしたに違いない。少なくとも女は、警察にそう供述している」

「そんな説明では、警察は納得しないでしょう。だれか彼女の言葉を証明する、目撃者でもいるなら別ですが」

「それが一人いるんだよ。事件発生の少し前、帰宅途中の近所の会社員が、マンションの近くで北川らしい男を、見とるんだ。北川はベランダの下あたりを、うろうろしていたらしい。どうやらやっこさんが、無理やり侵入しようとしたことは、事実のようだ」

わたしは腕を組んだ。

「平松景子は逮捕されますかね」

桂本は首を振った。

「分からんね。悪いのは、侵入した北川の方だからな。過失致死がつく可能性も、ないとは言えんが」

「それにしても、愛人を泥棒と見間違うなんて、わたしには信じられませんね」

「そりゃ、あんたに愛人がいないからさ」

桂本はにべもなく言い捨て、はでにげっぷをした。

わたしが反論しなかったので、桂本は続けた。

「まったく、とんでもないことになったもんだ。後始末を考えると、大同サービスからもらっとる顧問料じゃ、とても引き合わんよ。とにかくこれで、あんたに依頼した仕事は、自然消滅したわけだ。悪く思わんでくれ」

内ポケットに手を入れ、何か取り出す。

「ほんの心ばかりの謝礼だ。領収書はいらんからな」

受け取ってみると、それはむき出しの、金三万円也の商品券だった。

事件のことはその日の夕刊に載ったが、ほんの十数行のベタ記事だった。明和商事はもちろん、大同サービスの名前も出ていなかった。

明和商事が、関係筋に働きかけたのかもしれないし、たまたま起きた有名タレントの暴力事件が、紙面の大半を占領したせいかもしれない。

どちらにしてもこのままでは、気持ちの収まりが悪かった。

9

大同サービスの青田から情報を取り、三日後に自宅で行なわれた北川一郎の葬儀に、顔を出した。

北川の家は、品川区大井にあった。建て売りの分譲住宅で、狭い土地に建ぺい率を超えて建てられた、木造モルタルの二階家だった。

死に方が死に方だっただけに、葬儀は親族を中心にひっそりと、執り行なわれた。北川の妻の名は静江と聞いたが、貧血で倒れたとかでとうとう最後まで、人前に姿を見せなかった。

北川の上司という立場からか、明和商事の常務本多義明が、葬儀を取り仕切っていた。本多はわたしが目礼すると、凄い目でにらみ返してきた。まるでわたしが北川を殺した、とでも言わんばかりだった。

告別式が終わり、霊柩車と遺族を乗せたマイクロバスが、火葬場へ向けて出発した。あとに残ったのは、わたしと本多だけだった。本多はわたしを無視して、家の中に姿を消した。

わたしはたばこを一本吸い、それからポーチに上がって、呼び鈴を鳴らした。

本多がドアをあけた。わたしを見て、目を険しくする。

「なんの用だ」

「奥さんにご挨拶したい、と思いましてね」

「時と場合を考えたらどうかね。奥さんは今、具合が悪くて寝ている。だれにも会いたくないんだ。それくらい、分かるだろう」

「北川さんが、カサ・ベルデを借りることについて、ほんとうに奥さんがご承知だったかどうか、それをうかがいたいんです」

本多は、黒のネクタイの結び目に、ちょっと指を触れた。

「きみもしつこい男だな。もう終わったことじゃないか。マンションはそちらの希望どおり、奥さんの方から解約の手続きを取ってもらう。それでいいだろう」

「だとしても、直接奥さんの口から聞かせていただきたいですね」

本多は顎をぐいとしゃくった。

「もう帰ってくれ。これ以上つきまとうと、警察に連絡するぞ」

本多が実際にそうするかどうか、確かめたいという気持ちもあったが、わたしはおとなしく引き下がることにした。

外へ出ると、もうだれもいなかった。あたりは芝居がはねたあとの劇場のように、ひどく空虚だった。

門のわきに、喪服の女がひっそりと立っていた。目をつぶり、手を合わせている。

平松景子だった。

目をあけてわたしを見ると、驚いたように一歩下がった。喪服を着ただけで、ぞっとするほど色気のある女に、変わっている。

景子はきびすを返し、急いでその場を立ち去った。かすかに白檀(びゃくだん)の香りが残る。わたしは後ろ姿を見送り、あとを追いかけようかと思った。

そのとき、すぐそばを通り抜けた男がいた。よれよれのスーツを着た中年の男で、歩きながら競馬新聞を読んでいる。

その男には見覚えがあった。向こうは知らないだろうが、以前別の事件で顔を見たことのある、御茶ノ水署の刑事だった。

わたしは、二人の姿が見えなくなるまで、門の外に立っていた。

10

その夜《グルーチョ》には、だれも客がいなかった。ママの千代が、手持ち無沙汰にたばこを吸っている。

わたしは試しに、マンハッタンと言った。

驚いたことに、千代は完璧なシェーカーさばきで、これまで飲んだのがラムネに思えるような、完璧なマンハッタンを作った。

千代は自分用に、勝手に水割りを作って飲んだ。

「今夜は、森野君は来ないのかね」

「そう言えばここんとこ、顔を見ないわね」

「いつも、こないだみたいな調子なのか」

千代は目をぐるりと回した。

「アルコールがはいったときはね」

わたしは親指を立てた。

「カサ・ベルデの事件、知ってるだろう。二〇六号室のベランダから、男が落ちて死んだ事件だがね」

千代は目を伏せた。

「新聞で読んだけど、興味ないわね」

「この前、きみがトイレにはいってる間に、森野君が教えてくれたんだ。お楽しみの相手をね。それがカサ・ベルデの、二〇六号室の女だった」

「ふうん」

「勇んで行ってみたら、これがとんだお門違いさ。もう少しで、尻を蹴飛ばされるところだったよ」

千代は歯磨きのCMのように、歯をむいて笑った。

「そういう目にあうの、あんたが初めてじゃないわ。あの人はね、酔っ払うと手当たりしだいに、いろんな電話番号を書き散らしちゃうの。それを真に受けて、恥をかいた男が何人もいるわ」

「どうしてそんなことをするんだろう」

「さあねえ。あたしも、迷惑はしてるんだけど」

「やめるように、言えばいいじゃないか」

「お客さんのすることには、口出ししないようにしてるの。昔口出しして、前歯を全部折られたことがあるから」

千代の歯がきれいなわけが、それで分かった。

「彼はどこに住んでるのかね」

「この近所だって話だけどね」

「どんな仕事をしてるんだろう」

「映画評論とか聞いたけど、あまり売れてないらしいわ」

映画評論か。それは十分考えられることだ。しかしそのほかにも、何かやっていることがあるはずだ。

「彼はカサ・ベルデを舞台にして、やばい商売をしてるんじゃないのかね」

千代は眉をひそめた。

「なんの話をしてるのよ」

「とぼけるのはよせよ。みんなが、ここへ来て森野に聞けば天国を紹介してくれる、と噂している。きみが知らないわけはないだろう」

千代はカウンターの隅に身を引いた。

「変なこと言わないでよ。いったい、どういうつもりなの」

「この店に、迷惑をかけるつもりはないんだ。森野のことを、教えてくれればね」

千代はじっとわたしを見つめた。低い声で言う。

「刑事さんなの」

わたしは、できるだけタフに見えるような笑いを浮かべた。

「そうじゃないが、お望みなら呼んでもいい。御茶ノ水署の保安に、親しいデカがいる。何かというと営業停止を出す、こわもての男でね。斉木というんだが、知ってるかな」

千代の喉仏が、ゆっくりと上下した。急に自信を失ったように、視線が揺れる。

「あんた、斉木さんの知り合いなの」

「知り合いも何も、いつもとっちめられてるよ。だから、たまには手柄になるようなネタを流して、ご機嫌をうかがわなくちゃならないんだ」

千代は目をそらし、水割りを飲み干した。

「だからどうだっていうの。もう帰ってよ」

「用がすんだら帰るさ。もし斉木刑事が、この店を根城にしていかがわしい商売が行なわれていると知ったら、どうすると思うかね」

ぎくりとして、わたしを見る。

「冗談はよしてよ。何か証拠でもあるの」

「あるさ。現にこの間の夜、ぼくはここで森野と商談を成立させた。そしてすぐにも、斉木刑事に自白する用意がある」

「あたしには関係ないわ」

「斉木刑事は、そうは思わないだろうね」

千代は化け猫のような目で、わたしをにらんだ。しかし、それもいっときのことで、やがて肩を落とすと、小さな声で言った。

「どうしろっていうのよ」

「森野がここで、客を引いていたことは認めるだろう」

千代はしばらくためらっていたが、しぶしぶそれを認めた。

「どんな商売をしてたんだ」

千代はさらに肩を落とし、カウンターに両手を載せた。

「主婦売春よ。暇をもてあました主婦を五、六人抱えていて、それを順ぐりに回すの。あんたみたいに、お友だちのいない寂しい男をつかまえてはね」

「なるほど。そのデートの場所として、カサ・ベルデの二〇六号室を使っていたのか」

「だと思うわ」

今はやりの、主婦マントルというやつらしい。

「あの部屋に住んでる女も、メンバーの一人じゃないのか」

「さあ、部屋を提供してるだけじゃないの。客が来ている間は、買い物に行くとかいう話だわ。けっこう昼間の客が多いらしいから」

主婦売春なら、当然そうなるだろう。

この間森野がすかを食らわせたのは、わたしが二〇六号の女でいい、と答えたからに違いない。たぶん森野は、あのあと平松景子に電話をかけ、適当にあしらってわたしの本心を探るように、指示したのだ。

「しかし、どういう女なんだろうね。商社マンの愛人の身で、マントルの客引きに部屋を貸すなんて」

「そんなこと、知るわけないでしょ」

わたしはカウンターに金を置いた。

「実にうまいマンハッタンだった。冷蔵庫をぶつけないと約束してくれたら、また来てもいいんだがね」

千代は、そんな約束はしないと言った。

11

カサ・ベルデの周囲には、ひとけがなかった。

ボタンで二〇六を押す。しばらく返事がない。もう一度試そうとしたとき、インタフォンがつながった。急いで言う。

「先日おじゃました岡坂です。北川さんの葬儀の日にも、ちょっとお目にかかりましたが」

息を飲む気配。

「なんのご用でしょうか」

「この間そちらに、ウィスキーの包みを忘れたような気がするんですが」

「それで」

「できれば引き取りたいんですがね、急に飲みたくなったものですから」

「あしたにしてください。あしたの朝、裏のごみ捨て場に出しておきますから」

なかなか言うことがきつい。

「ちょっと入れてもらえませんか。お部屋で封を切ってもいいんですよ」

「何時だと思ってらっしゃるの」

「知らないし、知りたくもありませんね。森野君のことで、話があるんです」

「そんな人は知らない、と言ったでしょう」

「それでは、これから御茶ノ水署へ行って、その部屋でふだん何が行なわれているか、しゃべってもいいんですか」

長い沈黙がある。インタフォンが切れたのか、と思ったほどだ。呼びかけようとしたとき、内側のガラスドアがすっと開いた。

このドアをあけさせるには、もう少し時間がかかると踏んでいたので、ちょっとあわてた。急いで中にはいる。

二階へ上がり、二〇六号室のチャイムを鳴らした。ドアがあき、そこに景子が緊張した面持ちで、立っていた。チェックのスカートに、白のセーターを着ている。喪服のときの色気は、どこにもない。

「どうぞ」

まるで、保険のセールスマンを招き入れるような、事務的な口調だった。

靴を脱いで上がる。

リビングは広く、かすかにたばこの匂いが漂っていた。床は板張りで、厚手の絨毯が敷いてある。壁には大きな油絵がかかっており、書棚には洋書が詰まっていた。サイドボードには、高級なブランデーがずらりと並んでいる。

わたしのウィスキーは、包みのままサイドボードの上に、載っていた。捨てられる前から、ごみのように見えた。

わたしはソファの一つにすわった。肩まで沈みそうになる。

景子は向かいに腰を下ろした。わたしは、皮肉に聞こえないように祈りながら言った。

「この部屋とも、まもなくお別れですね」

「あなたには関係ないでしょう」

「そうでもないですよ。もしかすると、わたしがつぎの借り主になるかもしれない」

景子は瞬きし、膝の上で手を握り合わせた。

「物好きでいらっしゃるのね」

「そればかりか、はつかねずみのように詮索好きな男でしてね。あなたが、どうして愛人の北川さんを泥棒と見間違えたか、それが知りたくて夜も眠れないんです」

景子はうつむいた。

「気が動転していたんです。夜中にベランダからはいって来るなんて、考えもしませんでしたから」

「いくら動転していたと言っても、相手は大切な愛人ですよ。それとも、そうじゃなかったんですか」

景子はあわてて顔を上げた。

「もちろん北川さんは、わたしにとって大切な人でした。愛していました。だから、告別式のときも一段落したころに、こっそり手を合わせに行ったんです」

「そうですかね。あれは、刑事に尾行されるのを承知でした、臭いお芝居じゃなかったんですか」

「刑事ですって」

「そう。知ってたんでしょう、つけられているのを。あれはいかにも、自分が北川の愛人だったことを印象づけようという、底意のようなものが感じられましたがね」

景子はそれに答えず、ソファを立った。はぐらかすように言う。

「コーヒーでもいかがですか。インスタントですけど」

「いただきます」

景子は救われたように、急いで台所へ行った。

わたしもソファを離れ、書棚の前に立った。色とりどりの洋書が並んでいる。首を横にしてタイトルを読んでいくと、映画関係の本が多いのに気づいた。おや、と思う。

吸いつけられるように、あるペーパーバックの背表紙に目が留まった。《Errol Flynn :

The Untold Story》。エロール・フリン、語られざる物語か。

抜き出して、頭の方を調べる。

著者はチャールズ・ハイアムという人物で、未公開のFBIや国立公文書館の資料をもとに、本書を書き上げたと述べている。

急いで索引をめくり、スペイン内戦の項を探す。すぐに見つかった。ほぼ十ページにわたって記述がある。わたしはその部分を、ざっと走り読みした。たちまち体が熱くなった。

キーツの正体が、フリードリヒ・エルベンなる医者であること。そのエルベンが、ナチスのスパイとして、ずっとFBIの調査の対象になっていたこと。同様にエロール・フリンも、監視を受けていたこと。そしてエルベンとフリンのスペイン行きが、ナチスのための情報収集であったこと、など。森野の話したすべての情報が、その本の中にあった。

森野が、塩谷正彦をとっちめるのに用いたデータは、この本から取ったに違いなかった。

さらに書棚を調べると、例のフリンの自伝《My Wicked, Wicked Ways》や、その訳本もあった。これですべてがはっきりした。

「本がお好きなんですか」

景子に声をかけられ、われに返った。

ソファにもどる。

「まあね。あなたはどうなんですか。お好きなのは本ですか、それとも映画ですか」

景子はコーヒーを飲んだ。

「映画です。大学時代、映画研究会にはいっていましたから」

わたしはたばこを探ったが、灰皿がないのでやめにした。コーヒーに口をつける。

「森野君を知っていますね。何度も聞いて悪いですが」

景子は目を伏せた。頬がこわばる。

「そんな人は知らない、と言ったはずです」

わたしは一息入れて言った。

「森野君は、映画に詳しいんです。ついこないだも、エロール・フリンについて熱弁を振るって、プロの評論家をやり込めてしまった。そのとき、彼がしゃべった話には、ちゃんとした出典がある。たった今、その原典が分かりましたよ。この書棚に並んでいる、チャールズ・ハイアムが書いたフリンの伝記と、フリンが書いた自伝の二冊です。彼はこの二つを読んで、二種類の情報を頭に入れていたんです」

景子は、わたしの背後の書棚に目をやり、唇をなめた。

「どこにでもある本でしょう」

わたしは口調を改めた。

「そうは思えないね。こうなったら隠しても無駄だよ。森野君が、ここに出入りしていることを、認めたまえ」

　景子は、カップを取り落としそうになった。腹立たしげに言う。

「認めません。ばかばかしい話だわ」

「この間の事件の夜も、彼はマンションの前でやじ馬にまじって、見物していた。そしてほかのやじ馬から、死んだのが北川だと聞かされていたのに、ぼくにはそらとぼけてみせた。どう考えても不自然だ。ぼくの勘では、あの夜彼はこの部屋にいた。そこへ北川が忍び込んで来たので、追い返したんだ。北川が、びっくりして手を滑らせたのも、無理はないね」

　景子はカップをがちゃりと置き、憤然として言った。

「もうたくさんよ。帰ってちょうだい」

　わたしはずばりと言った。

「森野は主婦マントルの、手配師をしている。そしてきみはこの部屋を、彼の商売のために使わせているんだ」

「何を言うの、失礼な。主婦マントルって、なんのことですか」

「失礼な、と言うからには、主婦マントルがどういうものか知ってるはずだ」

　景子は唇を嚙んだ。

「とにかく、わたしには関係ないことだわ。お願い、帰ってください」

「北川はきみの愛人なんかじゃない。彼は単なるダミーにすぎなかった。きみは、表面だけ北川の愛人を務めながら、裏で森野のマントルの手伝いをしていたんだ」

景子は顔色を変え、スカートの膝を握り締めた。白い膝小僧がのぞく。

「頭がおかしいんじゃないの。森野なんか知らないって言ってるのに」

「灰皿を急いで片付けたね。しかし、たばこの匂いがまだ残っている」

景子はまじまじと、わたしを見つめた。言葉を失ったようだ。

わたしは続けた。

「お芝居は終わりにしよう。きみがこれほど簡単に、ぼくをここへ上げてくれるわけがない。だれが入れてくれたのか、ぜひ知りたいものだ」

奥のドアがゆっくりとあいた。

松葉杖がのぞき、森野が姿を現した。

12

森野は黒のセーターに、焦げ茶のコーデュロイのズボンをはいていた。

松葉杖を重ねてテーブルにもたせかけ、景子の隣にすわる。

「あなたの推理力には、かぶとを脱ぎましたよ。いったいだれのために、こんな探偵ごっこをしてるんですか。あなたの仕事は、もう終わったはずなのに」

「単なる好奇心さ。分からないことがあると、どうにも気持ちの収まりが悪くてね」

「もうすべて分かったでしょう。ぼくは確かにここで、景子にマントルの管理をやらせていた」

わたしは首を振った。

「いや、分からないことは、まだたくさんある。そもそも北川は、どうしてここへ忍込もうとしたか。だれのために、そんなことをしなければならなかったか」

森野は、じっとわたしの顔を見つめた。それから薄笑いを浮かべた。

「どうやらあなたには、分かっているようですね。違いますか」

わたしも薄笑いを浮かべた。

「まあね。ここに残っているたばこの匂いは、非常に香りが強い。そしてぼくは前に、この匂いをかいだことがあるんだ」

森野はなおもわたしを見つめ、それから大きな声で奥に呼びかけた。

「どうやらばれたようですよ。出て来た方がよさそうだ」

景子が顔をそむけた。じりじりするような静寂が部屋を包む。

やがて奥のドアが、ゆっくりと開いた。いかにも気が進まない、という開き方だった。

中年の恰幅のいい男が出て来た。

明和商事の常務本多義明は、ミルクのように真っ白な顔をしていた。

いかにも打ちひしがれた、力のない足取りで座に加わる。視線を避け、残ったソファにそろそろとすわった。ツイードの上下に身を包み、ネクタイをだらしなく緩めている。

本多は口ごもりながら言った。

「これには、いろいろと、事情があるんだ」

「そうでしょうとも。あなたたちお偉方は、いつも何かしら事情を抱えているんだ」

本多はハンカチで汗をふいた。

森野がからかうように言う。

「この人はね、部下の北川をダミーに使って、半年前から景子をここに囲ってたんですよ。銀座のクラブで、見初めましてね」

「そんなとこじゃないか、と思った」

本多は、かすかに喉を動かしただけで、何も言わなかった。

森野が続ける。

「北川名義で部屋を借りておけば、万一の場合にも火の粉が降りかからずにすむ。汚いけど、頭のいいやり方だと思いませんか」

わたしは首筋を掻いた。

「言いなりになる方も、なる方じゃないか。どうして北川は、そんなみっともない役を引き受ける気になったのかね」

「これはもともと、北川の奥さんが考えたアイディアだそうですよ。奥さんが亭主を説き伏せて、この常務さんと取引するように仕向けたんです」

「北川静江のアイディアだって」

「ええ。管理会社とスムーズに契約できるように、わざわざ亭主と一緒に下見までしに来たらしい」

わたしは呆れて本多を見た。

本多は背筋を伸ばして、わざとらしく咳払いした。わたしと視線が合うと、あきらめたように言い捨てる。

「うだつの上がらぬ亭主を持つと、ある種の女はとんでもないことを、考え出すものでね。亭主が出世すれば金もはいるし、いい思いができるというわけさ」

いくら一流の商事会社とはいえ、たかだか庶務部長の椅子にそれほどの価値が、あるだろうか。

森野が口をはさんだ。

「ところがこの人ときたら、今度の事件でびびっちゃって、景子と別れると言うんですよ。今夜その話し合いに来るというので、先回りしてここで待機していた。ぼくとしては金づるがなくなると困るし、この辺で正体を見せて、先ざきの相談をした方がいいと思ったんです。不意打ちは大成功でした。あなたまで飛び入りして来たのは、計算外でしたがね」

本多は、怒りをあらわにして言った。

「それにしてもひどいやつだな。人が囲った愛人にこっそりマントルをやらせて、そのうえ金を脅し取ろうとは」

森野は快活に笑った。

「冗談言っちゃいけない。景子はもともとぼくの女なんだ。大学時代からの付き合いでね。あんたには、一時貸しただけですよ、マンションの部屋代を、払ってくれると言うから」

わたしは景子に目を向けた。

「よく平気でいられるね」

景子はそっぽを向いた。森野がかわりに答える。

「景子はね、ぼくに借りがあるんです。この足を見てくださいよ。なくなった左足が、どこへ行ったか分かりますか。十年前二人で箱根に行った帰り、景子が運転を過って車をガードレールにぶつけましてね。助手席をこすりながら、そのまま百メートルも暴走した。停まったときには、ぼくの左足はドアと一緒にどこかへ消えてなくなっていた」

景子は真っ青になり、森野を見て叫んだ。

「やめて、やめてよ、その話を蒸し返すのは。あなたのためにこの十年間、なんでも言われたとおりにしてきたじゃないの。本を出したい、映画評論をやりたい。しまいには映画を作りたい。そのためには金、金、金。だからホステスもやったし、人の愛人にもなった。マントルの手伝いもしたわ。それなのに自分は、一つとしてまともな仕事をしたことがないじゃないの」

森野は照れくさそうに、こめかみを掻いた。毛ほどもこたえた様子はない。

本多がうめくように言った。

「これじゃまるで、美人局じゃないか。まったく汚い連中だな、おまえたちは」

わたしは半分吹き出した。

「よく言うね、本多さん。一流会社の常務が聞いてあきれるよ。北川をさんざん利用したあげく、死なせてしまったあなたに、そんなことを言う資格はないね」

「言いがかりはやめてくれ。北川が死んだのは、わたしの責任じゃないぞ」

「そうかね。北川はあなたの命令で、ここへ忍び込もうとしたんだろう」

本多はたじろいだ。

景子がさげすむように言う。

「そうよ、この人が北川さんを送り込んだのよ。わたしが浮気している現場を、カメラで撮らせようとしたんだわ」

本多は、景子を凄い目でにらんだが、何も言い返さなかった。

わたしが明和商事を訪ねたとき、本多はわたしの話から景子が浮気しているのではないか、と疑いを持った。それで北川に、証拠写真を撮るように命じたに違いない。

森野が鼻をこすりながら言った。

「そのカメラは、ぼくが頂戴しましたよ。ちょうど、手持ちのやつが故障したのでね」

本多が森野に指を突きつけ、勝ち誇ったように言った。

「そうか、それで分かったぞ。おまえはやはりあの夜、ここにいて景子と乳繰り合っていたんだ。そこへ北川が忍び込んできたので、ベランダから突き落とした。そうなると、これは殺人だ。少なくとも、傷害致死罪になるぞ」

景子は激しく首を振った。

「そうじゃないわ。この人は、北川さんのカメラをもぎ取っただけよ。北川さんは、自分で手すりを乗り越えて、落ちたんだわ」

森野は、くったくのない笑い声をあげた。

「まあ、ぶち殺すぞ、と脅したことは確かだから、因果関係はあるかもしれないな。警察に密告するかね」

本多はハンカチで唇をぬぐった。

「しないと思っているな」

「できるわけがないだろう。全部ばれてしまうんだぞ、あんたの浮気も」

二人はにらみ合った。

わたしも汚い話には慣れているつもりだが、今度ばかりはヘドが出そうだった。

森野の目をとらえて言う。

「きみもずいぶん、汚い仕事をしてるじゃないか。ぼくのことを、悪くは言えないね」

「あなたも片足をなくしたら、ぼくの心境が分かりますよ。働きたくても働けないってことが、どういうものかね」

「これは驚いたね。両足がなくてもりっぱに働く人たちが、たくさんいるのを知らないのか」

わたしは立ち上がり、松葉杖をつかんで投げ捨てた。それは死人の足のように、八の字形に床に転がった。

森野はソファの肘掛けに、指を食い込ませた。

「何をするんだ」

「こんな上品な道具は、捨てた方がいい。きみがなくしたのは、どうやら足じゃないようだからね」

森野は黙って、その意味を考えていた。重苦しい沈黙のあと、ようやく声を絞り出す。

「さあ、二人ともさっさとここから、出て行ってくれ」

その口調には、いつもの文学青年らしい雰囲気は、みじんもなかった。わたしの言葉が、よほどこたえたらしい。

本多がせせら笑った。

「ふふん。こんな面白いせりふを聞いたのは、久しぶりだよ。何を勘違いしてるんだ。この部屋はわたしが借りてるんだぞ。わたしが北川を通じて、金を払っていたんだ」

森野は本多をにらみつけた。

「上等じゃないか。これからは、それどころの金じゃすまなくなる。覚悟しておくんだな」

本多の顔がたちまちこわばる。

「脅迫するつもりか。マントルのことがばれたら、おまえは後ろへ手が回るんだぞ」

「そうなっても、あんたほど失うものは多くないさ」

本多の顔を不安がよぎった。

やがて唇の端に、少しずつこびるような笑いが浮かぶ。

「冗談だよ、きみ、今のは冗談さ。よく話し合おうじゃないか。そのためにここへ来たんだろう」

「そのつもりだったが、気が変わった。いずれあんたの会社へ出向いて行くよ」

本多は森野を見つめ、唇をなめた。顔色が悪い。急に、わたしの方に向き直って言う。

「この人と話をするのに、仲立ちをしてもらえんだろうか」

わたしは、ドアの方に後ずさりした。

「ごめんだね。もう引き上げることにするよ。こんなところに長居をしたら、体がくさるからね」

本多はあわてて言った。

「ちょっと待ってくれ。いろいろと、相談したいことがあるんだ」

それを無視してドアをあけ、そのまま玄関に向かう。後味が悪かった。気持ちの収まりもつかない。

外廊下から階段に出たところで、本多があとを追ってくる気配がした。わたしは振り向かなかった。

13

　桂本忠昭はソファをぎしぎし鳴らして、先を催促した。

「それからどうしたんだ」

「マンションを出たところで、二人組のデカに呼びとめられましてね。二〇六号の女について、話を聞かせてほしいというんです」

　桂本は指を振り立てた。

「すると御茶ノ水署はやはり、北川の死を単なる事故死じゃない、とにらんでいたのか」

「違うんですよ。同じデカでも、刑事課じゃなくて生活安全課の方なんです」

「生活安全課だと」

「ええ。連中はしばらく前から、平松景子をマークしていたらしいんです。芳しくない噂が広がってましたからね。北川の事件をきっかけに、森野や本多の姿が浮かんできたので、強制捜査に踏み切ったんでしょう。そのままわたしは署へしょっぴかれて、今朝までこってり絞られた、というわけです」

「本多はどうした」

「もちろん一緒ですよ。ただ呼びとめられたときに、逃げようとしましてね。あれで印象を悪くしてしまった。わたしみたいに神妙に同行していれば、愛人問題も公にならずにすんだのに」

桂本は突き出た腹を、ぽんとたたいた。

「しかし御茶ノ水署の生活安全課に、そんな腕利きのデカがいたかね」

「知りませんか、よれよれの服を着て、ダックスフントみたいな顔をした男を。平松景子を尾行したりして、なかなか油断のならぬデカだと思いましたがね」

「ああ、知ってるぞ、そいつなら。あれは評判の悪い男だ。この界隈の飲み屋は、軒並みやつにタダ酒を飲まれて、つぶれた店もいくつかあると聞いた」

《グルーチョ》で、その刑事の名前を無断借用したことは、黙っていた方がよさそうだ、と判断した。

「ところで先生。森野と平松景子の、弁護を引き受けるつもりはありませんか」

桂本は顎を二重にした。

「なんだって。あんたは連中のやってることに、ヘドが出るとか言わなかったかね」

「そうなんですが、あの二人にはどこか、憎めないところがありましてね」

桂本は薄い髪を、丹念に撫でつけた。

「わたしが乗り出すほどの事件じゃないな。そもそも連中に、弁護料が払えるとは思えんよ。あんたが立て替える、と言うなら話は別だが」

「とりあえず、これで手付けになりませんかね」

桂本は、わたしが取り出した例の商品券を見て、最高にいやな顔をした。

消えた頭文字

1

一階の喫茶店《マラガ》でコーヒーを飲んでいると、桂本忠昭法律事務所で秘書を務める神原佐枝が、電話してきた。

「ご休憩中に申し訳ありませんが、桂本先生が折り入ってご相談したいことがある、と申しております。ごめんどうでも、上がって来ていただけませんか」

佐枝がばかていねいな口をきくときは、そばで桂本が腕組みをして、様子をうかがっている証拠だ。へたをすると受話器に耳をつけて、盗み聞きしているかもしれない。それくらいは、しかねない男なのだ。

そもそも折り入って相談があるなどと、桂本がしおらしいことを言うときは、手間のかかるわりに金にならない、私立探偵まがいの仕事を押しつけるつもり、とみてよい。

しかしそうと分かっていても、わたしにはむげに断れない弱みがあった。

それはわたしが、JR御茶ノ水駅から徒歩五分の一等地に建つこのマンションに、格安の家賃で住居兼事務所を構えることができたのは、ほかならぬ桂本のおかげだという事情による。

それ以前は、桂本もわたしも今はなくなってしまった、すぐ近所の曙ビルというぼろビルに、汚い事務所を借りていた。ところがつい先ごろ、そのビルが隣の大手医療器具会社に底地買いをされ、立ち退きを強要される事態になった。

そのとき桂本とわたしは、というより主に桂本が、あらゆる法律的知識と恫喝的詭弁を駆使して、新しい地主に逆ねじを食わせる作戦に出た。その結果、首尾よく当の医療器具会社が所有する近所の高級マンションに、二軒分の代替事務所を確保するのに成功した。それがこの《シャトー駿河台》なのだ。わたしは三鷹のアパートを引き払い、住居と事務所を一つにしていた。

「分かった。すぐに階段を駆け上がる、と伝えてくれ」

わたしは受話器をおき、席にもどった。ゆっくり時間をかけてコーヒーを飲む。近くに大学や予備校があるため、学生の姿が多かった。

窓際の席に外国人がすわって、朝日新聞を読んでいる。細長い顔に眼鏡をかけた、小柄な男だった。語学学校の講師かもしれない。最近日本で働く外国人がふえ、この界隈でもよく姿を見かけるようになった。

コーヒーを飲み干し、《マラガ》を出た。わたしたちの事務所は、三階の向かい合った部屋にある。桂本の事務所は日当たりがよく、わたしの事務所は風当たりが強い。地主と、じかにやり合ったのは桂本だから、文句は言えなかった。ともかく、わたしにとっては住居と仕事場が一緒になり、神田神保町の書店街に歩いて行けることが、最大のメリットだった。

桂本の事務所にはいると、受付兼用のデスクにすわっていた神原佐枝が、ぐるりと瞳を回して桂本の執務室の方に、首を傾けた。オリーブグリーンのワンピースに、黄色いカーディガン。『先生のお気に入り』の、ドリス・デイのような髪形をしている。

ここ数年の間に、いくらか齢を取ったにせよ、佐枝の美貌はいささかも衰えていない。知性、機転、スタイル、センスと、どれをとっても完璧そのものだが、なぜか男に縁がない。おそらく完璧すぎるのが原因だろう。桂本秘蔵の、春本コレクションを盗み読みする趣味があるのに、実生活ではめっぽう身持ちの堅い女だった。

わたしは手を広げて、パーをこさえた。

佐枝が首を捻り、チーで答える。グーでなくてよかった。グーは桂本の機嫌が、最悪であることを意味する合図なのだ。

執務室のドアをノックして、中へはいる。

先客がいた。藤色のぴったりしたスーツに身を包んだ女が、ソファを立ってわたしを迎えた。

正直なところ、衝立（ついたて）が動いたかと思った。

わたしも決して小柄な方ではないが、女はほとんど変わらない背丈の持ち主だった。しかし体の均整は取れている。いや、抜群のプロポーションといってよい。年は三十を二つ三つ出たあたりか、小づくりの顔にほっそりした手足をしている。佐枝を見たあとでも、生唾を飲まずにいられないほどの、すこぶるつきの美人だった。

大柄な女は、概して高い靴をはきたがらず、姿勢も猫背になる傾向がある。しかし目の前にいる女は、傘立ても顔負けの高いパンプスをはき、艦橋に立つ東郷元帥のように胸を張っていた。

向かいにすわった桂本弁護士が、あくまですわったまま不機嫌そうに言う。

「ご紹介します。さきほどお話しした、調査マンの岡坂神策君です。いささか、時間にルーズなのが玉にきずですが、この件に関して十分お役に立てる、と確信しています」

女は、靴を磨いておけばよかったと後悔するくらい、深ぶかとわたしの足元に頭を下げて言った。

「はじめまして。田倉いづみと申します。お世話になります」

体つきに似合わず、都会へ出て来たばかりの少女のような、か細い声だった。

「岡坂です。あまり、お役に立てるとは思えませんが」

わたしは女を見ながら、桂本を意識して答えた。

桂本が急いで言う。

「いや、ご心配なく。岡坂君は、非常に謙虚な男でしてね、自分の仕事を、つねに過小評価する癖があるんです」

女はすわり直し、わたしも桂本の隣に腰を下ろした。

桂本はわたしを見て、まじめくさった口調で言った。

「田倉さんは、お子さんを探しておられるんだ。人道的な見地からも、手を貸してさしあげるべきだ、と思う。もちろんきみも、賛成してくれるだろうね」

「言うまでもありません。御茶ノ水警察署の電話番号なら、すぐお教えできますよ」

桂本はいやな顔をした。

「田倉さんのお住まいは、御茶ノ水署の管内じゃない。それにどのみちこの一件は、警察に相談する種類の問題じゃないんだ」

「誘拐にせよ失踪にせよ、あるいは単なる家出にせよ、いなくなったお子さんを探すのは、警察の仕事だと思いますがね」

「残念ながら、そのどれでもない。田倉さんが探しておられるのは、実は別居中のご主人と一緒にいるはずの、十六歳になる娘さんなんだよ」

2

わたしは女の顔を見直した。

それほど、大きな娘がいるようには、見えなかった。

田倉いづみは、恥じらうように目を伏せた。

「伊久代は、夫の連れ子なのです。三年前に結婚したとき、伊久代は十三歳でした」

義理の娘で、今十六歳か。それで納得がいった。

「奥さんの方は、初婚だったんですか」

つい聞いてしまい、すぐに後悔した。立ち入った質問をしたからではない。好奇心を出したことを、桂本に悟られるのではないか、と思ったからだ。

「はい、初婚でした」

いづみが答えるか答えないうちに、案の定桂本はソファの上で巨体を揺すり、うれしそうに言った。

「それじゃ、奥さんが娘さんを探しておられる状況を、わたしから簡単に説明しよう。どうやらきみも、この一件に関心を抱いたようだからな。言い足りないところは、奥さんに補足してもらう」

いやもおうもなかった。

桂本の説明によればこうだ。

いづみの夫田倉誠造は、主に中南米を対象に、小さな貿易商社《田倉商事》を経営している。三年半ほど前、外国人のビジネスマンがよく利用する、赤坂の《クレール》というクラブで、田倉はいづみと知り合った。いづみはその店で、クローク係をしていたのだ。

当時の田倉は、半年前に先妻を癌で失ったばかりだった。その後、住み込みの家政婦をはさんで、一人娘の伊久代と味気ない生活を送っていた。仕事が忙しいために、父娘の対話もほとんどなく、伊久代の性格もすさむ一方だった。

初めて誘われた夕食の席で、いづみは田倉にそんな話を聞かされ、素朴な同情心を抱いた。それをきっかけに、二人はしばしば食事をともにし、交際を深めていった。そして半年後、田倉は思い切ったように、後妻にきてほしいといづみを口説いた。

三十歳を目前に控え、婚期を逸しかけていたいづみは、さして迷いもせず田倉のプロポーズを受け入れた。

「もちろん同情だけで、結婚したわけではありません。田倉にはそれなりに、男性としての魅力があったのです。社長夫人という立場に、魅力を感じたことも事実ですが」

いづみは正直に、そう認めた。

桂本が続ける。

「しかるに、この田倉という男がとんだ食わせ者で、家計費を握って奥さんの自由にさせないばかりか、出費に対していちいち文句をつける。女遊びは序の口で、競輪競馬にパチンコ麻雀、その上酔っ払っては奥さんや娘さんに暴力を振るう。奥さんにしてみれば、まったく見込みがはずれてしまったわけだ。しばらくはがまんしたが、ついにたまらず一年ほど前に家を出て、別居生活にはいった。離婚も考えたが、田倉の方がうんと言わない。したがって現在奥さんは、田倉からのわずかな仕送りと、六本木の《森の老女》というクラブのクローク係の給料で、細ぼそと暮らしておられるというしだいさ」

わたしはたばこを探ったが、節煙するために持ち歩かないようにしていることを、思い出した。

あきらめて質問する。

「すると現在娘さんは、ご主人と一緒に暮らしておられるわけですね」

いづみはうなずいた。

「そうです。というか、そうだと思います」

「それはどういう意味ですか」

「自宅は、世田谷区の千歳船橋にあるのですが、このところ電話をしても応答がありませんし、訪ねて行ってもだれも出て来ないのです。お隣で聞いてみますと、ここ二ヵ月ほど二人の姿を見ない、ということでした。表札はかかっているのですが、どこかに住まいを移したようです。区役所で調べたところ、転居届けは出ていませんでした」

「十六歳というと、娘さんは高校一年生ですね。学校の方に問い合わせをしましたか。かりに転校したとすれば、転校先から現住所が分かるはずですが」

いづみは首を振った。

「伊久代は、高校へ進学しなかったのです。今春中学を卒業したあと、どこかへ働きに出たと聞きました」

「どこかと言いますと」

いづみは咳払いをして、膝の上のハンカチを握り締めた。

「それがその、よく分からないのです。喫茶店だかスナックだかの、ウェートレスをしていると聞きました」

桂本が割ってはいる。

「小なりといえども会社の社長たる者が、未成年の娘にウェートレスをさせとるんだ。

けしからんじゃないか」

「中学を出て働くのは悪いことじゃないし、ウェートレスだってりっぱな職業ですよ」

桂本は不服そうに口をつぐみ、いづみを促すように見た。

いづみは背筋を伸ばし、きっぱりと言った。

「岡坂さんのおっしゃるとおりです。働くのが悪いとは申しませんし、ウェートレスがいけないとも申しません。でも母親として、伊久代にはもう少し、娘らしい道を歩んでほしい、と思います。それでわたしは、娘を引き取る決心をしたのです」

3

ドアにノックの音がして、神原佐枝がお茶を運んで来た。

桂本の目を盗んで、わたしにウィンクする。わたしが、田倉いづみにどの程度の関心を抱いたか、知りたがっているようだ。

佐枝が出て行くのを待って、わたしはいづみに言った。

「娘さんは、ご主人の連れ子だ、とおっしゃいましたね」

いづみは、わたしの質問の意味を理解したらしく、熱心な口調で説明を始めた。

「そうです。自分の腹を痛めた子でもないのに、とお思いでしょうけど、わたしは伊久代のことが、心配でならないのです。自分で言うのもなんですが、伊久代はわたしになついておりました。物心がついてから新しい母親ができた場合、普通はなかなかなじまないものだと聞いています。でも、伊久代とわたしは別でした。一緒に暮らし始めたその日から、とても気が合うのが分かりました。父親よりもわたしになつくのに、一ヵ月とは時間がかかりませんでした」

桂本が強調するようにうなずく。

「そうなんだ。娘さんは父親といるより、母親といる方が幸せなんだよ」

わたしはお茶を飲んだ。

「すると、奥さんの希望としては娘さんを探し出して、ご主人の手から引き取りたいと、そういうわけですか」

また桂本が割り込む。

「それだけじゃない。娘さんの親権を取って、正式に離婚したいとおっしゃるんだ」

「親権を取る。しかし伊久代さんは、ご主人のお子さんでしょう」

いづみは、ハンカチをもみしだいた。

「それは百も承知しております。でも、血がつながっていないからといって、親権者の資格がないわけではないでしょう。伊久代は父親と一緒にいるかぎり、幸せになれないのです。わたしが引き取って、りっぱに成人させてみせます。田倉との間に、子供ができなかったせいもありますが、わたしは伊久代を血を分けた娘同様に、愛しているのです。伊久代も、わたしを好いていてくれます。一緒に暮らすのに、なんの不都合もありません」

「そんなに気が合う仲でしたら、娘さんの方から連絡してきてもいいはずですね」

いづみは、ちょっとたじろいだ。

「田倉は、娘がわたしに連絡をとることを、ひどくいやがるのです。それでも中学を卒業する前までは、ときどき電話で近況を報告してきました。最近ぱったりそれがなくなったのは、電話もできない状態におかれたのではないかと、そんな気がするのです。会社の方に電話しても、田倉はわたしだと分かると、通話口に出て来ません。伊久代が無事でいるかどうか、それを考えると心配で、心配で」

言葉を切り、またハンカチをもみしだく。

「いっそ奥さんが家を出るときに、連れて行かれればよかったですね」

皮肉を言ったつもりはないが、いづみの頰が赤くなったので、そう受け取ったことが分かった。

「当時わたしに対する、田倉の仕打ちがあまりにひどいものでしたから、正直なところ伊久代のことまで気が回らなかったのです。でも一年別居してみて、どれだけ伊久代がわたしを必要としているか、同時にどれだけわたしが伊久代を必要としているか、はっきり分かりました。お願いです、お力を貸してください」

わたしは首筋を搔いた。

桂本が、すかさず言う。

「あんたが娘さんを見つけてくれれば、離婚と親権の問題はわたしの方で引き受ける。奥さんがわたしのところへ見えたのは、昔世話になったさる代議士先生の紹介でね。その先生、奥さんがいま働いている《森の老女》の常連なんだよ。まあ、そんなことがなくても、これはぜひお手伝いしなければならん案件だが」

わたしは、いづみを見た。

「いちばん簡単な方法は、会社からご主人のあとをつけることです。たとえどこかへ寄り道しても、最後には家に帰るはずです。試してみましたか」

「いいえ。会社は渋谷区の宮益坂にあるのですが、何時ごろ田倉が退社するか分かりませんし、わたしは車の運転ができないものですから」

桂本が、指を振り立てる。

「か弱い女性に、それも素人の女性に、探偵の真似をしろという方が無理だよ。それができるくらいなら、あんたを呼びつけたりせんさ」

それを無視して、いづみに尋ねた。

「ご主人がどこへ住まいを移されたか、まったく心当たりがないんですか。別荘とか実家とか、あるいは兄弟親戚の家とか、いくつか考えられると思うんですが」

「わたしどもの別荘が信濃追分にありますが、そこにはだれもおりませんでした。万一と思って、一週間前に様子を見に行ったのです。長い間使われた形跡がありませんでした。また田倉の両親は亡くなりましたし、家を継いだ兄とは仲が悪くて、十年以上も

会っていないはずです。ほかに思い当たるところはありませんし、どこかにマンション
でも借りたのではないでしょうか」
わたしはお茶を飲み干した。
「かりに、わたしが娘さんを見つけ出したとして、どうしろとおっしゃるんですか。一
緒に、お母さんのところへ行こうと説得するのか、それともうむを言わせず、奥さんの
ところへ引っ張って行けばいいのか」
いづみは、急いで首を振った。
「娘の居場所さえ突き止めてくだされば、それでいいのです。あとはわたしの方で、な
んとかいたします。娘に、いきなり岡坂さんが声をかけても、警戒されるだけでしょう。
後日わたしが、田倉のいないときに出直して、一緒に来るように説得するつもりです。
それでよろしいでしょうか」
「その方がいいでしょうね。わたしも、誘拐犯と間違えられたくないですから」
田倉誠造の自宅住所、会社の所在地、伊久代が卒業した中学校の名前、いづみの連絡
先など、必要事項を聞き出してメモする。いづみは家を出てから、目黒区祐天寺のアパ
ートを借り、勤め先のクラブがある六本木まで、地下鉄日比谷線で通っているらしい。
いづみは参考までに、と田倉父娘が一緒に写っている写真をよこした。一年半ほど前、
ディズニーランドで撮ったものだという。
田倉は四十過ぎの、肌の浅黒い脂ぎった男だった。不機嫌そうに濃い眉をひそめ、分

厚い唇をぐいと引き結んでいる。

娘の伊久代は華奢な少女で、父親と反対にうれしそうに笑い、カメラに向かってVサインを出している。色白の整った目鼻立ちは、おそらく父親よりも死んだ母親に、似たのだろう。

4

田倉いづみが出て行ったあと、桂本はソファの背にだらしなくもたれて、突き出た腹をぽんと叩いた。

「あんたにすりゃ、楽な仕事だろう。ちょっとした小遣い稼ぎになると思って、回してやったんだ」

だから恩に着ろ、というような口調だった。

「今小遣いには、あまり興味がありませんね。こういった探偵まがいの仕事は、できるだけ減らしたいんです。前にも申し上げたような気がしますが」

桂本は眼鏡を押し上げた。

「ずいぶん、偉くなったもんだな。ついこの間まで、毎朝顔を出しちゃあ『何かありませんか』と、売れない楽士みたいに仕事を探してたのは、どこのどいつだ」

「しかし先生、それはもうだいぶ前の話ですよ。最近はわたしもいくらか、仕事を選ぶ余裕ができたわけでして」

「そいつはめでたい。この一件は全部、あんたに任せることにしよう。田倉夫人は娘を探すために、二十万用意したと言っている。必要経費別でだ。二日もあればできる仕事だし、お祝い代わりにわたしの手数料は、サービスしておく。悪い仕事じゃないだろう」

「最近はもっと若くて、フットワークのいい調査マンが増えてますよ。なんでしたら、紹介してもいいですが」

桂本はめんどくさそうに、手を振った。

「遠慮しないで、あんたがやればいいんだ。さっきの話にも出たが、田倉誠造は中南米相手の仕事をしている。スペイン語の特技が生かせると思って、わざわざあんたを選んだんだぞ。期待を裏切らんでくれ」

中南米からスペイン語、スペイン語からわたしか。その短絡的な発想は、桂本ならではのものだ。

執務室を出ると、神原佐枝がもの問いたげに、わたしの顔を見た。

「所長が仏心を出して、ぼくに小遣い稼ぎをさせてやろうとさ」

小声で言うと、佐枝は瞳をぐるりと回し、同じようにささやいた。

「ずいぶん、体格のいいお小遣いですね」

田倉いづみのことを、言っているのだ。

「ぼくには向かないね。なにせ財布が小さいから、はいり切らないよ」

執務室のドアが開き、桂本が大きな顔をのぞかせた。嚙みつくように言う。

「そんなとこで油を売ってないで、さっさと仕事にかかるんだ」

わたしは人差し指を立てた。

「そうだ、一つ忘れていました。車が必要になるかもしれないので、キーを貸してもらえませんか」

桂本のめったに乗らないシーマが、地下の駐車場に停めてあるのだ。

桂本は渋い顔をして、ポケットを探った。

「満タンにして返すんだぞ」

しっかりしている。

桂本が投げたキーを受け取り、事務所を出た。

向かいの、自分の事務所にはいろうとしたとき、廊下の端で人影が動いた。

見ると、田倉いづみだった。いづみは何か言いたげに、軽く頭を下げた。

そばへ行くと、いづみはもう一度頭を下げた。

「申し訳ございません。あまり、お気に染まない仕事を、お願いしてしまって」

「いや、お引き受けした仕事ですから、気に染むも染まないもありません」

わたしは調子よく言い、胸をそらした。

見れば見るほど、いづみの体には圧倒的な迫力があった。そばにいるだけで、気後れを感じる。感じないためには、アントニオ猪木くらいの体格が必要だった。

いづみは、ハンカチを口元に当てた。

「もしお時間がございましたら、そのあたりでお茶でもご一緒させていただけませんか」

「いいですよ。一階に喫茶店があります」

わたしたちは階段をおり、《マラガ》にはいった。

店中の視線が、まるで真っ赤なキャデラックが飛び込んで来た、とでもいうようにいっせいに、いづみに集まった。

いづみは髪を後ろに払い、まっすぐに中央のあいたテーブルに向かった。注目されることに慣れた態度だった。

一人だけ、いづみを見なかった男がいる。窓際にすわった、例の外国人だった。目の前に新聞を広げているので、見えなかったのかもしれない。あるいは、いづみ程度の体格の女は、国へ帰れば珍しくないのかもしれない。しかしどこの国にせよ、いづみほどの美人がそういるとは思えなかった。

コーヒーを頼む。

いづみは低い声で言った。

「一年もほうっておいた娘に、今さらなんだとお思いでしょうけれど、決して気にしていなかったわけではないんです。一日だって忘れたことはありません」

「わたしに弁解されることはありませんよ、奥さん。親子というのは、血のつながりだけで成立するわけではない。わたしは独身で、子供もいないからよく分かりませんが」

いづみは瞬きした。

「岡坂さんは、お独りでいらしたんですか。そうは見えませんけれど」

「と言われ続けているうちに、四十の坂を越えてしまったようなわけで」

ウェーターが、ニトログリセリンを運ぶような手つきで、コーヒーを運んで来た。

その陰をすり抜けるように、例の外国人がそそくさとレジに向かった。畳んだ新聞を不自然に、顔の横に立てている。

いづみはウェーターの肩越しに、何げなく外国人を見た。目にかすかな緊張が宿る。すぐに、わたしに視線をもどした。心の動きを読まれたかどうか、探るような目だった。

ウェーターが行ってしまうと、いづみはブラックのままコーヒーを口に運んだ。

わたしは、ミルクを入れながら言った。

「今の外国人をご存じなんですか」

いづみは、その質問を予期していたように、落ち着いた口調で答えた。

「見たことがあるような気もしますが、はっきりしません。主人の仕事関係の人だったかしら。田倉は、中南米の取引先のかたたちと、よく会っておりましたから、わたしも、どこかで見かけたことがあるかもしれません」

そう言われてみれば、男はラテン系のように見えた。

「奥さんと、顔を合わせたくないような雰囲気でしたね。桂本先生の事務所へ上がる前、わたしはこの店でコーヒーを飲んでいたんですが、そのときから彼はここで新聞を読んでいました」

「偶然だと思いますわ」

「もしかすると、奥さんをつけて来たのかもしれませんね」

いづみは、まるでわたしが卑猥なことを口走ったとでもいうように、きっと眉を吊り上げた。

「それは、どういう意味でしょうか」

「別に深い意味はありません」

いづみは、少しの間わたしを見つめ、肩の力を抜いた。

「すみません、娘のことでいらいらしているものですから。おっしゃるとおりかもしれません。田倉がわたしの動きに気づいて、様子を探らせているということも、考えられます。いえ、きっとそうに違いありません」

「思い過ごし、ということもあります。わたしは、なんでも疑ってみるたちなので」

「田倉は、わたしが伊久代を探していると分かれば、ますますガードを固めるでしょう。どうか一日も早く、伊久代を探し出してください。お願いします」

いづみは、テーブルの上に頭を下げた。

切れ込みの深いスーツの襟元から、フットボールのようなふくらみがちらりとのぞき、わたしはもう少しで、コーヒーを吐き出しそうになった。

5

翌日。

昼少し前、御茶ノ水駅から電車を乗り継いで、世田谷区の千歳が丘中学校へ行った。

田倉伊久代の卒業時の担任は、箕島知津子という体育の女教師だった。わたしは職員室の隣の、狭い応接室で知津子と面談した。

知津子は、まだ二十代前半に見えた。小柄な体を白いトレーナーに包み、髪を黄色いヘアバンドでまとめている。

わたしは母親に頼まれて、伊久代を探している事情を話し、協力を求めた。

伊久代が自宅にいないとすれば、どこにいるか知らないと知津子は答えたが、わたしの質問にははきはきと応じた。

「伊久代さんの家庭に、いくらか問題があったことは承知しています。二度めの母親が去年の秋、家を出たことも聞きました。母親とは、わたしが担任になったとき、一度会ったきりです。とても大柄な人でした」

「伊久代さんは高校へ行かずに、就職したそうですね」

知津子は眉を曇らせた。

「はい。成績はそれほど悪くなかったんですが、今年の正月明けでしたか、父親と一緒に面談したとき、高校に進学せずに働くつもりだ、と言いました。父親も、本人の好きにさせたい、と言うんです。思いとどまるように説得しましたが、結局だめでした」

「どこに勤めたんですか」

ホイッスルをまさぐる。

「知りません。言おうとしないんです。卒業したあと、一度も学校に顔を出しません し」

「伊久代さんはその、いわゆるツッパリだったんですか」

「ではない、と思います。ツッパリのグループに、一人仲の良い友だちがいましたが、彼女自身はゴロを巻いたりする子ではありませんでした」

そう言ったあとで、知津子は赤くなった。

「その友だちの名前を、教えていただけませんか。もちろん、ご迷惑のかかるようなことはしません」

知津子はホイッスルをまさぐり、ちょっとためらってから言った。

「赤間峰子です。ツッパリといっても、髪を染めたり爪を伸ばしたりする程度で、ちゃんと私立高校へ進学しました」

赤間峰子の通う高校と、自宅の住所、電話番号を聞いて、千歳が丘中学校を出た。

私立明恵女学院は、隣の杉並区久我山にあった。

教頭は砂田茂といい、アーネスト・ボーグナインによく似たげじげじ眉毛の、五十がらみの男だった。用向きを伝え、赤間峰子に面会を求める。

砂田は、わたしの名刺をためつすがめつし、破り捨てる口実を求めるように言った。

「現代調査研究所ねえ。私立探偵みたいなお仕事ですか」

「いや、マスコミ関係の調査研究が主体です。今回は個人的に頼まれて、人探しのお手伝いをしているだけでしてね」

砂田はしぶしぶ、名刺をポケットにしまった。

「どっちみち今授業中ですし、あと三十分ほどお待ちいただかにゃなりませんな。それに、もし赤間がいやだと言えば、学校としても面会を強要するわけにはいきませんよ」

「その場合は、ご自宅をお訪ねすることになります。わたしはただ、赤間さんの中学校の同級生の消息を知りたいだけで、話をややこしくするつもりはないんです」

それが効いたとみえ、三十分後に終業のチャイムが鳴ると、砂田が赤間峰子を連れて応接室にもどって来た。

峰子は肌のきれいな、痩せた少女だった。紺スーツの制服に赤いネクタイ、白のソックス。ごくありふれた女学生だ。目を挑戦的に光らせているが、唇のあたりにはまだ幼さの名残がある。肩までかかる髪は、毛先だけパーマをかけているようだ。

峰子が答えた田倉伊久代の連絡先は、すでに母親から聞いた千歳船橋のものだった。

「お母さんの話では、伊久代さんもお父さんも今、自宅には住んでいないんです。どこかほかの家に移ったらしい。知っていたら、教えてくれませんか」

　この年ごろの娘に話す口調はむずかしい。ていねいすぎれば垣根をこさえてしまうし、なれなれしすぎれば反感を買う。

　峰子は、口をとがらせて言った。

「わたしは知りません」

「友だちだから、ときどき会ったり、電話で話したりするでしょう」

　峰子はちらりと、隣の砂田を見た。

　砂田は熱心に、鼻毛を抜いている。

　峰子は鼻にしわを寄せ、ぶっきらぼうに言った。

「伊久代にはここんとこ会ってないし、電話もしてませんから。自宅にいないって、ほんとですか」

　わたしは、辛抱強くうなずいた。

「彼女は中学を卒業したあと、進学せずにどこかへ勤めたと聞いたけど、なんという会社か知りませんか」

　峰子は、爪の甘皮をむくふりをした。

「三ヵ月くらい、新宿の《マクドナルド》でアルバイトしてたけど、そのあとは知りません。わたしも部活で忙しかったし、最近ぜーんぜん連絡なしなんです」

名刺を出し、峰子に渡す。

「もし伊久代さんから連絡があったら、お母さんかぼくに電話するように、言ってくれませんか。伝言があるのでね」

砂田が興味を引かれたように、もぞもぞと体を動かしたので、話をそこで打ち切ることにした。

学校を出て、井の頭線の久我山駅までもどった。コインロッカーからバッグを取り出し、ジャケットをブルゾンに着替える。学校へ引き返しながら、ハンチングをかぶり、眼鏡をかけた。

学校を見張り始めて一時間後、赤間峰子が数人のクラスメートと一緒に、校門から出て来た。肩に大きなバッグをかけている。

峰子たちは、おしゃべりしながら駅まで歩き、渋谷行きの電車に乗った。明大前まで来ると、クラスメートは全員下り、峰子一人になった。峰子はそのまま渋谷まで行き、駅から少し離れた東急プラザの、二階のトイレにはいった。

私服に着替えて出て来たときは、予期していなければ見落としたと思うほど、みごとに変身していた。黄色いブラウスに赤いチョッキ、タータンチェックのミニスカート。口紅を差し、薄くアイシャドウを入れ、白いヘアクリップをしている。短大生で十分通用する大人っぽさだった。

峰子はそのままエスカレーターに乗り、六階にある《シャングリラ》という喫茶店へ

行った。

峰子を待っていたのは、ひょろりとした長身をジーンズの上下に包み、髪をリーゼントにした若者だった。

6

赤間峰子とボーイフレンドらしい若者は、《シャングリラ》を出たあとわたしをあちこちと、引き回した。

ひとところに三十分と長居をせず、目まぐるしく場所を変えて行く。ゲームセンター、ハンバーガーショップ、パチンコ屋、クレープ屋、プールバー、アイスクリーム屋と、ついて行くだけで息が切れそうだった。

ここ何年か、渋谷界隈にミドルティーンの深夜族がはびこり、一晩中ぶらぶらしているという話を聞いたが、二人もその仲間かもしれない。この世代の若者を見張るのが、これほどしんどいとは思わなかった。やはりフットワークのいい、若い調査マンに任せるべきだったのだ。そもそも、わたしが学校を訪ねたことに動揺して、峰子が田倉伊久代とコンタクトするだろうと読んだのは、早計だったという気がしてきた。

伊久代の父親の会社《田倉商事》は、同じ渋谷の宮益坂にある。親子の住まいを突きとめるには、田倉誠造が出て来るところを待ち受けて尾行するのが、もっとも手っ取り

早いやり方だ。しかしわたしは、それを最後の手段と考えていた。直接伊久代を見てみたかったし、場合によっては話をしてもよいと思った。おせっかいと言われればそれまでだが、田倉いづみがあれほど伊久代に固執する理由が、どこにあるのか知りたかったのだ。

迷っているうちに日が暮れ、いつの間にか七時近くになってしまった。今さら《田倉商事》へ鞍替えするのも業腹だった。

アイスクリーム屋を出た二人を追って、道玄坂をのぼった。二人は、坂の途中を左に折れ、三十メートルほど歩いたところにある、ビルの地下にはいった。和風カフェバー《大江戸》と、看板が出ていた。

大きな白木のテーブルと、やたらに脚の長い角椅子がずらりと並んだ、不思議な店だった。天井のあちこちにすすけた提灯がぶら下がり、奥の小高いステージには大小さまざまの和太鼓が、据えつけてある。ウェーターもウェートレスも、上にかすりの半纏を着ている。客層は年齢、性別を問わず、てんでんばらばらだった。外国人のビジネスマンもいれば、十代らしい若者の姿もあり、峰子たちが特別場違いな存在というわけではなかった。

リーゼントの若者にはビールが、峰子にはジュースともトロピカル・ドリンクともつかぬ、派手な色の飲み物が運ばれて来た。ほかに野菜サラダがついている。わたしもビールを飲み、焼き鳥を食べながら、少し離れたテーブルから二人を見張った。

場所柄だろうか、その店には下町の居酒屋によくある、野放図な喧噪がなかった。むろん、二人の話し声までは聞こえないが、どんな話をしているにせよ、それを楽しんでいることは確かだった。いくらか、ねたましい気がした。

しばらくすると照明が暗くなり、ステージに法被(はっぴ)を着て鉢巻きを締めた男が三人と、同じいでたちの若い女が一人上がった。女は祭り化粧をして、バットほどにも見えるばちを持っていた。

いちばん年配の男が、中央の大きい太鼓を打ち始める。少し遅れて、ほかの若い男たちが、それぞれの太鼓に向かう。やがて女も、演技に加わった。

すべての太鼓が鳴り出すと、すさまじい轟きが店内に満ち、天井から下がった提灯が細かく震えるのが分かった。打ち出される音が直接心臓に響き、自分の鼓動とは別にリズムを刻み始める。

四人の男女が順ぐりに踊りながら、中央の大太鼓を叩き継いでいく。低いどろどろという音に、胴を叩く乾いた音が重なり、春雷に稲妻が走るような効果を生み出した。和太鼓の合奏を、目の当たりにするのは初めてだが、想像を上回る迫力だった。ステージのすぐそばに陣取った外国人のグループが、さかんに拍手喝采を送っている。

男たちに交じってばちをふるう娘が、田倉伊久代らしいと気がついたのは、だいぶたってからだった。娘が、演技の途中で片方のばちを落としかけ、ちろりと舌を出して照れ笑いしたのが、預かった写真の顔と重なったのだ。

演奏が終わると、外国人グループが席を立って、口ぐちにブラボーと叫んだ。日本人客も、負けずに声援を送る。伊久代は汗に濡れた顔を光らせ、手を振ってそれに答えた。ばち捌きはまだ幼いが、ステージに立つ姿はひときわ輝いており、それが人気につながっているようだ。

十分もすると、私服に着替えた伊久代がバッグを抱え、峰子たちの席にやって来た。革のジャケットに、赤いベレーをかぶっている。祭り化粧を落とすと、まだあどけない少女だった。ついさっきまで、ステージで激しい演技を披露した娘には、見えなかった。ほかの客たちも、リーゼントの若者と峰子が拍手で伊久代を迎えたので、初めてそれと気づいたようだ。

ひとしきり集中した視線が落ち着くと、峰子はわたしの名刺らしきものを取り出し、伊久代に何か説明を始めた。伊久代は、いかにも腑に落ちないという様子で、名刺を何度もひっくり返した。しかし、すぐにそれをバッグに投げ込むと、堰を切ったようにおしゃべりを始めた。わたしの名刺など、スーパーのクーポン券ほどの興味も、引かなかったようだ。

さらに十五分ほどすると、中年の男が伊久代たちのテーブルに、近づいた。伊久代が顔を上げ、隣の椅子に置いたバッグを床に下ろして、男をすわらせた。リーゼントの若者と峰子が、こくんと首を動かして挨拶する。

記憶に間違いがなければ、その男は伊久代と一緒に写真に写っていた、父親の田倉誠造だった。紺地に、白いストライプのはいった、ダブルのスーツを着ている。どうやらこの店で、待ち合わせたような雰囲気だ。

田倉はビールを頼み、若者たちの会話に加わった。例によって、話の中身はよく聞こえないが、田倉の態度は無理に調子を合わせている感じではない。リーゼントの若者も田倉を煙たがらずに、友だち感覚で話をしている。打ち解けた雰囲気だった。

いきなり肘をつつかれ、ビールをこぼしそうになった。

振り向くと、いつの間にか隣のあいた席に、眼鏡をかけた男がすわっていた。

顔を見て驚いた。

それは昨日の昼間、シャトー駿河台の一階の喫茶店《マラガ》で見かけた、妙な外国人だった。

7

「あなたは、岡坂神策さんですね」

男は眼鏡越しに、かすかに訛りのある日本語で言った。

虚をつかれたかたちで、急には返事ができなかった。

そのとき、半纏姿のウェーターが来て、男に注文を聞いた。男はジュースを頼み、それだけでいいというように、手を振った。ウェーターは変な顔をしたが、何も言わずに行ってしまった。

わたしは、息を整えて言った。

「そう、岡坂神策です。わたしもあなたを知っていますよ。ウディ・アレンでしょう」

男は瞬きして、恥ずかしそうに笑った。

「ディエゴ・アントリンといいます。お話ししてもいいですか」

相手を観察する。

ちりちりの髪はだいぶ薄くなっているが、年は三十そこそこだろう。グレイフラノのブレザーに、ボタンダウンのワイシャツ。襟の剣先が擦り切れ、下地がのぞいている。

「ディエゴ・アントリン。スペイン系の名前ですね。お国はどちらですか」

「メキシコです」

「ムーチョ・グスト（よろしく）」

「エル・グスト・エス・ミオ（こちらこそ）」

そう答えたあとで、ディエゴは目を丸くした。

「アブラ・エスパニョル（スペイン語が話せるのですか）?」

「少しだけね。しかしここは日本ですから、日本語で話しましょう。ゆっくりしゃべります。わたしになんの用ですか」

ウェーターが、ジュースを運んで来た。

ディエゴはそれを一口飲み、田倉親子の方をさりげなく見て言った。

「あなたが、あの人たちをつけている理由を、教えてほしいのです」

わたしは焼き鳥を食べ、ビールを飲んだ。

「どうして、つけていると思うんですか」

「あなたをつけて来たからです。御茶ノ水の事務所からずっと」

わたしは口を閉じた。

人のあとをつけていると、つけられることに注意が向かなくなる。《マラガ》でのちぐはぐな振る舞いに比べて、ディエゴはなかなか巧みな尾行者だった、といわなければならない。

「どうして、わたしをつけたんですか」

わたしが聞くと、ディエゴはほほえんだ。

「質問しているのは、わたしです」

「それは違います。もしあなたが話さなければ、わたしはあの人たちのところへ行って、あなたがあとをつけていることを、教えます。そうしたら、困るでしょう」

「だったら、そうすればいい。わたしはもう一杯飲んで、もう一度和太鼓を聞いて、家に帰ることにします」

ディエゴは、こちらの本心を探るように、上目遣いにじっとわたしを見た。

「強がりはいけませんね、岡坂さん。わたしは本気なのです」

「わたしも、めったに冗談を言いませんよ」

ふと、田倉親子のテーブルに目を向けると、赤間峰子が食い入るように、わたしを見ているのに気づいた。

ひやりとする。ハンチングと眼鏡で外見を変えているが、峰子が観察力の鋭い娘なら、昼間会った男を思い出すのに、時間はかからないだろう。

峰子が伊久代に、ささやきかける。伊久代はこちらを見なかったが、横顔が緊張するのが見て取れた。伊久代が田倉に何か言い、田倉はちらりとわたしを見て、すぐに伝票を取り上げた。

ディエゴが早口で言う。

「出て行くようですよ」

「そうらしい。出番が終わったから、食事にでも行くんでしょう」

「ほうっておくんですか。あとをつけないと、まけてしまいますよ」

「まけて、じゃない。まかれて、と言わなければいけない」

田倉たちがテーブルを離れ、レジの方に向かう。ディエゴは急いで、椅子から滑り下りようとした。

わたしは、その腕をつかんで引き止めた。

「ここにすわって、おとなしくジュースを飲みたまえ。きみに、正しい日本語の使い方を、教えてあげるから」

ディエゴは少しためらってから、しぶしぶすわり直した。勘定をすませて出て行く四人を、恨めしそうに見送る。峰子が出がけに、ちらりとわたしに目を向けた。完全に見破られたようだ。

わたしは、またビールを頼んだ。

グラスをもう一つもらい、ディエゴにも注いでやる。ディエゴは何も言わずに、それを飲み干した。

テーブルに、名刺を置く。

「お互いに、フェアにやろうじゃないか」

ディエゴも、あまり気の進まない様子で、名刺をよこした。

片仮名でアントリン・ディエゴと、苗字を先に表記してある。住所は板橋区坂下の、桜コーポ二〇五号室。肩書の部分には、英語・スペイン語・フランス語講師、翻訳・通訳、各種調査、特派記者、留学相談、不動産紹介、旅行代理業と、雑多な文字がぎっしりと印刷されている。

「それで今はこの中の、どれをしているところなのかね」

ディエゴは、眼鏡を押し上げた。

「そこには、はいっていません。個人としての興味で、動いているので」

「どんな興味で」

ディエゴはそれに答えず、自分でビールを注いだ。

「岡坂さん。あなたは田倉ヨシエに、何を頼まれたのですか」

「田倉ヨシエ」

ディエゴは人差し指を立て、ちっちっと舌を鳴らした。

「フェアにやろうと言ったのは、あなたじゃありませんか。田倉誠造の奥さんですよ。

彼女が昨日、あなたに会いに行ったことは、分かっています。二人で、喫茶店におりて
来るとは予想していなかったので、ちょっとあわてましたがね。あとで店に引き返して、
ウェーターにあなたのことを聞きました。いろんな調査を、なさっているそうですね」

ディエゴの日本語は、しゃべるほどに流暢になった。

「その田倉ヨシエとやらを、きみがつけている理由はなんだね」

ディエゴは肩をすくめた。

「お互いに、質問で質問に答えるのは、やめましょう。わたしたちは、話し合いをする
余地がある、と思うんですが」

「どんな話し合いを、なんのためにするんだね」

「率直に言えば、お金のために二人の情報を、提供し合うのです」

「きみの提供する情報が、わたしの役に立つという保証はない」

ディエゴは、もじもじしながら言った。

「わたしは特別契約社員として、東亜興信所というところで仕事をしています。あなた
と同業のようなものです。わたしは日本語も含めて、四ヵ国語が話せます。最近興信所

も、海外や外国人相手の仕事が増えたので、わたしのようなガイジンと契約するのです」

「それで何を調べてるんだ」

「田倉ヨシエのことです。あなたが彼女に、何を頼まれたか教えてくださったら、わたしも詳しい調査内容をお話しします」

わたしは、ビールを飲み干した。

「きみも調査マンのはしくれなら、依頼人の秘密を守るのが仁義だということくらい、分かってるだろう」

ディエゴは、意外なことを聞いたというように、ぽかんとわたしを見つめた。東亜興信所では、そうした仁義について教えていないのかもしれない。

ディエゴは少しの間、残念そうにわたしを見ていたが、やがてあきらめたように溜め息をついた。

「しかたがありません。もし気持ちが変わったら、名刺の番号に電話してください。不在の場合は、留守番電話にしてあります」

そう言って椅子をおり、そばを離れようとした。

「待ちたまえ、ディエゴ。ビールはわたしのおごりだが、ジュースの代金を忘れてるぞ」

ディエゴは肩をすくめた。

「ついでにごちそうしてください。そのかわり今夜はもう、あなたのあとをつけませんから」

8

外へ出て、タクシーを拾った。

ディエゴ・アントリンは、あとをつけて来なかった。ハンチングと眼鏡を取り、ブルゾンをジャケットに着替える。

六本木の交差点で車を捨て、《アマンド》の横の芋洗坂を、麻布十番の方へ下った。

五分ほどで、左側のビルに《森の老女》と、袖看板が出ているのが見つかった。

レンガ造りの階段を、地下におりる。

分厚い木のドアに、《森の老女》と彫られた金のプレートが、張りつけてある。その下に刻まれた横文字を見て、思わず吹き出してしまった。

《MOLINO ROJO》

これはスペイン語でモリノ・ロホ、フランス語ならムーラン・ルージュ、つまりは『赤い風車』という意味なのだ。《森の老女》は、スペイン語の綴りをそのままローマ字読みにしたもので、命名者が承知の上でそうつけたとすれば、なかなかのユーモアの持ち主、といってよい。

　ドアをあけるとチャイムが鳴り、絨毯の上を滑るように、タキシード姿のフロア・マネージャーが出て来た。わたしの風体を見て、瞬時に品定めをする。たちまち、うさんくさい目つきになった。

「いらっしゃいませ。お一人さまですか」

　口ではそう言ったものの、てこでも奥に入れまいという態度だった。

　この種の男には、一つしか手がない。

「クローク係の、田倉いづみさんはいるかな。衆議院の桂本忠昭の秘書をしている、岡坂という者だが」

　そう見えるように祈りながら、思い切って高飛車に言うと、マネージャーは顎を引いて、疑わしそうに答えた。

「クローク係は篠山、といいますが」

　わたしは口に拳を当て、咳払いをした。

「背の高いきれいな女性に、心当たりはないかね。うちの先生はクローク係だ、と言っていたが」

　マネージャーは訳知り顔にうなずいた。

「いづみさんでしたら、お店の方に出ておりますが。お呼びしましょうか」

　わたしは、一秒以上はためらわなかった。

「いや、こっちから行くよ。あとから先生が来ることになっている。見えたら案内してくれたまえ」

衆議院に、桂本という名の代議士がいるかどうかわたしは知らないし、マネージャーも知らないだろう。

マネージャーは軽く頭を下げ、わたしのバッグを奪い取って、クロークに預けた。なるほどクロークの女は、田倉いづみではなかった。

マネージャーについて、ビロードを張った内扉をはいった。中は、ほとんど視界がきかないほど、暗い。隅のステージで、クァルテットがスローバラードを、演奏中だった。壁際にぐるりとボックス席が並び、フロアでは客がダンスしている。驚いたことに、ほとんどが外国人客だった。

わたしはマネージャーに手を振り、小さなカウンターバーの方へ行った。ストゥールによじのぼり、柴田恭兵に似たバーテンに、マンハッタンを注文する。

葉巻の匂いが鼻をついた。

並びのストゥールにすわった黒人が、葉巻を持った右手を振り、にっと笑いかけてきた。ほれぼれするほどみごとな、漆黒の肌の持ち主だった。歯は対照的に真っ白で、重戦車のような体を、グレイのスーツに包んでいる。

男が肩を傾け、何か言った。声は聞こえたが、意味が分からない。フランス語のようだった。

わたしが首を振ると、今度は英語で話しかけてきた。

「おれもあちこち旅したが、日本ほど言葉の通じない国はねえな」

ひどい英語だった。

「それは残念だ。今度来るときは、フィンガー・ラングィッジ（手話）でも習って来るんだね」

男はカウンターを平手で叩き、クァルテットのサックスに負けない声で笑った。

バーテンがカクテルグラスを置く。一口飲んで、この店の質が分かった。

男が言う。

「レーモンと呼んでくれ。あんたは」

「シンサクだ」

「オーケー、シンサク。その濁った水はなんだい」

「ブロンクス」

「ブロンクス。聞いたことねえな」

「マンハッタンに近いが、全然違うカクテルのことさ」

レーモンは、きょとんとして口をつぐんだ。

音楽が終わった。フロアの方を見返ると、崩れた人垣の中からひときわ大柄な女が抜け出て、カウンターにやって来た。レーモンがストゥールを下り、女の腰に腕を回そうとする。

田倉いづみは、その腕をさりげなく押しのけ、わたしに言った。

「お見えになる前に、お電話をいただきたかったわ」

「すぐ近くまで、来たものですからね。クローク係ではなかったんですか」

いづみは、曖昧な笑いを浮かべた。

「クロークではお金にならないから、たまに中へはいるんです」

レーモンが不快そうに言う。

「そんなやつはほっといて、一杯やろうじゃねえか」

いづみは千枚通しのような目で、レーモンを見た。耳を寄せて、何かささやく。

レーモンは頬をこわばらせ、わたしを見直した。何も言わずにその場を離れ、壁際のボックスに向かう。

いづみは、隣のストゥールにすわった。

「ごめんなさい。ときどき、ああいうお客がいるんです」

「どこから来たんだろう。フランス語をしゃべってたみたいだけど」

「西インド諸島の、なんとかいう国から来た、と言ってました」

「ハイチですか。あそこはフランス語が公用語だから」

曖昧にうなずく。

「ええ、確かハイチと言っていたような気がします。それより、こんなところへ見えるなんて、何かあったんですか。まさか、伊久代が見つかったのでは」

「まあね。伊久代さんは、渋谷道玄坂の《大江戸》というカフェバーで、太鼓を叩いています」

　いづみの目が輝いた。

「ほんとうですか。ずいぶん早かったわ。いい腕をしてらっしゃるのね」

「そうでもないです」

　その日のいきさつを、かいつまんで話して聞かせる。

　伊久代に、尾行を気づかれてしまったと分かると、とたんにいづみの目に怒りの色が浮かんだ。

「約束が違うじゃありませんか。娘に分からないように、とお願いしたのに。まして田倉が一緒にいたとすれば、わたしの計画は台なしになってしまうわ」

「それには事情がありましてね。昨日喫茶店で見かけた外国人が、わたしの邪魔をしたんです。あの男は、ディエゴ・アントリンという在日メキシコ人で、ある興信所の特別契約調査員をしています。彼は、あなたのことを調べている、と言いました。何か心当たりがありますか」

　いづみは当惑したように、銀ラメのドレスの袖を払った。

「ありません。やはり田倉に頼まれて、何か企んでるんじゃないかしら」

「ご主人に頼まれて働いているようには、見えませんでしたがね」

　いづみは髪に手をやった。

「とにかく伊久代の居場所が分かるまで、仕事を続けていただきます。もう一度、その

《大江戸》とかいうお店へ、行ってみたらどうかしら」

「行ってもいいですが、もう店には来ないんじゃないかな。あなたに探されていると分かった以上、田倉氏は伊久代さんを外へ出さないでしょう」

「だったら、別の方法を考えていただかなくては。ともかく今夜は、お引き取りください。お酒はわたしにつけておきます」

わたしは、ストゥールを下りた。

「ごちそうさま。レーモンによろしく」

いづみはそれに答えず、ぎゅっと唇を引き締めただけだった。

出がけに壁際のボックスを見ると、レーモンが敵意のこもった目で、わたしをにらんでいた。

9

翌朝事務所へ出ると、まだヒーターも暖まらないうちに、チャイムが鳴った。

わたしは一度奥のリビングへもどり、セーターを着てから戸口へ行った。

マジック・アイからのぞくと、田倉誠造の顔が見えた。今にもドアをぶち破りそうに、肩をもりもり動かしている。

どうしてわたしのことを知ったのか、一瞬頭が混乱したが、すぐに昨日赤間峰子に名刺を渡したことを、思い出した。

ドアをあける。

田倉は、ぐいと胸をそらした。

「田倉です」

そう言って、反応を確かめるように、様子をうかがう。

今さらとぼけても、しかたがない。一歩下がって言う。

「どうぞ」

田倉は、敵地に乗り込むがき大将のように、肩を怒らせて中にはいった。チェックの上着に、茶色のスラックス。上背はないが、分厚い体をしている。

田倉は、わたしが何も言わないうちに、応接セットのソファにすわった。

のっけから、詰問口調で言う。

「いったいなんの用があって、わたしの娘を追い回すのかね」

わたしは、作業用デスクのそばに立った。

「いつもこの時間は、下の喫茶店にコーヒーを飲みに行くんですが、今日は出前でがまんします。何か飲みますか」

田倉は気勢をそがれたように、口のわきをこすった。

「ええと、それじゃ、アイスティーをもらいましょうか」

「アイスでいいんですか」

「ええ。アイスティーが好きなんでね」

《マラガ》へ電話して、コーヒーとアイスティーを頼む。

わたしが向かいにすわるのを待って、田倉はもう一度言った。

「どうして、わたしの娘を追い回すんですか。いづみはなんで、あんたを雇ったんだ」

「雇われたとは言ってませんよ」

「しかしあんたは、伊久代に母親に電話するように言えと、赤間峰子を威したそうじゃないですか」

「威したわけじゃありません。どちらにせよ、奥さんが娘さんに会いたくなったとしても、不思議はないと思いますが」

「伊久代はわたしの娘で、いづみの娘じゃない。会わせる必要はない。勝手に家を飛び出しておいて、今さらなんだと言うんだ。いづみにそう伝えてください」

「直接言ったらどうですか。わたしはメッセンジャーボーイではない」

「あの女とは話したくない。離婚に応じるなら、いつでも弁護士を差し向けますよ」

「離婚するおつもりですか」

「もちろんです。ただしいづみが、適正な慰謝料で手を打つ気になったら、だが。今みたいに、二億円以下では引き下がらんというんじゃ、話にもならん。もともと、わたしと結婚したのは、それが狙いだったんだ。本性を見抜けなかったわたしにも責任はあるが、二億円とはあまりにも理不尽な金額だと思いませんか」

桂本は確か、田倉の方で離婚に応じないと言ったが、それは慰謝料の問題だというニュアンスではなかった。

チャイムが鳴り、出前が届いた。

田倉はレモンを指先で徹底的に押しつぶし、アイスティーの中に最後の一滴まで絞り込んだ。

わたしはコーヒーを飲み、さりげなく聞いた。

「田倉ヨシエというのはだれですか」

それを聞くと、田倉はじろりとわたしを見た。唇が、不快そうにねじれる。

「死んだ先妻です。伊久代の、ほんとうの母親ですよ。いづみから聞いたんですか」

「違います。ディエゴ・アントリンという、在日メキシコ人から聞いたんです。お仕事の関係で、中南米にお知り合いが多いと思いますが、ご存じありませんか」

じっと田倉を見つめる。

田倉は少し考えていたが、やがて首を振って言った。

「いや、心当たりはありませんな。どういう男ですか、それは」

「男だとは言いませんでしたよ」

田倉は瞬きした。

「ディエゴといえば、普通は男の名前なんですよ、あちらではね。それともそいつはおかまか何かですか」

とぼけているのか実際に知らないのか、表情からは読み取れなかった。

田倉は続けた。

「もしかして、その男はゆうべ《大江戸》であんたと一緒にいた、あの眼鏡の外国人のことかな」

「そうです」

「どうして、ヨシエの名前を知ってるんだろう。いったいあの男と、なんの話をしてたんですか」

「ディエゴは、ヨシエさんのことを調べているようでした。理由は知りませんがね」

田倉はいぶかしげに、眉をひそめた。

「ヨシエのことをねえ。よく分からんな。何をしてる男ですか」

「何をしてないか聞いた方が早いくらい、いろんなことをしてる男です」

田倉はずずっと音をたてて、アイスティーを飲み干した。

いきなり立ち上がって言う。

「朝っぱらから、おじゃましました。とにかく今後、娘にちょっかいを出すのはやめてほしい。しつこくつきまとうようなら、警察に届けますよ。いづみにも、そう言っておいてもらいたい」

わたしも椅子を立った。

「あなたは奥さんを、何度殴りましたか」

田倉は顎を引き、苦笑した。

「三度か四度かな。もっとも、その倍はお返しを食らったが」

いづみが、田倉を殴っている場面を想像して、もう少しで笑いそうになった。

田倉は妙な顔をしたが、何も言わずにそのまま出て行った。

10

赤間峰子は、昨日よりだいぶ遅れて、午後四時過ぎに校門を出て来た。今日は一人で、大きなバッグも持っていない。

久我山の駅の近くで、声をかけた。

峰子は脅えたような目をしたが、すぐに虚勢を張って言った。

「あとをつけるのは、やめてくれない。お巡りに言うわよ」

「ごめんごめん、もうこれっきりにするから。ちょっとその辺で、お茶でも飲まないか」

「喫茶店にはいっちゃいけないの。うちは、お堅い学校だから」

「父兄同伴、ということにすればいいさ」

「おじさんは、父兄じゃないじゃない」

「しかし昨日はボーイフレンドと、カフェバーみたいなとこにはいって、派手な飲み物を飲んだじゃないか。それも途中で、私服に着替えてさ」

峰子は、わたしをにらんだ。

「何よ。先公にチクる気」

「そんなつもりはない。話がしたいだけだ。ゆうべきみは、ぼくの変装を見破ったね。あんなこと初めてだよ。騙しのテクニックは通用しないと分かったから、今日は真正面から声をかけたんだ」

峰子は頰をふくらませ、だれかに見られていないかというように、あたりの様子をうかがった。それからすぐそばの、ファストフードの店へはいって行った。

二階へ上がった。

わたしはハンバーガー二つに、コーヒーといちごジュースをトレイに載せて、外から見えない壁際の席に運んだ。

「伊久代さんの電話番号だけでも、教えてくれないかな。母親が、伊久代さんと話したがってるんだよ」

「伊久代は別に、話したいことなんかないって、言ってたよ」

「だったら電話で母親に、そう言えばいいんだ。連絡がつきさえすれば、あとはぼくの知ったことじゃないからね」

峰子はジュースを飲みながら、上目遣いにわたしを見た。

「教えないって言ったら」

「ゆうべ、彼女が《大江戸》に出演していたことを、警察に届けなければならない」

峰子は口をとがらせた。

「何も悪いことしてないじゃん」

「十六歳の娘を、夜間にああいう店で働かせるのは、児童福祉法に違反するんだ。《マクドナルド》でアルバイトするのとは、わけが違うのさ。しかし心配する必要はないよ。絞られるのはあの店と太鼓叩きの元締めで、彼女がブタ箱にはいるわけじゃないんだ」

峰子は、ハンバーガーを置いて、唾を飲んだ。

「それほんと」

「ほんとだ。ただ彼女も、太鼓を続けられるかどうか、分からないな」

「伊久代から太鼓を取り上げたら、死んじゃうよ。去年の暮れから始めて、そりゃもう夢中なんだから」

「だったら、電話番号を教えてくれないか。ぼくも警察にチクるのは、寝覚めが悪いからね」

峰子はしぶしぶ、番号を教えた。局番からすると、自宅と同じ世田谷区内のようだ。

峰子と別れたあと、わたしは並びの喫茶店にはいり直した。たぶん峰子は、すぐ田倉伊久代に電話して、わたしのことを報告するだろう。わたしが電話をすれば、すぐに切られてしまうかもしれない。

店の電話を使って、桂本法律事務所にかけた。秘書の神原佐枝に、峰子から聞いた番号を言い、電話をかけてくれるように頼む。

「田倉誠造が、今住んでいるところの番号なんだが、住所を知りたいんだ。かけると、たぶん若い娘が出て来る。そうしたら世田谷電話局と名乗って、加入者の住所確認をしている、と言えばいい。事務的にやれば、怪しまれないよ」

佐枝が連絡をよこすまでに三十分くらいかかり、その間にわたしはコーヒーを二杯飲んだ。

「ずいぶん遅かったじゃないか」

「だれも出て来なかったんです」

「不在か。じゃあしかたがないな」

「それで奥の手を使いました」

「奥の手」

「ええ。電話番号から、持ち主の名前と住所を調べる極秘のルートがあって、桂本先生がときどき使ってるんです。前に週刊誌で紹介されましたけど」

そういえば、そのような記事をどこかで読んだ覚えがある。

「それで分かったのか、住所が」

「ええ。メモしてください」

メモした。

田倉誠造、世田谷区喜多見九丁目、喜多見レジデンス三〇一号室。

「電話帳に載ってない番号なんです。調査料は三万円ですって。先生の方につけておきましょうか」

「必要経費で処理するから、取りあえず請求書はぼくに回してくれ」

「分かりました」

「とにかくありがとう。今度《バラライカ》で、カレーライスをごちそうするよ」

「カレーライスじゃだめ。ガルショーチクにして」

それははるかに値段の高い、ロシア風の壺料理のことだった。

スーパーストアの駐車場まで歩き、桂本弁護士から借りたシーマを引き出す。

喜多見レジデンスは、小田急線喜多見駅に近い、野川に沿った大きなテニスコートのそばにあった。外壁にグレイのタイルを張った、四階建のマンションだった。

オートロック・システムになっているので、中にはいってメイル・ボックスを調べることができない。入り口が見渡せる道に車を停め、見張りを始めた。すでに日は落ちている。

自動車電話で、教えられた番号にかけてみたが、佐枝の言ったとおりだれも出なかった。

三十分も待たなかっただろう。

マンションの横手の道から、突然田倉伊久代が姿を現した。通りを歩いて来るとばかり思っていたので、呼び止める暇がなかった。車のドアをあける前に、伊久代は玄関の鍵をはずして中へはいってしまった。

たばこを一本吸い、あれこれ考えを巡らした。もう一度電話しようかとも思ったが、結局やめにした。田倉いづみに頼まれたのは、伊久代の所在を突きとめることであり、わたしは一応その目的を果たしたのだ。

それ以上のことをするのは、やはりおせっかいというべきだろう。

11

喜多見の駅前で、食事をした。

昨夜のように六本木の《森の老女》へ出向いて、田倉いづみに結果を報告することもできたが、それでは桂本弁護士が喜ばないだろう、と思い直した。この仕事は、桂本経由で頼まれたものだから、頭越しに報告することはやはり、ルールに反する。明日、改めて桂本の口から、いづみに報告させるのが筋だった。

とはいえ、一つ気になることがあった。

ディエゴ・アントリンは、いづみを田倉ヨシエと呼んだ。どうやらいづみのことを、誠造の死んだ先妻ヨシエだと勘違いして、あれこれ嗅ぎ回っているらしい。いったいどういうことなのだろう。

もしアントリンがつかまれば、情報交換ができるかもしれない。昨夜の時点では取引できなかったが、田倉伊久代の所在を突きとめた今は、状況が変わった。

わたしは車にもどって、アントリンにもらった名刺の番号へ、電話をかけた。

「もしもし」

緊張した、無愛想な声だった。

「ディエゴ・アントリンさんのお宅ですか」

「そうです」

アントリンの声ではない。

「ディエゴは電話に出られますか」

「そちらはどなたですか」

「あなたは」

「知り合いの者です。どなたですか」

その口調に、いやなものを感じた。これまでの経験によれば、ある種の職業の人間、つまり警察関係者の口調だった。

黙って電話を切る。

アントリンに何かあったのだろうか。もし今出た男が実際に刑事なら、ただごとではない。刑事が他人の家の電話を取るのは、殺人か誘拐事件のときと相場が決まっている。

わたしは、板橋区坂下へシーマを走らせた。

地図で地番を調べたところ、アントリンの住む桜コーポは、都営地下鉄蓮根駅から中仙道へむかう広い道を、左へ少しはいったあたりにあった。

町工場のわきに駐車して、見当をつけた路地にはいって行った。すると、少し離れた軽量鉄骨のアパートの前に、パトカーが停まっているのが見えた。門の前にロープが張られ、警官が立ち番をしている。

そばまで行くと、そこが桜コーポだった。

前を通り過ぎながら、入り口の様子を横目でうかがった。だれもいない。

警官の視野からはずれたところで足を止め、桜コーポの方を振り向いた。ちょうどそのとき、下駄ばきで白い上っ張りを着た坊主頭の男が、おかもちを下げて入り口から出て来た。停めてあった自転車に乗り、わたしの方へやって来る。

出前持ちをやり過ごし、小走りにあとを追った。坊主頭はそこから百メートルほどの、小さな中華そば屋にはいった。

わたしは中へはいり、あいたテーブルにすわって、ラーメンを注文した。

客は工員や職人風の男たちで一杯だった。ほとんどが、酒かビールを飲んでいる。

やがて坊主頭の男が、ラーメンを運んで来た。

「そこの桜コーポで、何か事件があったのかね」

わたしが聞くと、坊主頭は首をひょこひょこさせた。

「人殺しね。夕方ガイジン殺された。ナイフで胸一突き。わたしもガイジンね。とても怖いよ」

訛りの強い日本語だった。中国人のように見える。

「なんという名前の外国人なんだ」

「アントリン。よくここ来たよ」

隣のテーブルにいた男が、ジャンパーの襟をぱたぱたさせながら、坊主頭に言った。

「おれも、何度かここで会ったけどよ、あいつが殺されるなんて許せねえよな。けっこう面白い野郎でさあ、将棋もできるしよ」

向かいにいた、鉢巻きの男が言う。

「そう言や、同じアパートのなんとかいう学生が、将棋を指しに部屋へ行って、死体を見つけたそうじゃねえか」

坊主頭が指をこきんと鳴らした。

「そうそう。今アパート出前行ったら、だれか話しているの聞いた。見つけたときはアントリン、まだちょっと息してて、学生さんにアイ・ティ、と言い残したらしいよ」

鉢巻きの隣にすわっていた、インテリ風の若い男が口をはさんだ。

「アイ・ティか。それはもしかして、犯人の頭文字を言ったのかもしれないな。I・T、つまりイアン・トンプソンとか、イサベル・トーレスとか」

坊主頭は目をむいた。

「すると犯人もガイジン、いうことね」

ジャンパーが、それをさえぎる。

「とは限らねえだろ。伊藤太郎ってこともあるぜ」

「ばか、日本人は頭文字が逆になるんだ。田中一郎だろうが、それを言うならよ」

鉢巻きが言い、われながらいい意見を述べたというように、一人でうなずいた。

インテリが腕を組む。

「しかし、死に際の言葉というのは、必ずしも正しく発音されないからね。アントリンは日本語がうまかったから、痛いと言うつもりで『あいてて』と言ったのが、アイ・ティと聞こえたのかもしれない。場合によっては『愛してる』とか、将棋の『相手』と言っただけかもしれないな」

坊主頭が下駄を踏み鳴らした。

「将棋。見つけた学生さん、犯人か」

ジャンパーが腕まくりする。

「そりゃねえだろ、おやじ。ター坊は、人殺しなんかするやつじゃねえぞ」

わたしはラーメンの代金を置いて、店を出た。みんな話に夢中になっていたので、かりにテーブルをかつぎ出したとしても、だれも気がつかなかっただろう。

車にもどり、電話を取って《田倉商事》の番号を、プッシュする。

すでに、八時を回っていたにもかかわらず、田倉誠造はまだ会社にいた。

12

九時少し前に渋谷の宮益坂に着いた。

裏通りに違法駐車して、田倉商事がはいっているビルの一階の、《ポワンサン》という喫茶店のドアを押した。

田倉が、手を上げて合図する。

「この店は、九時半閉店なんです。手短に願いますよ」

わたしは、向かいにすわって言った。

「それはあなたしだいです」

田倉は、いやな顔をした。

わたしはコーヒーを、田倉は今朝と同じ、アイスティーを頼んだ。

「話というのは、なんですか。わたしの方からは、何もありませんよ。娘を、ほうっておいてくれさえすれば、それでいいんだから」

「自宅があるのに、どうして住まいを移したんですか。奥さんが、うるさく電話してくるからですか」

「家事をする人間がいなくなったから、兄貴の家の近くに移っただけですよ。場所は言えないけど。ときどき義理の姉が、手伝いに来てくれるんです。もっとも、いづみは出て行く前から、家事をほとんどしませんでしたがね」

田倉は兄と仲が悪いと、いづみはそう言っていた。やはり話が違うようだ。

「ところで今日、ディエゴ・アントリンのアパートへ、行きませんでしたか」

いきなり突っ込むと、田倉はぎくりとしたように、わたしを見た。

「行くわけないでしょう。あんたから名前を聞いただけで、どこに住んでるのかも知らないんだから」

「そうかな。あなたは仕事柄、在日メキシコ人の間に情報網があるだろうし、外国人の居住登録を調べるルートも、知ってるでしょう」

「どうしてわたしが、そんなことをする必要があるのかね」

「アントリンが、死んだ奥さんのことを調べていると聞いて、興味がわいたんじゃありませんか」

田倉は、ストローでアイスティーを乱暴に、掻き回した。

「アントリンに会いに行こうが行くまいが、あんたには関係のないことだ」

「わたしには関係なくても、警察の方に関係が出てくるかもしれませんよ。アントリンが、殺されたんです」

田倉は顎を引いた。口元が弛緩する。

「殺された。ほんとうですか」

「アパートの近くで、聞き込んだんです。警察も来てましたし、間違いありません。もうテレビのニュースで、やってるかもしれない。明日の朝刊には、確実に載るでしょう」

田倉はハンカチを出し、口元をぬぐった。

「犯人はつかまったんですか」

「まだのようですが、時間の問題ですね。発見した学生が、ダイイング・メッセージを聞き取ってるんです。アントリンは死ぬ前に、アイ・ティと言ったらしい」

「アイ・ティ。どういう意味だろう」

「分かりませんが、何かの頭文字じゃないかと思います。例えば人の名前の」

田倉は唾を飲んだ。目をちらりと不安の色がよぎる。

「I・Tという頭文字の人間が、犯人だと言うんですか」

「断定はできませんがね。だれかその頭文字の人物に、心当たりがありますか」

「ないですな」

田倉は言下に否定した。顔が緊張している。

「ただアイ・ティといっても、頭文字と決まったわけじゃない。例えばアントリンは、アイスティーと言ったのかもしれない」

田倉は反射的に、自分のアイスティーを見下ろした。

「アイスティーって、このアイスティーか」

「ええ。苦しい息の下から言えば、アイ・ティと聞こえることもあるでしょう」

田倉はもう一度ハンカチを出し、額の汗をふいた。正直な男だ。

ハンカチをしまい、わざとらしく腕時計を見る。

「もう帰らなきゃならない。言っておきますが、あとをつけるのはやめてもらいますよ。万一の場合は」

そこで言いよどんだ。

「警察に駆け込みますか」

わたしが続けると、田倉は憤然として立ち上がった。

「ほっといてくれ。これで失礼する」

「もし、あなたがアントリンを訪ねたのなら、おっつけ警察が調べ出しますよ。連中を、甘く見ない方がいい」

それに答えず、田倉はそそくさと店を出て行った。

わたしは車にもどった。

六本木の《森の老女》へ電話する。田倉いづみが出て来るまでに、だいぶ時間がかかった。

事務的な口調で言う。

「伊久代の居場所が分かったんですか」

「分かりました。同じ、小田急沿線のマンションに、住んでいます」

「よかった。電話と住所を、教えてください、メモしますから」

「それは明日にでも、桂本弁護士を通じてご報告します」

「どうしてですか」

「この仕事は、彼の仲介で引き受けたわけですから、そうするのが筋だと思うのです」

「ずいぶん固いことをおっしゃるのね。だったらこの電話は、なんのためにかけてらしたの。また、ただのお酒が飲みたくなった、というわけですか」

「違います。実は、あなたをつけ回していた、ディエゴ・アントリンが今日の夕方、殺されたんです」

受話器の向こうで、息を飲む気配がした。

「ほんとうですか」

「ええ。そのことで、一つだけお知らせしておきます。アントリンは死ぬ間際に、アイ・ティと言い残してるんです。それがもし頭文字だとすれば、彼はあなたのことを言ったのかもしれませんよ。I・T、つまり田倉いづみとね」

13

店の裏通りの暗がりで、十五分ほど待たされた。

やがて田倉いづみが、胸のあいたスパンコールのドレスに身を包んで、路地の奥から姿を現した。大きな体をかがめて、助手席に乗り込んで来る。シーマが、軽四輪に思えるような、重量感だ。

前置きなしに言う。

「わたしがアントリンを殺した、とでもおっしゃるの」

いづみは、きっとわたしをにらんだ。脂粉の匂いが鼻をつく。

「I・Tが頭文字だとしたら、あなたもそれに当てはまる、と言っただけです」

「今日わたしは朝から、マンションを一歩も出なかったわ。つまり、お店へ出勤するまで、という意味だけど」

「むきになる必要はありません。だれか、それを証明する人がいますか」

いづみは顔をそらした。遠い街灯の光が、かすかにこめかみのあたりを照らす。

「ゆうべから、ずっと一緒でした。レーモンと」

「あのハイチ人ですか」

「ええ。理由は聞かないでいただきたいわ。わたしにも、男性とお付き合いする権利は、あるはずよ」

「もちろんです」

いづみは突然体の向きを変え、わたしの方に乗り出した。

「I・Tが頭文字なら、ほかにも心当たりがあるわ」

わたしは生唾を飲み、いづみの豊かな胸に当たった左腕を、さりげなく引いた。

「だれですか」

「田倉伊久代」

田倉誠造の、緊張した顔を思い浮かべる。

「伊久代さんが、アントリンを殺したと言うんですか」

「そうは言わないけど、わたしが疑われるなら、伊久代も同じ立場にあるわけでしょ」

わたしは、ハンドルに肘を載せた。

「アントリンは、あなたのことを田倉ヨシエだと思って、つけ回していたようでした。ご存じと思いますが、ヨシエはご主人の最初の奥さんの名前です。これはいったい、どういうことですかね」

長い沈黙が続いた。いづみは、わたしの方に体を傾けたまま、じっと考えていた。

それから、溶けたアイスクリームのような声で言った。

「あなたは、信頼できる人かしら」

「そうありたい、と思いますがね」

また少し、沈黙がある。

いづみは、思い切ったように話し始めた。

「つい先日、千歳船橋の家へもどったとき、たまたま電話が鳴ったの。もちろん、主人も伊久代もいないので、わたしが出ました。それが、アントリンだったわけ。奥さんですか、と聞くのでそうだ、と答えたわ。するとアントリンは、興信所の調査員だと名乗って、とんでもない話を持ち出したのよ」

「どんな」

「わたしの大伯父に当たる、ムッシュウ・カワマタという人が外国で死んで、わたしに莫大な遺産を遺した、というの。そんな人に心当たりはなかったけど、黙ってアントリンの話を聞いているうちに、どうやらわたしを前の奥さんと間違えて話をしている、と見当がついたわ。アントリンはヨシエの戸籍を当たって、田倉と結婚したことを調べたらしいけど、入籍後の新しい本籍を調べなかったんじゃないかしら。だから、ヨシエが死んだことを知らなかったのよ」

「それであなたは、ヨシエになりすました。莫大な遺産を、手に入れようとして」

いづみは含み笑いをした。

「まあね」

「しかし相続のために、いずれは正式な調査が行われるだろうし、そうなれば簡単に正体がばれてしまう」

いづみが身じろぎすると、また乳房がわたしの左腕に当たった。

「そう。そしてヨシエが死んだと分かれば、その遺産は娘の伊久代に回ることになるわけね」

わたしは、いづみの圧迫から逃れるために、運転席のドアにへばりつかなければならなかった。

「なるほど、それで分かりましたよ。あなたが急に離婚を急いで、伊久代さんの親権を取ろうとした理由が」

いづみは、乾いた笑い声をたてた。

「そういうことよ。田倉が慰謝料をけちっている以上、そうでもしなければお金が手にはいらないじゃない」

「どれくらいの額になるんですか」

「日本円にして、五億はくだらないそうよ。なんでもあちこちに、広い農園やコーヒー園を持っていたらしいわ」

「そのムッシュウ・カワマタとやらは、どこの国で死んだんですか」

いづみはちょっとためらった。

「ハイチ」

レーモンの顔が浮かんだ。

いづみがまた乗り出す。もうその胸から、逃れる余地はなかった。

「お願い、協力して。もしうまくいったら、あなたにも十分お礼をするわ」

「しかしその遺産は、伊久代さんのものだ」

いづみの手が、わたしの太ももを這った。

「親権を取ってしまえば、どうにでもなるわよ。相手はまだ、十六の小娘なんだから」

「そいつはあまり、ほめられた話じゃないな。金がほしくない、とは言いませんがね」

「お金だけじゃないわよ。わたしを、好きにすることもできるわ」

いづみの指が、大切なところに触れようとした。

わたしはいづみを、力任せに助手席に押しもどした。

「色仕掛けのつもりなら、お門違いですよ。わたしは、クルミのように固い男でね」

いづみは助手席のドアにもたれ、しゅっと息を吐いた。暗闇に目が燃える。

「ばかな男ね。いくらでもお金が手にはいるというのに」

「ばかでけっこう。さっさと車をおりてください。今度の仕事はなかったことにする」

ハイヒールで、頭をどやしつけられるかと思ったが、いづみはそうはせずに、後ろ手にドアをあけた。ゆっくりと外へ出る。

「後悔しても遅いわよ」

そう捨てぜりふを残し、ドアを物凄い勢いでしめた。握り締めた拳で、シーマの屋根をどんと叩く。まるで、ショベルカーが落ちて来たような、衝撃だった。この力でやり返されたら、田倉誠造もたまったものではなかっただろう。

わたしはエンジンをかけ、ほうほうの体でその場を逃げ出した。

14

青山通りで、交通渋滞に巻き込まれたこともあり、御茶ノ水にもどったときは、夜十一時を過ぎていた。

シャトー駿河台の、地下駐車場にシーマを入れて、内階段の昇降口に向かう。

ふと、葉巻の匂いをかいだように思った。

つぎの瞬間、階段のわきの暗がりから、ぬっと大きな影が現れた。避ける間もなく、首に万力のような指が食い込む。体が宙に浮き、壁に背中を押しつけられた。

耳に、ぬめっとした唇が触れる。

「娘の居場所を吐きやがれ、このおたんこなす」

ひどい英語だった。

わたしは喉をぜいぜいさせながら、ようやく声を絞り出した。

「だれの娘だ」

「とぼけるんじゃねえ。タクラの娘だよ、イクヨとかいう」

「あんたは、死んだムッシュウ・カワマタの、代理人か」

レーモンが手に力を込め、わたしは足をばたばたさせた。

「おれは、ムッシュウ・カワマタの弁護士に頼まれて、ヨシエを探しに日本へ来たんだ。ヨシエが死んだとなりゃ、娘のイクヨを見つけるしかねえ」

「田倉いづみに、いくらで雇われた」

「なんだと」

「伊久代の親権を取るまで待ってくれたら、遺産の中から大金をはずむ、と言われたんだろう」

手の力が緩んだ。

「あの女、そんなことまでしゃべったのか」

「それだけじゃないぞ。あんたをたぶらかして、おれと金を山分けしようと持ちかけてきたよ」

「うそをつけ。ついさっき、おまえをここで待ち伏せして、伊久代の居場所を聞き出せ、と頼まれたばかりだ」

「それはおれが、話に乗らなかったからさ。いずれあんたはお払い箱になって、一銭の金にもならんという寸法だ。おたんこなすは、あんたの方だよ」

「黙るんだ、このおたんこなす。おれはそんな甘ちゃんじゃねえ。きっちり、金はいただくさ」

「日本の警察は、ばかじゃないぞ。あんたがアントリンを殺したことも、今ごろは調べがついてるだろう」

「黙れと言ったのが、分からねえのか。おれが、やつを殺した証拠が、どこにある」

「それそれ、あんたがアントリンを知っているのが、第一の証拠だ。それに田倉いづみが、今日あんたと一日一緒だったことにして、アリバイ作りをするつもりだとおれに言ったよ」

「うるせえ、その手に乗るかよ。さっさと小娘の居どころを言うんだ。さもないと首の骨をへし折るぞ」

わたしは両腕をはね上げ、レーモンの両耳を同時に、思い切り手の平で叩いた。子供のころ忍術の本で読んだ、虎殺しという秘法だ。

レーモンは悲鳴を上げ、わたしから手を離した。予想外の効き目に、こっちが驚いた。立ち直るすきを与えず、頭を抱えるレーモンの腹に、右のフックを叩き込む。

今度はまるで、効き目がなかった。

レーモンはわたしの腕をつかみ、凄い力で振り回した。わたしは、駐車していた車のボンネットに、頭から突っ込んだ。時速百キロで走る車に、正面衝突したような衝撃だった。

レーモンは、完全に頭に血がのぼったらしく、わたしの上半身をつかまえて、ボンネットに何度も叩きつけた。わたしはなすすべもなく、ただむやみに叫び声を上げ続けた。

階段を駆け下りる音が、かすかに聞こえたような気がした。怒鳴り声も耳にはいった。だれかが、助けに来てくれたようだ。

レーモンの手が離れ、わたしは駐車場の床にぼろ屑のように、崩れ落ちた。新たな格闘が始まる気配がする。しかしそれを確かめる気力は、もう残っていなかった。そのまま意識が遠のいた。

気がついたとき、わたしは一階のロビーの長椅子から滑り落ちまいと、必死にしがみついているところだった。

髭の濃い、いかつい顎の男が、わたしの顔をのぞき込んだ。

「大丈夫ですか」

「よく分かりません。あなたが見たかぎりでは、どうですか」

わたしは強がりを言い、口から血の混じった唾を吐き出した。幸い、歯は折れていないようだ。

「一日二日、入院する必要があるかもしれません。わたしは板橋区坂下警察署の、海老原という者です。岡坂神策さんですね」

「そうです。まったく、いいときに来てくれました。あと一分遅かったら、エンジンルームに押し込められるところだった」

「アントリンの財布の中に、あなたの名刺がはいっていたんです。アントリンが殺されたことは、ご存じですか」

「知ってます」

海老原はうなずいた。

「それで、事務所におじゃましたところご不在だったので、待たせてもらっていたんですよ。さっきの男は、何者ですか」

「レーモンという、ハイチ人です。あの男は、どうしましたか」

「相棒の霧島刑事が逮捕しました」

「手ごわかったでしょう」

「まあね。でも霧島は空手三段、柔道四段ですから」

わたしは笑った。

「そりゃ運がよかった。あの男を逃がしてはいけない。たぶん、アントリンを殺した犯人です」

海老原の顔が緊張した。

「なんですって」

「アントリンは死に際に、アイ・ティと言ったそうですね」

海老原は驚いたようだった。

「よくご存じですね。犯人の頭文字、とみられていますが」

「それは違う。アントリンは、レーモンの国籍を言ったんだ、と思います。レーモンは西インド諸島の、ハイチから来ました。ハイチというのは Haiti の日本読みで、スペイン語圏ではHを読まずにアイティと、ティにアクセントを置いて発音されるんです」

うんちくを傾けていると、外で救急車のサイレンの音がした。

海老原は、わたしの肩を叩いた。

「その続きは明日、ゆっくり聞かせてもらいましょう。非常に、興味深い話だ」

15

わたしは、近くの順心堂病院に、二日入院した。

ディエゴ・アントリン殺しは、その間に解決した。

犯人はやはり、レーモンだった。わたしのうんちくもヒントになったが、アントリンのアパートから出て行くレーモンの姿を見た、という目撃者が現れたのだ。

レーモンは、ムッシュウ・カワマタの弁護士に雇われた、ハイチの私立探偵だった。弁護士の指示で、遺産の一部を相続させるために、ただ一人の血縁者ヨシエを探しに、来日したという。

レーモンは東亜興信所から、フランス語と英語ができる調査員アントリンを紹介され、ヨシエ探しを依頼した。そのときアントリンは、探す目的を聞かされなかったらしい。

アントリンは、田倉いづみをヨシエと間違え、レーモンに引き合わせた。いづみは、事実をレーモンに打ち明け、伊久代の親権を取って遺産を山分けする、というもうけ話を持ちかけた。弁護士に、安報酬で雇われたレーモンは、すぐにその話に乗った。

アントリンは、レーモンがヨシエ探しの目的を言わないことに不審を抱き、仕事が終了したあともヨシエ、つまりいづみの行動を見張った。

わたしから、アントリンの動きを聞いたいづみは、計画をじゃまされるのを恐れて、なんとかしろとレーモンをけしかけた。単細胞のレーモンは、それを始末しろという意味に受け取り、あっさりアントリンを殺してしまった。いづみが、殺人の共同正犯になるのか、あるいは単なる殺人教唆ですむのか、それはいずれ裁判で明らかになるだろう。

レーモンはハイチで、かなり汚い仕事をしていたとみえ、ひと一人片付けるくらい、なんとも思っていなかったようだ。そもそも、ムッシュウ・カワマタからしてその財産の大半が、大麻栽培やらコカインの密売で稼いだあぶく銭だとかで、ハイチでは有名なドンだったことが判明した。それが理由かどうか、田倉伊久代が相続権を放棄したという話を、だいぶあとになって父親から聞いた。

そのとき田倉誠造は、わたしが想像したとおりアントリンの住所を調べ出し、すぐにも訪ねるつもりだった、と打ち明けた。アントリンが、先妻のことを嗅ぎ回っていると聞き、真意を問いただそうと思ったそうだが、アントリンはそれを待たずに殺されてしまった。

わたしが、アイ・ティの話を持ち出したときは、わけもなく娘の頭文字と思い込み、そのためにあわてて家へ帰った、という。しかしすぐに、その日伊久代は近所の伯父の家へ行っていたことが分かり、不安は消えたのだった。

結局わたしは、田倉いづみから調査料を、もらいそこなった。桂本弁護士は、珍しく責任を感じたとみえ、シーマのガソリン代と田倉誠造の住所調べの料金、わたしの怪我の治療費を、持ってくれた。ほかに慰労費と称して、なにがしかの金をよこしさえした。

わたしは、その金で約束どおり神原佐枝を、ロシア料理の《バラライカ》へ連れて行き、壺料理ガルショーチクをごちそうした。

わたしが、カレーライスでがまんしたことは、言うまでもない。

首

1

柏原美千子は、あひるの火事見舞いといった足取りで、事務所にはいって来た。

細いパンプスのかかとが、上に乗る太った体を支え切れず、今にも折れそうに見えた。ブルーのアイシャドウに、ラベンダー系の口紅をくっきりと塗っている。色白のふっくらした顔立ちで、太った女によほどひどい目にあわされた男でも、よだれを垂らしそうな美女だった。

わたしは美千子と向き合って、ソファにすわった。

「わざわざお運びいただいて恐縮です。わたしを社の方へ呼びつけられない、何か特別な事情でもおありでしたか」

美千子はハンドバッグから、細身のメンソールのたばこを取り出し、火をつけた。それは、ぽってりした指の間で、白い爪楊枝（つまようじ）のように見えた。

「なるほど。岡坂さんは、ふだんからわたしに呼びつけられていると、そう感じているわけね」

美千子は広洋社という、中堅の広告会社に勤めている。年齢は三十代の半ば、腕利きの営業ウーマンで、まだ独身だった。

わたしは二年ほど前から、美千子が担当する得意先の一つ、星芝電機のPR関係の仕事を、請け負っていた。月額三十万円のフィーともなれば、わが現代調査研究所は人の首を絞める仕事以外、なんでもやるのだ。

「恐れ入ります。わたしは何をおいても、呼びつけられるのが大好きなたちでして」

美千子は煙を吐き、腕を組んだ。白いブラウスを透かして、切れ込みの深いブラジャーに包まれた、巨大な胸が盛り上がるのが見えた。

たじたじとして、自分のたばこを探る。

美千子は、顔をそっと左へ向け、また正面にもどした。

わたしが火をつけるのを待って言う。

「お察しのとおり、会社では話せない用件で、うかがったの。これから相談することは、絶対秘密にしていただきます。秘密を守るのも、お好きでしょ」

「もちろんです。どんな秘密か知りませんが、墓石の下まで持っていくとお約束します」

それを聞くと、美千子は形のいい唇に、かすかな笑いを浮かべた。

「わたしくらい、重い墓石が必要ね」

「柏原さんに乗られたら、凍った血もまた騒ぎ出しますよ、きっと」

わたしはそう言い、言わなければよかったと思った。

美千子はたまに、冷や汗が出るほど場違いな冗談を言うが、それに乗って下手に調子を合わせると、とんだしっぺ返しを食うのだ。

美千子は珍しく赤くなり、体を乗り出して灰皿に灰を落とした。短めのタイトスカートの裾から、太った体に似合わぬ華奢（きゃしゃ）な膝小僧がのぞく。

また顔を左へ向け、ぎこちなくもとへもどした。

「冗談を言ってる場合じゃないわ。最近わたしが体調を崩していること、察しがついてらっしゃるでしょう」

「なんとなく見当はついてましたが、そんなに具合が悪いんですか」

「まあね」

あれは確か、美千子の所属する営業部の部長が交代したときだから、かれこれ半年ほど前のことだ。急に美千子が、体の変調に悩まされるようになった。

それまでは、いかにも健康そうに見えたのに、ちょっとしたことで疲れを覚え、頭痛や肩凝り、吐き気を訴える。そのためしばしば出社が遅れたり、会議の席を中座することが多くなった、と聞いた。

「医者に相談されましたか」

「ええ。実は二ヵ月ほど前、病院へ行って、精密検査を受けたの。ところが、どこも異常がないのよ。内科的にも、それから、そのほかの面でも」

婦人科のことらしい。

「なるほど」

「結局、疲労とストレスが原因ということで、ビタミン剤やトランキライザーを処方されたんだけど、いっこうによくならなかったわ。そうしたら内科の医者が、業を煮やしてこう言うの。もしかすると、神経系統の病気かもしれないから、一度精神科の診断を受けるようにって」

「精神科」

美千子はぎこちなく、首をすくめるようなしぐさをした。

「そう。あまり気が進まなかったけど、万が一と思って、会社が契約している精神科クリニックへ行ったわけ。そうしたら、そこの中林という担当医師が、三度目のカウンセリングが終わったときに、とんでもないことを言うのよ。あなたは何か秘密を持っていて、それを外へ吐き出せずにいるために、頭痛や肩凝りがするのだって」

「フロイト派ですかね、その医者は」

美千子は笑わなかった。

「裏庭に穴を掘って、そこへ秘密を吐き出せとでも言うのかと思ったら、そうじゃなかった。中林医師は、わたしを寝椅子に横にならせたまま、その場で自分に秘密を打ち明けるように、命令したわ。どう思う」

わたしは首筋を掻いた。

「もっと凄いことを命令する医者も、いるかもしれない。その程度でよかったじゃないですか」

美千子は不満そうに、眉をひそめた。

「それでしかたなく、秘密の一端を打ち明けたのよ」

「どんな」

美千子は、たばこをもみ消した。

「わたしが星芝電機のほかに、フェリア自動車の仕事もしていることは、知ってるわね」

わたしも、たばこをもみ消した。

「承知しています」

フェリアは業界三位につける、大手の自動車メーカーだった。一〇〇〇ccクラスの大衆車に関しては、業界一位の日豊自動車とトップの座を争っている。

美千子はすぐに、新しいたばこに火をつけた。

「わたしは今、半年後にフェリアが発売する新車の、宣伝企画を担当しているの。昔は車が出来上がってから、広告会社の出番が来るのが常識だったけど、最近は開発段階から嚙み込むことが、多くなったのよ。必然的に、守るべき秘密は、量質ともに、増大したわけ。ネーミングの候補や設定価格帯、発売時期、排気量、スタイリング、そうした諸もろのことだけど」

「中林医師が言う秘密とは、そうした類いのことなんですかね」

美千子は、顔を左に振ってもどした。

「少なくともわたしにとっては、目下それがいちばんの秘密なのよ。わたしは、一応やり手の営業と見られているし、そうした評判を落とさないために、男性の何倍も仕事をしてきたわ。その重圧がどれくらい大きいものか、岡坂さんには想像もつかないでしょう」

「いや、それは分かっているつもりです」

「だったら、秘密を守らなければいけないという気持ちが、どれほど強いかも分かるはずだわ。それがきっと、プレッシャーになっているのよ」

煙が目にはいり、美千子は顔を右へそむけようとして、突然顔をしかめた。蜂に刺されでもしたように、反射的に首筋に手をやる。

「それで結局柏原さんは、中林医師にフェリアの新車の秘密を、話したわけですか」

美千子は手を下ろし、目を伏せた。

「ええ、とりあえず概要だけね。でも中林医師は、それだけで満足しなかった。秘密はまだほかにあるはずだ、と言って追及するの。しかたなしにそのつぎは、ネーミングの候補と価格の目安を告げたわ。それだけでも、重大な機密漏洩よ」

「にもかかわらず、症状が改善されないと」

溜め息をつく。

「そうなの。だから今度は、図面を持って行こうかと、真剣に悩んでいるわけ」

「中林医師が、それを要求しているんですか」

「いいえ。その医師は、自分からは何も指示しないの。ただ、まだ秘密を全部吐き出していない、と注文をつけるだけ。つまり、あくまでわたしが自発的に秘密を漏らす、という形をとりたいわけね」

わたしはソファを立ち、インスタントコーヒーを二つ入れた。

テーブルにもどる。

「柏原さんの口ぶりだと、中林医師が秘密を吐き出すように要求するのは、治療のためだけではない、と考えておられるようですね」

美千子はわが意をえたり、というようにうなずいた。

「そうなのよ。最初は考えもしなかったけれど、彼の目的は別のところにあるような気がしてきたの」

「たとえば、柏原さんから新車の図面を手に入れて、どこかへ売りつけるとか」

美千子はコーヒーを飲んだ。

「そのとおり。中林医師は、産業スパイをしようとしているに、違いないわ」

わたしもコーヒーを飲む。

「医者とか弁護士は、法律で守秘義務が定められています。ことに、精神科の医者が患者の秘密を外へ漏らしたら、命取りですよ。考えすぎじゃないかな」

美千子はたばこを消した。

「それを確かめたいわけよ。中林医師が誠実な医者なら、それでいいの。万が一にも産業スパイだったら、仮面をはいでやらなければ収まらないわ」

「しかしそのときは、柏原さんも無事ではすみませんよ。理由はどうあれ、得意先の機密情報を外へ漏らしたわけだから」

「それは覚悟の上よ。それに相手を、きちんとした医師と信じたとすれば、情状酌量の余地もあると思うわ」

わたしは、コーヒーを飲み干した。

「それで、わたしに相談というのは」

美千子は、睨むようにわたしを見た。

「思い切って言うけど、岡坂さんにわたしの愛人になってもらいたいの」

もう少しで生唾を飲みそうになり、あわてて咳払いをした。

美千子が、急いで付け加える。

「誤解しないで。一時的に愛人のふりをしてほしい、ということなの」

わたしは立ち上がり、コーヒーをいれ直した。

ソファにもどると、美千子は薄笑いを浮かべて言った。

「だいぶうろたえたようね。ご不満なの、わたしの愛人になるのが」

「不満があるとすれば、一時的にというところですかね」

わたしは強がりを言ったが、内心かなり動揺したことは間違いない。

2

松葉クリニックは、渋谷区神宮前五丁目にあった。地下鉄の明治神宮前から徒歩数分、旧渋谷川遊歩道を少しはずれたあたりだ。

吹き付けタイルの、こぢんまりした建物だった。精神科という看板は、どこにもかかっていない。

柏原美千子の相談を受けてから、十日たっていた。その間にわたしは、知り合いのテレフォンサービス会社と偽名で契約し、偽りの名刺を用意した。わたしの身分はPRコンサルタント、橋本大三郎ということになっている。

中林医師とは、電話で面会を約束してあった。

中林は、多すぎる髪をチックで固め、太い縁の眼鏡をかけた四十前後の、小柄な男だった。私服でロビーに現れると、名刺交換もそこそこに、あたふたとわたしを外へ誘い出した。

一分ほど歩き、住宅街の中にある小さな喫茶店にはいった。客は学生風の若者が三人、大声で最近見た映画の話をしているのと、ゲーム付きのテーブルでコンピュータゲームに熱中する、ポロシャツを着た中年の男の姿が見えるだけだった。店内には低く、松任谷由実の歌が流れている。

中林は運ばれて来たジュースを、一息に半分ほど飲んだ。

ほとんど口を動かさずに、関西訛り(なま)の低い声で言う。

「患者について、みだりに第三者と話し合うのは、医師の倫理規定に反することです。あなたが、柏原さんとどういうご関係にあるにせよ、彼女についてお話しすることは、できかねます。電話で申し上げたとおりです」

「それは百も承知しています。先生が、その原則を守ろうとされるのは、わたしとしてもありがたいことです。わたしと彼女の関係は、もうお聞きになったでしょう」

美千子はその後の治療のときに、わたしとの偽りの関係をいかにもほんとうらしく、中林に打ち明けているはずだ。

中林は固い表情を崩さなかった。

「その質問にも、お答えできかねますな」

「しかし彼女は、それを先生に打ち明けたと、わたしに言いましたよ」

中林は神経質に、テーブルを爪で叩いた。

「わたしの口からは、そうだともそうでないとも言えませんね」

「彼女を悩ましている秘密が、わたしとの関係にあると思われますか」

「そうかもしれないし、そうでないかもしれません」

慎重に言葉を選んでいる。一筋縄ではいかない男だ。

わたしがたばこに火をつけると、中林は迷惑そうに体を引いた。わたしはその顔に、煙を吹きかけた。中林は小さく咳をして、うるさそうに煙を手で払った。

わたしは体を乗り出し、ささやいた。

「だいぶてこずっておられるようだから、先生に一つお教えしましょう。彼女を悩ます秘密についてね」

「ほう」

中林は無関心を装ったが、目にちらりと好奇心が浮かんだ。

「わたしは今、日豊自動車のPRコンサルタントをしています。ご存じでしょうが、彼女が担当するフェリア自動車とは、ライバル関係にある会社です」

中林は何も言わず、わたしが先を続けるのを待った。

「つまり彼女は、自分の得意先のライバル会社のPRマンと、できてしまったわけです。もっとも最初からじゃなく、ある程度深い仲になってから、分かったことですがね。しかしそのときには、もう引き返せないところまで来ていました」

中林は椅子の上ですわり直し、ガードを固めるように腕を組んだ。

「あまり興味がわきませんね」

そう言ったが、目はもっと話せと催促している。

「わたしとの関係を、先生に打ち明けたことで、彼女の症状が消えれば万々歳ですが、たぶんそうはいかないでしょう。彼女を悩ましているのは、もう少し根の深いものですからね」

「根が深い、とおっしゃると」

中林は思わず聞き返し、それからはっと気づいて、顔を赤らめた。

「失礼。医者として興味があるのです」

たった今、興味がわかないと言ったばかりではないか。

わたしは、おもむろに言った。

「前からわたしは、彼女にあることを要求してるんです。現在進行中の、フェリア自動車の新車に関するデータを、渡してほしいと」

中林は瞬きしただけで、何も言わなかった。

先を続ける。

「おおまかなことは話してくれましたが、肝心の図面をなかなか渡してくれない。彼女がフェリアから預かっている、大事な開発設計図ですがね」

中林は組んだ腕を解き、拳を丸めて小さく咳をした。

「あなたはそれを、得意先の日豊自動車に渡そうと、そう考えておられるわけですか」

「図星です。多額のボーナスが、期待できますからね」

「あまり感心できませんな」

「いや、まったく。だからこそ、彼女も悩んでいる。なんの抵抗もなく、わたしに図面を渡すことができるなら、彼女も先生の手をわずらわせることはなかったでしょう。彼女が、頭痛や吐き気を覚えるのは、わたしの要求と守秘義務の、板ばさみになっているからに違いないのです」

「それで」

「彼女は、その苦しみから逃れるために、近々にも切羽詰まって、先生に図面のコピーを渡すでしょう。それが彼女の、悩みの種になっているわけだから」

「わたしに渡したからといって、彼女の症状が消えるとは思えませんね」

「おっしゃるとおりです。しかし、その図面を先生がわたしに回し、そのことを彼女に告げれば、治るかもしれません。彼女にとって、先生に図面を渡すことはあくまで治療のためであり、得意先や会社を裏切ったことにならない。しかも、その図面がわたしの手に渡ることで、わたしに対する義理も果たすことになる。一挙に悩みが解決されるわけです」

「彼女が、それを提案したのですか」

「いや。しかし、彼女がそれを望んでいることは、明らかです。彼女の病気を治すには、ほかに方法がないと思いますよ。これまでカウンセリングの効果が、上がっていないことを考えればね」

　中林の頰に血がのぼった。

「わたしの立場は、どうなるんですか」

「患者が一人減って、先生の評価も高まるでしょう。それにわたしと同様、ちょっとしたボーナスを手に入れることになる」

中林は傷ついたように顎を引いた。

「わたしに、医師の倫理を放棄せよ、とおっしゃるんですか。論外の話だ」

「それ以外に、彼女の症状を治す方法をお持ちなら、とうに試しておられるはずです」

中林はジュースを飲み干し、ストローを神経質に折り曲げた。

「精神科にかかる患者は、だれでも一時期担当医師に反発し、敵意を抱くものなのです。自我が崩壊することを恐れ、医師と正面から対決したがります。それを克服し、医師と患者の間の垣根が取れたときに初めて、治療の効果が現れるわけです。彼女はちょうど今、その端境期にいると考えられる。もうしばらくすれば、彼女もわたしに心を開いて、自分から秘密を打ち明けるでしょう。あなたの要求に、応じることはできませんね」

「わたしの要求を入れることで、だれも迷惑する人間はいませんよ。日豊自動車から出るボーナスには、税金がかかりません。それも半端な額じゃない。一千万とは言わないが、数百万単位の金と考えていただいて、けっこうです」

中林は首を振り、小銭入れを取り出して、自分のジュース代をテーブルに置いた。

「話になりませんな。彼女の病気を治すにはまず、あなたが目の前から姿を消すことだ、と思いますよ。そうだ、それが最善の治療法かもしれない」

立ち上がった中林に、わたしはだめを押した。

「もし気が変わったら、名刺の電話番号にメッセージを入れてください。こちらから改めて連絡しますから」

中林は、返事をせずに出て行った。

わたしは、たばこを一本吸った。どうやら、見込み違いだったようだ。中林は産業スパイをやるほど、度胸のある男には見えなかった。

美千子が中林を疑ったのは、単なる妄想にすぎないのではないか。もしそうなら、それも美千子の病気のうちかもしれない。

わたしは喫茶店を出て、明治神宮前駅へ向かった。そのまま地下鉄千代田線で、御茶ノ水の事務所へもどるつもりだった。

旧渋谷川遊歩道から表参道へ出たとき、昼食がまだだったことを思い出し、手近のカフェテラスにはいって、スパゲティを食べた。

コーヒーを飲み、窓越しに外の通りを眺めているとき、歩道の電話ボックスに半袖のポロシャツを着た、男の姿が見えた。こちらに背を向け、送話口を手で囲って話をしている。

後ろ襟がめくれた、男のグレイのポロシャツに、見覚えがあった。それはさっき、喫茶店でコンピュータゲームに熱中していた、中年男だった。

昼間からそうやって、時間をつぶせる人間をうらやましいと思うほど、わたしは忙しいわけではない。それにしてもふと、あの男と入れ替わったならどんな人生が待ち受けているかと、愚にもつかないことを考えた。

明治神宮前駅まで歩いた。

切符を買って、改札口へ向かおうとしたとき、少し離れた別の自動販売機の前に、またその中年男の姿を見た。

わたしは御茶ノ水まで直行せず、日比谷で電車を下りた。地下道を、都営三田線の乗り換え口まで歩く。

売店で新聞を買い、見出しを読むふりをして背後をうかがうと、柱の陰から例のポロシャツがのぞいた。それで、尾行されていることがはっきりした。

わたしは三田線で神保町まで行き、新宿線と半蔵門線の三本が交差する複雑な構内を、上ったり下りたりした。最後は構内に直結する、岩波ホールのビルのエレベーターを利用して、中年男の尾行をまいた。

いったい何者だろうか。

3

その夜、契約したテレフォンサービスのオペレーターが、事務所へ電話して来た。有本尚美という、声はかわいいが性格のしっかりした、有能なオペレーターだった。

「実は夕方、男の人から岡坂さんの契約番号に電話がかかって、橋本大三郎さんの自宅住所と、電話番号を教えてほしいと言うんです」

「どんな男だった。名前を言ったか」

「いいえ。いかにもおじさんっぽくて、気色悪いしゃべり方の人でした」

「関西訛りがなかったかい」

「関西じゃありませんね。どちらかというと、群馬か福島っていう感じでした」

どうやら、中林医師ではなさそうだ。しかし橋本大三郎名義の名刺は、中林以外に渡していない。

「それでどうした」

「岡坂さんの指示どおり、橋本の秘書だと名乗って、折り返し本人から連絡させるので、名前と電話番号を教えてほしい、と言いました。そうしたら、またかけ直すと言って、電話を切ってしまったんです。まずかったですか」

「いや、完璧な対応だった。ところで、その気色悪いしゃべり方って、どんな感じだったのかね」

「なんていうか、サラ金の取り立て屋みたいな話し方でした。しつこくて、横柄で。興信所か、探偵社の人かもしれませんね」

「ははあ。ぼくも似たような仕事をしてるけど、しつこくて横柄な態度に見えるなら、反省しなきゃならんな」

尚美はあわてて言った。

「岡坂さんは違いますよ。この間ごちそうになった《ボンディ》のカレー、とってもおいしかったし」

「分かった、またごちそうしよう。いつもありがとう、きみのおかげで助かるよ」

その程度で、紳士の評判が保てるなら、カレーライスなど安いものだ。

それからしばらくして、今度は柏原美千子から電話がかかった。

「どうでした、首尾は」

「筋書きどおりに、中林医師に話を持ちかけましたがね」

「それで」

声に焦りが感じられた。

「見込み違いかもしれませんよ。全然食いついて来なかった」

美千子は気色ばんだ。

「そんなはずないわ。あの医者は絶対産業スパイよ。そうでなければ、どうしてあんなにしつこく、わたしに秘密をしゃべらせようとするの」

「ただ仕事熱心なだけじゃないですか」

美千子は少し黙り、それから決然とした口調で言った。

「今度のカウンセリングのときに、図面を渡すわ。それでわたしの症状が消えるか、それとも中林医師があなたに連絡してくるか、二つに一つよ」

「両方ということもありえますね」

「どちらにしても、この一週間で決着がつくわ」

「本物の図面を渡すつもりですか。中林医師を試すだけなら、ダミーの図面でもいいと思いますが」

　電話の向こうで、ためらう気配が感じられた。

「でも、ダミーを渡したのでは、秘密を吐き出すことにならないわ。本物を渡すことで、わたしの病気が治る可能性もあるわけだし」

「そうした話を、医者でもないわたしに打ち明けること自体が、たいした秘密じゃないことを、物語っていませんか」

「それはどういう意味」

「分かりません。とにかく約束ですから、ご指示どおりにしますよ」

　美千子は、何も言わずに電話を切った。

　翌日の昼前、わたしはすぐ近くの明央大学に電話して、精神医学教室の教授下村瑛子を呼び出した。

　瑛子とは以前、ある事件で一緒に仕事をしたことがあり、それ以来たまに食事をしたりする仲だった。

　昼休みがあいているというので、わたしたちは山の上ホテルのロビーで落ち合い、てんぷら屋にはいった。

　瑛子は四十代前半で、化粧気のない顔に銀縁の眼鏡をかけた、短髪の女だった。小ぶりの鼻や口に比べて、目がとびきり大きい。ベージュの麻のスーツから、ほっそりした手足がのぞいている。

「今日はごちそうしますから、一つ二つご意見を聞かせてもらいたいんです」

「どんな」

「先生の専門に関わることで」

瑛子はいたずらっぽい目をした。

「それじゃ、話を先に聞こうかしら。その内容によって、コースにするか天丼にするか決めるから」

「コースでいいですよ。ただし並で」

「並ね」

「思い切ってビールをつけます」

わたしたちは、ビールで乾杯した。

食事をしながら、わたしは会社名や氏名を伏せたまま、柏原美千子の一件を話した。

瑛子はほとんど口をはさまず、最後まで話を聞いた。

「どうなんですか。この女性のように、秘密を抱えているために、頭痛や吐き気が起きることがあるんですか」

「ありますよ。心身症の場合、通常では考えられない、奇妙な症状が起こるんです。頭痛や吐き気なんて、無邪気な方だわ」

「なるほど。では、そうした症状を引き起こす原因が、個人に属する秘密じゃなくて、仕事に関わる秘密ということもあるんですか。たとえば彼女の場合、担当する得意先の秘密に、悩まされてるらしいんですが」

　瑛子は小首をかしげた。

「それは彼女が、どれだけその仕事にのめり込んでいるか、によりますね。よく、汚職事件に巻き込まれた役人が、責任を感じて自殺したりするケースが、あるでしょう」

「彼女の場合、少なくとも今のところ、自殺願望はないみたいですがね」

「得意先の秘密って、どの程度のものなのかしら」

「実はある自動車メーカーの、新車情報なんですがね。機密度が高いことは確かだけど、そんなものが心身症を引き起こすほど、プレッシャーになるのかな。逆に言えば、それを医者にぶちまけることで、症状が消えるものですか」

「担当医師が、そう言っているわけですか」

「医者はただ、秘密を吐き出せと言ってるだけです。それを新車の機密と解釈したのは、彼女の独り合点かもしれない。ともかく彼女は、そのために医者を産業スパイではないかと、疑ってるんです」

　瑛子は箸を止め、わたしを見た。

「それは要注意ですね。統合失調症の疑いもあるわ」

「なるほど。しかし、単なる妄想と断定できないような、奇妙な状況もありましてね」

　例のクリニックから、中年の男に尾行されたことや、テレフォンサービスに匿名の電話がはいったことなどを話す。

瑛子は小首をかしげ、肩をすくめた。

「とにかく、岡坂さんの話だけじゃ分からないわ。実際にその女性と面談してみないと」

「場合によっては、そうさせてもらうかもしれません。彼女はわたしにとって、だいじな金づるなのでね」

瑛子は苦笑したが、ふと思いついたように言った。

「彼女の症状って、頭痛と吐き気だけなんですか」

「それが主だと聞いたけど、肩凝りなどもあるようです。首も痛むようだし」

「首が」

「ええ。顔を右へ向けようとすると、首が痛むらしいんです。正面とか左を向くときは、大丈夫のようなんだけど。右の肩や首が、相当凝ってるんだと思います」

わたしは美千子の、事務所でのしぐさを思い出しながら言った。

瑛子の目が光る。

「痛みがあって、顔を右へ向けられないと」

「そう見えますね、わたしには」

「それは正確な観察ですか」

「まあね。わたしの仕事の大部分は、人を観察することから始まるので」

「症状が始まったのは、いつごろだと言ったかしら」

「半年ほど前です」

瑛子は熱心な口調で言った。

「そのころ、彼女の仕事の周辺や私生活に、何か変化がありませんでしたか」

少し考えたが、思い当たるものはない。

「気がつかなかったですね。四六時中一緒にいるわけじゃないし」

「たとえば恋人と別れたとか、尊敬する上司が転勤になったとか」

それで思い出した。

「そう言えばその前後に、彼女の所属する営業部の部長が、別のセクションに異動しましたね。あまりそりが合わなかったので、彼女にとってはありがたかったみたいですが」

瑛子が急き込んで尋ねる。

「新しく来た部長とは、どうですか」

「やはりぎこちないですね。年もそう違わないし、女性の部下とうまくやっていける管理職は、意外に少ないんですよ」

瑛子は箸を置いた。

「その営業部の、デスクの配置図が描けるかしら」

「ええ。しょっちゅう行ってますからね」

わたしはテーブルナプキンに、広洋社第二営業部の略図を描いた。

瑛子はそれをのぞき込んで言った。

「新しい部長の席はどこですか」

「ここです」

「その女性の席は」

わたしがそれを指で示すと、瑛子は満足そうにうなずいた。

「やっぱり。もしかすると、彼女の症状の原因は、その新しい部長にあるかもしれませんね」

顔を見る。

「どういうことですか」

瑛子は略図を指で叩いた。

「部長の席は、その女性から見て、斜め右方向にありますね。つまり彼女はつねに、自分の右側に部長を意識しているわけです。もし彼女が部長に関して、何か心理的な葛藤を抱いているとすれば、首が右へ回らなくなる症状が現れても、不思議はないわ」

「心理的葛藤というと、部長に反感を抱いているとか、顔を見るのもいやだとか、そういったことですか」

「むしろ逆です。部長に好意を感じ、いつも右を向いて、顔を見たいと思う。ところが立場や人目が障害になって、見ることができない。見たいけれど見られない。無理に右を向こうとすると、激痛に襲われるのです」

わたしは、ぽかんとした。

「つまりその、部長に対する好意を隠すことが、首が右へ回らないという形で外へ現れるわけですか」

「そのとおりです」

「しかし彼女は、代わったばかりの部長に一目惚れする、そういうタイプじゃないな。ぼくの見るかぎり、彼女の部長に対する態度はよそよそしくて、好意を感じている様子はありませんがね」

「好意を覚えれば覚えるほど、態度が冷たくなるのです。そのくせ心の中は、抑えようもなく熱してくる。その落差が激しければ激しいほど、体に現れる変調も大きなものになります」

わたしは広洋社の第二営業部長、桑島哲雄の風貌を思い浮かべた。

桑島はまだ三十代の後半で、小柄な体つきの、いたって貧相な独身男だ。眉が濃く、鼻筋が通っているところは、ハンサムといえなくもない。しかし、大柄な美千子と並んだ場面を想像すると、冷や汗が出るような取り合わせだった。

「すると彼女を悩ましているのは、新車開発の秘密情報ではなくて、その部長に対する秘めた思いということになりますかね」

「もちろん、断言はできません。直接話を聞いてみないことにはね。しかし、状況的にも時期的にも、それが体に変調をきたした、最大の原因のように思えますね」

瑛子はそう言って、確信ありげにうなずいた。

4

それから四日後。

わたしは仕事の打ち合わせで、築地にある広洋社へ行った。

三階の営業部へ上がる。わたしは、直接フロアへ出入りすることを、許されていた。

部長の桑島哲雄が、軽く手を上げて挨拶した。目礼を返す。

柏原美千子がわたしに気づき、ぎこちない姿勢で席を立った。グレンチェックの、サマースーツを着ている。

フロアの隅の会議室にはいる。

美千子は事務的な態度で、ＰＲ活動の報告を聞いた。

一段落したところで、美千子はたばこに火をつけて言った。

「昨日中林医師に、図面のコピーを渡したわ。もちろん本物を」

「そうですか。それで体の具合は」

美千子はぎこちなく首を動かした。

「秘密を吐き出して、だいぶ気持ちが軽くなったし、体調も悪くないわ。顔色も、前よりいいでしょう」

「そうですね」

嘘だった。この間よりやつれている。

「あとは、中林医師の反応を待つだけね。今日明日にも、岡坂さんが契約したテレフォンサービスに、電話がはいるはずだわ」

自信満々の態度だった。

心の重荷を吐き出して、体調がよくなったと言いながら、なおかつ中林医師を産業スパイ、と疑っている。統合失調症の疑いもある、と言った下村瑛子の言葉がよみがえる。

「そうなったら見せ金を持って、取引に出向くわけですね」

美千子は乱暴に、たばこをもみ消した。

「そういうこと。隠しマイクを忘れずにね。証拠になるような会話を、うまく引き出すのよ。あとの処置は、こちらで考えます。医師の免許を剝奪するくらい、わけないわ」

それほどうまく、事が運ぶとは思えなかったが、当面は美千子の意を汲んで、なりゆきをみるほかない。もし、中林医師が食いついてこなければ、美千子を瑛子のところへ、引っ張って行くまでだ。

何か動きがあったら連絡する、と約束して会議室をあとにした。

エレベーターホールに出る直前、後ろから声をかけられた。振り向くと、桑島だった。あとを追って来たらしい。

「ちょっと時間ありますか」

桑島はそう言って、コーヒーを飲むしぐさをした。

広洋社のビルを出て、少し離れた喫茶店まで歩いた。桑島は衝立の奥の、人目につかない席を選んだ。

コーヒーが来るのを待って、桑島は話の取っかかりをつかむように言った。

「最近どうですか、フェリアのパブリシティ活動は」

「まずまずです。柏原さんには、定期的にレポートしていますが」

桑島は、きりりとした眉を動かした。

「それは失礼しました。彼女から、あまり報告が上がらないのでね。途中入社のせいか、なかなかなじんでもらえないようだ」

桑島は生え抜きの広洋社の社員ではなく、別の広告会社からスカウトされた、新任部長なのだ。したがって、どの部員ともそれ以前に面識がなく、溶け込むのに苦労している。

「そのうち慣れると思いますよ。柏原さんは、特に人付き合いが悪い方じゃありませんし」

「しかしわたしに接する態度が、もう一つよそよそしくてね。一度じっくり、話したいんですが」

「ここのところ、体調を崩しているようですね。それが原因じゃないですか」

桑島はうなずいた。

「それはわたしも、気づいています。病院へ行っているらしいが、あまり変わりがないんです。体調というより、何か精神的な悩みがあるんじゃないかな」

「と言いますと」

桑島は小鼻を掻いた。

「たとえば、男問題とかね」

顔を見直す。

「男問題。心当たりがおありですか」

「別にないけど、あの年頃の女性にとっていちばんむずかしいのは、男問題ですからね。そのあたりは、岡坂さんの方が詳しいでしょう、わたしより、付き合いが長いんだから。そうだ、もしかすると彼女、岡坂さんに惚れてるのかもしれないな。二人とも独身だし」

冗談めかして言い、薄笑いを浮かべた。

わたしも、負けずに切り返す。

「それを言うなら部長も独身ですし、柏原さんに惚れられても不思議はないはずですよ」

桑島は笑いを消し、顎を引いた。

「まさか。彼女ときたら、口をきくにも目を合わさないし、わたしが部長に就任して以来、笑顔一つ見せたことがないんですよ」

それほどひどいとは思わなかった。

「好きになると、内へ閉じこもる人なんじゃないですか」

「悪い冗談はやめましょう。万が一にも、そんな噂が立ったらまずい。この際わたしか彼女か、どちらかが配置転換をしてもらったほうが、いいかもしれないな」

そう言って桑島は、唇を引き結んだ。


事務所へもどると、留守番電話にテレフォンサービスの有本尚美から、メッセージがはいっていた。

すぐに電話する。

「一時間ほど前に、中林司郎という方から、お電話がはいりました。関西訛りのある人ですけれど」

受話器を握り締める。

「なんと言った」

「橋本大三郎さんに、電話をくれるように伝えてほしい、ということでした」

尚美が番号を言い、わたしはそれをメモした。松葉クリニックの番号ではない。

「ありがとう。ほかにはなかったかね」

ないということだった。わたしは礼を言って、電話を切った。

メモした番号にかける。

中林は、二度めのベルで出て来た。自宅の番号かもしれない。

「お電話をいただいたそうで」

「彼女が昨日、例のものをわたしに預けて行きました」

「例のものというと」

「例のものです」

なかなか用心深い。

「では、取引する用意がある、ということですか」

「そうです。お互いに協力し合えるかもしれない、と思いましてね」

わたしはそっと息を吐き出した。

「分かりました。それではこちらも、例のものを持って行きましょう」

「例のものとは」

「例のものですよ」

中林は少し考えたあと、夜八時に池袋にあるホテル・メトロポリスの、九〇三号室に来てほしいと言った。

フックを押し、今度は広洋社にかけた。

「中林医師から、反応がありましたよ。取引する用意があるそうです」

それを聞くと、柏原美千子は息を飲んだ。事務的な口調で言う。

「その件でしたらすぐに調べて、折り返しお電話させていただきます」

五分後に外からかけ直して来た。息をはずませている。

「思ったとおり、食いついてきたわね。どういう段取りになったの」

「今夜八時に、池袋のホテル・メトロポリスで、会うことになりました」

「そう。うまく録音して来てよ。動かぬ証拠になるように」

「見せ金はどうしますか。一応渡さないと怪しまれるし」

すでに美千子から、百万円の札束を三つ預かっている。

「もちろん取り返すのよ。実際に取引を成立させなくても、犯意があったことを立証できればいいんだから」

民間の産業スパイが、法律的にどのような罪を構成するのか、詳しいことは知らない。少なくとも刑法上、それを罰する規定はないはずだ。どこかへ忍び込んで、書類を盗んだりすれば、住居侵入罪とか窃盗罪で処分することもできるが、それ以外はむずかしい。もっとも中林の場合は医師だから、刑法百三十四条の秘密漏泄罪が適用されるだろう。

「分かりました。なんとかやってみます」

「首尾よくいったら、その足でマンションへ図面を持って来てくださらない」

「何時になるか分からないですよ」

「何時でもかまわないわ。今夜はまっすぐ帰る予定だから。マンションはご存じね、前に車で送ってもらったことがあるし。三〇八号室よ」

美千子が住むアビタシオン武蔵野は、中央線の武蔵境にあった。

「知っています。では終わりしだい、うかがうということで」

電話を切り、たばこを一本吸った。

美千子は自分の判断に、みじんも疑いを持っていないようだ。少し不安を感じた。しかし状況はすべて、その判断が正しいと思われる方向に進んでいる。今さら投げ出すわけにもいかず、なりゆきに任せるしかなかった。

5

午後八時ちょうどに、ホテル・メトロポリスの九〇三号室を、ノックした。

足音が聞こえ、中から返事があった。

「どなた」

「橋本です」

ドアがあき、中林が顔をのぞかせた。

とりあえず、トイレを借りる。バスルームには、だれも隠れていなかった。

窓際のソファへ行き、中林の向かいにすわる。狭いシングルルームだった。窓のカーテンは、ぴったり閉ざされている。

中林はこの間と同じ、地味なスーツを着ていた。医者というより、うだつの上がらぬ地方公務員のように見えた。

中林は落ち着かぬ様子で、あわただしくテーブルの上に図面を広げた。

「これが彼女から預かった図面です」

わたしは、小型のカセットコーダを仕込んだバッグを、そばのベッドに置いた。

図面を手に取る。

細かいことはよく分からないが、とにかく自動車の設計図であることは間違いない。

「これがフェリア自動車の、新車の開発設計図ですか」

「そうです」

「これを柏原美千子が、中林先生に渡したわけですね。つまり、治療の一環として」

念を押すと、中林は汗をふいた。

「まあ、そういうことです」

「先生はそれをわたしに、提供してくださるわけだ。三百万円で」

中林はとまどったように瞬きした。

「三百万円」

「そうです。不足ですか」

急いで首を振る。

「いや、わたしがほしいのは、金じゃないんです」

今度は、わたしがとまどう番だった。

「金じゃないとすると、何をご希望ですか」

中林は唾を飲んだ。

唐突に言う。

「愛人関係を認める以上、あなたは彼女について、たとえば過去のことなどを、かなり詳しくご存じでしょうね」

わたしは中林を見つめた。

「だとしたら、どうだというんですか」

中林は咳払いして、早口に言った。

「つまり、彼女の過去の秘密をご存じなら、それを図面と引き換えに教えていただきたいんですよ」

たばこに火をつけ、時間を稼ぐ。

「過去の秘密。それはつまり、彼女を悩ましていると考えられる、とっときの秘密ということですか」

「まあ、そういうことです」

「カウンセリングで彼女が告白しないので、わたしから聞き出そうというわけですか」

中林は軽く肩をすくめた。

「好きなように解釈してください」

たばこの煙を吐きかける。中林は眉をひそめ、手の平で煙を払った。

「つまり先生は、この図面が彼女を悩ましている原因だとは、これっぽっちも考えておられないわけだ。ほんとうの秘密は、別のところにあると」

どこかで、かすかな音がした。

中林はわざとらしく咳払いして、急に大きな声で言った。

「あなたは、柏原さんの口から島本一郎という男の名前を、聞いたことがありませんか」

わたしは中林の顔を見返した。またこめかみに、汗が浮いている。

「島本一郎。聞いた覚えはありませんね」

中林はわたしの様子をうかがった。

「島本というのは、彼女が大学時代に付き合っていた、男の名前なんですがね。名前はともかく、そのころの男友だちについて、何か聞かされませんでしたか」

「普通の女は今付き合ってる男に、昔の男の話なんかしないでしょう」

「彼女は普通じゃない」

「どう普通じゃないんですか」

中林はためらい、また咳払いした。

「頭痛や吐き気を引き起こすような、恐ろしい秘密を持っているからです」

「秘密を持つのは、別に犯罪じゃない」

「犯罪である場合もあります」

「先生の仕事は患者を治療することで、秘密を暴くことじゃないはずですがね。あるいはだれかに、そうするように頼まれたとでも」

中林は喉を動かした。

妙に大きな声で言う。

「橋本さん。あなたの正体はなんですか。柏原さんの愛人というのは、嘘でしょう」

わたしは中林の顔を見つめた。どうも態度が不自然だ。

たばこを灰皿に捨てた。

「悪いけど、もう一度トイレを貸してください。どうも、腹具合が悪くてね」

返事を待たずに、席を立つ。

バスルームへ行き、ドアを押すかわりに思い切って、背後のクロゼットの引き戸をあけ放った。

中に隠れていた男が、驚いてハンガーに頭をぶつけた。

例の中年男だった。今日はポロシャツ姿ではなく、紺のスーツを着ている。そばで見ると、わりに小柄で、髭が濃い。

「何してるんだ、こんなところで。タクシーでも待ってるのか」

わたしがからかうと、男はばつが悪そうにネクタイを直し、クロゼットから出て来た。内ポケットに手を入れ、かすかに訛りのある口調で言う。

「南新宿署捜査課、特別班の井上です。未解決事件の再捜査を、担当しています」

男が取り出した手帳には、警視庁と金文字が打ってあった。

手帳と男の顔を見比べる。未解決事件の再捜査。まさか、刑事だとは思わなかった。

わたしは口調を改めた。

「刑事と精神科医がぐるになって、いったい何をたくらんでるんですか」

井上はそれに答えず、そばをすり抜けて中林のところへ行った。わたしがすわっていたソファに、腰を下ろす。

わたしはしかたなく、ドレッサーの前の椅子に、すわり直した。

井上が、おもむろに言う。

「さっき中林先生が言った島本一郎は、十四年前まで新宿のレストランで、コックをしていました。沖縄出身のハンサムな男で、女友だちがたくさんいたようです。その島本が、ある日突然いなくなった。アパートからも店からも、まるでかき消すようにね」

咳払いをして続ける。

「当時わたしは、南新宿署で失踪人の捜査を担当していたんですが、届け出に来た島本の両親に泣きつかれて、あちこち探し回りました。わたしも沖縄出身だったし、人ごととは思えなくてね。ところが、どうにも足取りがつかめず、結局行方不明のまま終わってしまった」

「それが今回のことと、どんな関係があるんですか」

「その一件に、柏原美千子がからんでいる、と思われるからです」

「どんなふうに」

「彼女は当時女子大生で、島本と付き合いがあった女性の一人でした。そのときの彼女の供述によると、島本とはたまにお茶を飲む程度の、ごく浅い付き合いだったそうです。したがって、島本がどこへ行こうと関心がないし、心当たりもないということでした」

井上は言葉を切り、反応をうかがった。

わたしが黙っていると、軽く肩を揺すって先を続けた。

「ところがつい三ヵ月ほど前、島本の母親が久しぶりに遺品を整理したら、こんなものが見つかったと言って、息子宛の古い手紙を一通送って来たんです。差出人は、柏原美千子。それを読んだところ、当時の供述とは裏腹に彼女が島本と、きわめて親密な関係にあったことが、判明しました。島本の居場所を知らないのが、不自然なくらいね。それでまあ、十四年も前の話で今さらという気もしたけど、念のため洗い直しを始めたんです。その過程で、彼女が精神科のクリニックに通っていることが分かったので、中林先生に協力を求めたわけです」

「彼女から、何を聞き出すつもりか知りませんが、そのために医師を利用することは、法律的にも道義的にも問題がある。少なくとも、裁判所は許さないでしょう」

中林が、おずおずと口をはさむ。

「井上警部補は、わたしの義兄でしてね。個人的に協力してるだけです」

「医師に、個人的な立場があるとは、思えませんね。特に、こうした場合に」

中林は目を伏せた。

井上は表情を変えなかった。

「島本の行方を捜す、ヒントが得られればいいんです。彼女はたぶん、何か知っている。親密な関係を隠そうとしたからにはね」

「島本がどうなった、と考えるわけですか」

「それは分かりません。単なる蒸発。誘拐。事故。殺人。いろんなケースが考えられる。断定はできません」

「捜査課特別班というのは、そんなあてもない仕事をするほど、暇なんですか」

「それが、わたしらの仕事でね。昔のからみもあるし、なんとなく勘が働いたものだから」

わたしは立ち上がった。

「どうやら、取引は不成立に終わったようだ。これで失礼します。図面は、わたしが預かりますよ。彼女の代理人として」

井上は首を振った。

「あなたが身分を明かさない以上、図面をお渡しすることはできません。中林医師から直接、彼女に返却させます。あなたが、どういう立場でこの場に臨んだのか、わたしたちには分からないのでね。愛人でもなんでもいいが、とにかく彼女の代理人だとおっしゃるなら、証拠を見せていただきたい」

「それは彼女に聞いてください。とにかく、これは大事な図面だ。わたしが引き上げたあと、あなたたちが悪い考えを起こしたら、彼女にとって命取りになる。もらっていきますよ」

　わたしは図面を巻いた。

　井上が急いで言う。

「分かりました。そのかわりと言っちゃなんですが、もし彼女から、島本のことを聞いたことがあるのなら、教えてもらえませんか」

「何も聞いてませんね。お役に立てなくて、申し訳ないが」

「せめて、名刺をいただきたいですな。本物の名刺を」

「使い切ってしまった」

　井上は頭を掻いた。

「あなたがどこのだれかは、調べれば分かることだ。どうせなら手間を省きたいんです」

「国民の税金で働く人には、手間を省いてほしくないですね」

　わたしはバッグを取り上げ、二人を残して部屋を出た。

　ホテルの正面玄関を出て、客待ちをしているタクシーに乗った。

　だれも追って来なかった。

6

アビタシオン武蔵野についたときは、十時を回っていた。

三〇八号室へ上がり、インタフォンのボタンに指をかけた。

そのとき中で、何か倒れるような音がした。ノブを試すと、鍵がかかっていない。

踏み込みにパンプスと並んで、男ものの靴が脱ぎ捨ててあった。突き当たりのガラスドアの向こうから、唸り声が聞こえて来る。

靴を脱ぎ、廊下を抜けて、ガラスドアを押しあけた。強烈な芳香剤の匂いが鼻をつく。リビングルームの床に、柏原美千子の大きな背中が見えた。だれかの上に馬乗りになっている。

わたしはソファを乗り越え、美千子に飛びついた。美千子は唸りながら、下になった男の首を絞めていた。無理やり引きはがそうとしたが、美千子は驚くほど力が強く、なかなか相手を離さない。

揉み合っているうちに、突然美千子は体を硬直させ、口から泡を吹いて昏倒した。

わたしは美千子を引っ張り上げ、長いソファに横たえた。瞳が反転している。

床に倒れた男を、助け起こした。

桑島哲雄は、喉をぜいぜい鳴らしながら、ソファの背にしがみついた。ワイシャツの襟がくしゃくしゃで、ボタンがちぎれかかっている。顔が土気色になり、額は汗まみれだった。

　芳香剤に交じって、かすかにアルコールの匂いがする。酒を飲んでいるようだ。

「いったい、どうしたんですか」

　声をかけると、桑島は肩で息をしながら、切れぎれに答えた。

「何がなんだか分からない。訪ねて来たら、いつの間にかこうなっていた」

「何しに来たんですか」

　桑島は息を切らせた。

「つまりその、ぎくしゃくした関係を打開しようと思ってね。昼間も言ったけど、一度じっくり話し合いをしたかった」

「それで押しかけたわけですか」

「ええ。一人で酒を飲んでいて、ふっと思い立ったんです。電話もせずに来てしまった」

　わたしは流しでタオルを絞り、美千子の額に乗せた。美千子は意識を失ったまま、荒い息遣いをしている。救急車を呼ぼうかどうか迷った。

　桑島が弁解がましく続ける。

「無理に押し入ったわけじゃありません。彼女も驚いたようでしたが、とにかく中へ入れてくれたんです」

「それで」

「ここへすわったとたん、これを投げつけられた」

桑島は体をかがめ、テーブルの下から写真立てを拾い上げた。

一見して驚く。それは桑島の、若いころの写真のように見えた。

桑島はわたしの心を読んだように、あわてた口調で言った。

「それはわたしじゃない。自分でもよく似てると思うが、わたしじゃないんだ」

写真にはサインペンで署名がしてあり、島本一郎と読めた。それにしても、桑島と顔立ちがそっくりだ。

「それから」

「ごらんのとおりです。やにわに飛びかかって来て、首を絞められました。体は彼女の方が大きいし、岡坂さんが現れなければ、ほんとに絞め殺されていたかもしれない。いったい、どうなってるんだろう」

わたしは美千子を見た。おぼろげながら背景が読めてくる。

「彼女は神経をやられてるんです。どうやら部長のことを、若いころ付き合いのあったある男と、混同してるらしい」

桑島は息を止め、口をあけた。

「混同。どういうことですか、それは」

そのときガラスドアがあき、だれかはいって来た。

井上警部補だった。

あとをつけられた覚えはない。この住まいのことは、とうに承知していたらしい。

井上は、芳香剤の匂いに気づいたとみえ、鼻をゆがめた。

桑島を見て、一瞬驚いた顔をする。

急き込むように言った。

「もしや、島本さんじゃありませんか」

桑島はあわてて背筋を伸ばした。

「違いますよ。あなたは」

井上は疑わしげに桑島を見つめたまま、ちらりと警察手帳をのぞかせた。

「南新宿署の井上です」

それを聞くと桑島は尻込みして、助けを求めるようにわたしに目を向けた。

しかたなく口を出す。

「こちらは柏原さんの会社の上司で、桑島さんといいます。島本と似ているようですが、別人だと思います」

写真立てを井上に渡した。

井上はそれを眺め、桑島の顔と見比べた。

「桑島さんね。しかしよく似ている。あなたの若いころの写真と言っても、十分通用しますな」

　桑島は迷惑そうに肩を揺すり、聞かれもしないのに事情を説明し始めた。

　井上はそれを適当に聞き流し、ソファに横たわる美千子を見た。

　眉をひそめて言う。

「救急車を呼んだ方がいいかもしれない。電話してくれませんか」

　桑島はちょっとためらったが、しぶしぶ電話のところへ行って、受話器を取り上げた。

　井上はリビングを見回し、鼻をひくつかせながら、隣の和室へはいった。ごそごそと、室内をかき回す気配がする。

　電話を終えた桑島が、顔をしかめてわたしを見た。

「いったい、どうなってるんですか。あの刑事は、何をしてるのかな」

　わたしは手の汗をふいた。

「分かりません」

　芳香剤の香りに交じって、かすかな異臭を嗅いだような気がした。

　しばらくして、井上が和室から出て来た。額に汗がたまっていた。

　暗い目をして言う。

「予想していた、いちばん悪い結果が出ました。奥の押し入れの衣装箱に、ミイラ化した死体がはいっている。もうほとんど臭いもしないが、この芳香剤はそれを消すために、常用してるものでしょうな」

　桑島が体を硬直させた。

美千子を見下ろして、ドラキュラに出会ったように後ずさりする。美千子は相変わらず、昏睡状態のままだった。

井上が独り言のように続ける。

「彼女が抱えていた秘密はこれだったんだ。中林から話を聞いたとき、彼女が島本をどうかしたに違いないと睨んだのは、やはり間違いじゃなかった。しかし、ずっと死体と暮らしていたとは、思いませんでしたよ」

7

下村瑛子はコーヒーカップを置いた。

「それで柏原女史は、自白したんですか」

「まあね。しかし、そもそもの原因は、島本にある。結婚を迫る彼女に手を焼いて、暴力を振るったんです。首を絞められて、このままでは殺されると思った、と彼女は供述しています。それで、恐怖と怒りにかっとなって、反対に絞め殺してしまった。なにしろ彼女は体力があるし、高校まで柔道をやってたというんだから。島本はハンサムだけど、小柄で非力な男でした。先に手を出したのが、命取りになった」

「小柄な男性に、太った女性。珍しくない組み合わせだわ。お互いに、引かれるものがあるのね」

わたしたちは山の上ホテルで、お茶を飲んでいた。

「彼女のマンションは、大学にはいったときに親が買い与えたもので、一度も転居していません。島本の死体と一緒に、結婚生活をしているつもりだったのかもしれない」

瑛子は身震いした。

「芳香剤を常用していたそうだけど、それは単に習慣的なもので、死体と同居しているという意識は、実際にはほとんどなかったでしょう。ここ十数年のうちに、頭の中から締め出されてしまったはずだわ」

わたしは、たばこに火をつけた。

「そこへ島本とよく似た、桑島部長が突然上司として姿を現したので、首が回らなくなるという神経症状が、出たわけですね」

「そうだと思います。でも中林医師の対応は、責められて当然ね。いくら義兄の頼みとはいえ、医師の倫理に反するようなことをしたのだから」

「井上警部補の捜査自体が、ほとんど違法でしたからね。柏原女史にも、弁護の余地はありますよ」

「桂本先生がついていれば、だいじょうぶね」

柏原美千子には、わたしの向かいに事務所を構える、桂本忠昭弁護士を紹介してある。美千子から預かった三百万が、十分役に立つはずだ。

事件が事件だけに、かりに公訴時効が切れていなくても、地検が美千子を起訴するかどうか、分からない。事前に、精神鑑定の措置が取られる可能性もあり、その結果によっては不起訴処分になることも、考えられる。しかし、事件が明らかになった今、美千子にとってはどちらでも、あまり変わりはあるまい。

「桂本弁護士には、彼女の精神鑑定を先生に回すように、地検に進言してもらいます。そのときはよろしくお願いします」

「ええ」

「桑島部長の首を絞めたときは、完全に精神錯乱状態だったようだから、問題にならないでしょうね」

「たぶんね。でも、精神錯乱状態を引き起こしたことについては、それなりの原因があるはずです」

「というと」

「桑島部長が、突然訪ねて来たというだけで、頭がおかしくなるとは考えられないわ」

わたしは瑛子を見つめた。

「何が言いたいんですか」

瑛子は思慮深い目で、わたしを見返した。

「岡坂さんも、見当がついてるんでしょう」

あきれて、首を振る。

「なんでもお見通しですね、先生は。わたしはこう考えてるんです。桑島部長があの夜、柏原女史のマンションを訪ねたのは、話をするためなんかじゃなかった。酒を飲んでましたからね。たぶん、彼女をくどくつもりだったんでしょう。抱き締めて、無理やりキスぐらいしたかもしれない」

瑛子は納得したようにうなずいた。

「でしょうね。そうした行為がショックを与え、島本との争いを彼女に思い出させて、精神錯乱を引き起こしたに違いないわ」

美千子が、島本を殺したと分かったとき、桑島はかなり打撃を受けたようだが、その後はずっと彼女に付き添って、まめにめんどうを見ている。それは単に、上司としての義務を果たす、という感じではなかった。実際美千子に、惚れていたのだろう。

たばこを消す。

「さて、行きましょうか。精神錯乱を起こしそうだから」

「どうせ起こすなら、コーヒー代を払ってからにしてほしいわ」

瑛子は笑って言い、わたしの靴の爪先を軽く蹴った。

ハポン追跡

1

久しぶりにギターを取り出して、ビラ＝ロボスの前奏曲第一番に挑戦しているとき、電話が鳴った。

「はい、現代調査研究所です」

「岡坂神策さんですか」

きびきびした女の声だった。

「そうです」

「ごぶさたしています。わたしです、と言ったら分かりますか」

受話器を握る手に、思わず力がはいった。

「わたしさんね。どういう字を書くんですか」

軽い笑い声が響く。

「相変わらずですね。これから、おじゃましてもいいですか」

聞き覚えのある声だが、その声の主はだいぶ前にスペインへ行ったきり、まだ帰っていないはずの女だった。

「これからか。ということは時差もあるし、事務所へ着くのは明朝八時ってとこだね」

「ごめんなさい、連絡しなくて。実は一週間前に、帰って来たんです」

一呼吸おく。

「なんとね。ぼくの名前を思い出すのに、一週間かかったというわけだ」

「だから、ごめんなさいって言ったでしょう。そんなにつんけんすると、窓に石を投げるわよ」

「うちの事務所の窓は、通りに面してないんだ。石を投げようと思ったら、向かいのビルの壁によじのぼらなきゃならん。今どこにいるんだ」

「《マラガ》です」

「冗談だろう」

別にスペインのマラガを、思い浮かべたわけではない。《マラガ》は一階にある、喫茶店の名前なのだ。

「久しぶりに、ここのコーヒーが飲みたくなったの」

「ははあ。そこでコーヒーを飲んでるうちに、そういえばこの上に昔知ってた男が住んでたっけと、たまたま思い出したわけだ」

「すぐに上がって行きますからね。だれか女の人がいるんだったら、今のうちに追い出した方がいいわよ」

「スカートと一緒に、バルコニーからほうり出すよ」

そう言ったときは、もう電話は切れていた。

受話器を置き、ギターをしまう。たばこを吸おうと思ったが、見つからなかった。奥のリビングに、置き忘れたらしい。

たばこを取ってもどったとき、チャイムが鳴った。

作業デスクの上を形ばかり片付け、出しっぱなしになっていた本を書棚にもどし、床に落ちていた週刊誌をラックに投げ込み、それから戸口へ行った。

　花形理絵（はながたりえ）は両手に荷物をぶら下げ、たった今飛行機から飛びおりたような格好で、廊下に立っていた。ベージュのスーツに、薄手の黒いセーター。眼鏡はかけていない。そのせいか、少し太ったように見える。

「やあ。元気そうじゃないか」

　理絵は不満そうに、口をとがらせた。

「拍子抜けしたわ。階段を駆けおりて来るか、と思ったのに」

「準備体操をしてたんだ。しばらく、力仕事をしてないものだから」

　理絵の手から、ボストンバッグと紙袋を受け取り、作業デスクまで運ぶ。両方とも、かなり重かった。

　理絵は事務所の中を、きょろきょろと見回した。

「全然変わってないわね。最後に見たときと同じだわ」

「最後に見たときは、暗くて何も見えなかったはずだがね」

　理絵はくすりと笑い、紙袋の中からパッキンで厳重にくるんだ、平たい包みを取り出した。ガムテープをはがして広げると、タラベラ産と思われる大きな飾り絵皿が現れた。

「これを事務所に飾れば、少しは紳士的な気分になるでしょう」

「紳士的ね。そんな言葉が、まだ残っていたのか」

「スペインにはね。どこに飾ったらいいかしら」

理絵は返事を待たず、組み立てスタンドを手早く広げると、サイドボードの上に絵皿を飾った。二、三歩後ろへ下がり、腕を組んで仕上がりを眺める。その後ろ姿を見ると、紳士的でない気分になってきた。

理絵は作業デスクにもどり、今度はボストンバッグを開いて、小さな紙包みを引っ張り出した。自分でそれを破り、中身をわたしによこす。

焦げ茶の小さなクラッチバッグだった。驚くほど手ざわりのよい革でできている。型押しされたマークに、見覚えがあった。陶器の人形で知られる、リャドロのマークだ。

「リャドロよ。最近置物だけじゃなくて、革製品にも乗り出したの。まだ、ほとんど日本に、はいってないんですって」

わたしは、クラッチバッグをデスクに置いた。

「ありがとう。両方とも気に入ったよ。これで全部かい」

理絵は横目でわたしを睨んだ。

「足りないっていうの」

「黒いセーターで包んであるのを、まだ見せてもらってない」

理絵は、少しの間その意味を考え、それからいきなり紙包みの屑を、わたしに投げつけた。

「ばかね」

以前はその言葉を口にするとき、泣きそうな顔をして言ったものだ。しかし今は、半分笑っていた。

紙屑を屑入れに捨てる。

「勘違いしちゃいけないね。割れないように、セーターで包んで持って帰った酒が、まだボストンバッグにはいってるんじゃないか、と言ったんだ」

理絵は唇を引き結び、しばらくわたしを睨んでいたが、何も言わずにボストンバッグから、ボトルを二本取り出した。

一本はシェリーで、ラ・イナのフィノ（辛口）。もう一本はワインで、ベガ・シシリアのウニコ（極上）だった。どちらも、よだれの出るしろものだ。

「ありがたい。言ったとおりじゃないか」

「そうね。でもさっきのはやはり、わたしの勘違いじゃないと思うわ」

「ばれたか」

もう投げつけるものがなかったので、理絵はわたしのそばへ来てキスした。

わたしがその気になる前に、さっと身を引いて作業デスクの向こうへ逃げる。

「気に入らないね。スペインじゃ、男がネクタイを緩めないうちに、女の方から飛びつくようになったのか」

「そんなことないわ。男が、ネクタイさえ締めていればね」

　わたしがかつて知っていた理絵は、年のわりにもっとおどおどした女だった。変わったとすれば、それはわたしでも事務所でもなく、理絵自身に違いなかった。長期にわたるスペイン暮らしが、理絵を変えたのかもしれないと思うと、スペインに対して奇妙な嫉妬を覚える。

　サイドボードから、シェリー・グラスを二つ取り出して、おみやげのラ・イナをあけた。応接セットに向き合って乾杯する。

「無事で何よりだった。スペイン暮らしも、むだじゃなかったようだね」

「そうね。全部吹っ切れたみたいだわ」

「全部ね。それはよかった」

　わたしはシェリーを飲み干し、もう一杯注いだ。

　何げなく言葉を継ぐ。

「ほんとに全部か」

　それを聞くと、理絵は並びのよい歯を見せて、さもおかしそうに笑った。

　おそらくわたしは、金魚のように赤くなった。

「好きなだけ笑えばいいさ。きみが率直になったことで、ぼくも気が楽になったよ」

　理絵は真顔にもどった。

「ごめんなさい。好きな人と一緒にいると、いじめたくなるのよ」

苦笑する。それはわたしが、かつて理絵に言ったせりふだった。

「今夜、飯でも食べないか。実はこれから、客が来るんだ。大学へ行って、時間をつぶしてくれると、ありがたいんだが」

理絵はスペインへ行く前、すぐそこの明央大学でスペイン語を教えていたのだ。

「今夜はだめだわ。学生たちが歓迎会を開いてくれるの。来週から、復職するものだから」

「どこに居を定めたんだ。市ヶ谷の、もとのマンションか」

「ええ。電話番号も同じよ。覚えてるかどうか、知らないけど」

「古い住所録を見れば、載ってるかもしれない」

「わたしから電話します。住所録をなくしてるといけないから」

そう言って理絵はソファを立った。作業デスクからボストンバッグを取る。

わたしは戸口まで送った。

「眼鏡はやめたのか。はずすのが楽しみだったのに」

「コンタクトをはずすのだって、楽しいかもしれないわよ」

さらりと言い、手を振って出て行った。

わたしはしばらく、ドアを見つめていた。半分は夢見心地だった。四十を過ぎて停滞する男もいれば、三十を過ぎて脱皮する女もいる。

ソファにもどり、理絵が飲み残したシェリーを、喉（のど）にほうり込んだ。

まったく、飛び切りのフィノだ。

2

ミゲル・ロドリゲス・コロンは、青いダブルのスーツに身を包んだ、色白の学者肌の男だった。まだ三十そこそこだろうが、髪の方はだいぶ薄くなっている。

ロドリゲスとは十日ほど前、《明日のスペイン》の発刊一周年記念パーティで、知り合った。《明日のスペイン》は、週一回発行される日本語のスペイン情報紙で、ロドリゲスはスペイン系の貿易商社コメルサの日本駐在員として、そこに出席していた。コメルサはそのパーティに、ワインとシェリーを無料で提供したのだ。

ミゲルを紹介してくれたのは、発行人の飯島三代子だった。三代子は身長百七十センチを超える大柄な女で、購読者がこの一年で急激にふえたのは、その腕力に恐れをなしたせいだ、といわれている。

ロドリゲスはソファにすわるなり、聞き取りやすいスペイン語で言った。

「セニョリータ・イイジマから、あなたは現代史を含むスペイン問題に、非常に詳しいとうかがいました。それで力を貸していただこうと、お電話したようなわけなのです」

「詳しいといっても、スペイン人ほどじゃありませんよ」

ロドリゲスはたばこを取り出し、わたしにも一本すすめた。一度は断ったが、重ねてすすめるので、もらうことにした。それがスペイン流の礼儀なのだ。

「わたしたちは意外に、自分たちの国のことを知らないのです。あの『ドン・キホーテ』にしても、まともに読んだスペイン人はほとんどいないでしょう」

「それは日本も同じですよ。『ラ・イストリア・デ・ゲンジ（源氏物語）』を通して読んだ日本人は少ない。『源氏物語』はご存じですか」

「聞いたことはあります。昔のドン・ホァンの話でしょう」

「そうです。実はわたしも読んでいない。『ドン・キホーテ』だって、子供のころ抄訳を読んだきりです。ともかく、内戦以降の現代史に関することなら、いくらか資料を持っているので、お力になれるかもしれません」

ロドリゲスはスラックスの膝をつまみ、折り目をまっすぐに立てた。

「実は現代史ではなくて近世史、十七世紀初頭あたりに関わることなのです」

「十七世紀ですか。ではお役に立てませんね。興味がないわけじゃないが、ほとんど勉強していないので」

「十七世紀といっても、現代と深い関係のあるテーマなんです。ハセクラのことは、ご存じでしょうか」

ハセクラ。スペイン語では通常Hを発音しないが、ロドリゲスは正しくハセクラと発音した。

「支倉常長（はせくらつねなが）なら知っていますが」

「そう、ハセクラ・ツネナガです。彼は一六一四年の十月、大西洋を越えてスペインへやって来ました。その後、ローマへ渡って各地を巡り、一六一七年七月にまたスペインから、日本へ向けて出発しました」

「あなたはわたしより、よくご存じのようだ。支倉が親善使節として、その時代にヨーロッパへ渡ったことは承知してますが、いつ出発していつ帰って来たのかは、知らなかった」

「学校で日本の歴史を、習わなかったのですか」

「習ったかもしれないが、忘れてしまいました」

ロドリゲスは苦笑した。

「いいでしょう、それはたいして重要なことではない。わたしが知りたいのは、ハポン一族のことなのです」

「ハポン一族」

「ええ。セビリャ近郊の、コリア・デル・リオという町に、ハポンという名字を持つスペイン人が、たくさん住んでいるのです。この記事を、ごらんになったことはありませんか」

そう言ってアタシェケースを開き、新聞の切り抜きを二枚取り出す。

余白に《朝日新聞／一九九〇年七月九日・十日夕刊》と、日本語で書き込みがしてある。『グアダルキビルの白昼夢』と題する、二回続きの《ハポンさん訪問記》だった。

記事の最後に、それを書いた記者の名前がある。

コリア・デル・リオの町に、ハポン（スペイン語で日本）姓を名乗る人たちが千七百人も住んでいて、支倉使節団の末裔ではないかと考えられている、という内容だった。

「これなら読みました。自分でも切り抜いた覚えがあります」

スペイン人の姓の起源には、いくつかのパターンがある。

フェルナンドからフェルナンデス、マルティンからマルティネスのように、クリスチャン・ネームが転化したもの。

カンポス（野原）、モンテス（山）のように、自然や地形からきたもの。

さらにバレンシア、セビリャなど出身地名からきたもの。マドリード、エスパーニャ（スペイン）、イングレス（イギリス人）という姓もある。

ハポン（日本）は、そのパターンから生まれた姓のように思える。

「ある日本人の友人が、この内容をスペイン語で解説してくれました。これを書いた記者は、ハポン一族と支倉使節団の間になんらかの関係が存在する、と考えているようです。決して断定しているわけではなく、ただその可能性をほのめかしているだけですが」

わたしは、たばこを消した。

「新聞記者としては、確証もないのに断定するわけには、いかないでしょう。しかしわたしのみるところ、その可能性はかなり高いように思えます。年代的にも、だいたい符合しますしね」

ロドリゲスも、たばこを消す。

「こうした記事が、日本の新聞に載ったというのに、スペインでは噂にすらなった形跡がありません。しかも、ハポンという姓は昨日や今日でなく、三百年以上も前から続いてるんですよ。どうして、今まで話題にならなかったのか、不思議なくらいです」

「実は日本でも、ハポンのことが記事になったのは、これが初めてじゃないんです」

わたしはソファを立ち、キャビネットのモニターファイルを繰って、目指す記事を取って来た。

それは、一九八九年九月一日付の日本経済新聞の切り抜きで、スペイン日本通運の渡辺要吉社長が寄稿した、『姓はJAPON、侍の子孫』と題する手記だった。

「これは、朝日より十ヵ月ほど前に、出た記事です。こちらも断定しているわけではないが、ハポンを支倉使節団の末裔と想定して、書かれています」

わたしはロドリゲスに、その記事の概要を伝えた。

これら二つの記事には、いくつか共通点がある。

一つは、ハポン姓の存在を教えてもらった相手が、いずれもセビリャ市長のマヌエル・デル・バリエ・アレバロ、という人物であること。

もう一つは、インタビューを受けたハポン姓の人がみな、自分たちの先祖は日本人だと信じていること。

最後に、二人の筆者がいずれも、支倉使節団がコリア・デル・リオに滞在した事実と、コリアの町に多くのハポン姓が存在する事実を関連づけて、ハポン一族すなわち支倉使節団の末裔ではないか、とほのめかしていることだった。

それは確かに蓋然性の高い推論であるし、ロマンチックで魅力的な説でもあるのだが、残念ながら確証がない。現時点で、その推論を事実と断定するのは、情況証拠だけで有罪判決を下すのと同じで、ある種の危険を伴うだろう。

ロドリゲスは、切り抜きをテーブルに置いた。

「なるほど。ハポンのことが話題になったのは、これが最初だったのですか」

「わたしの知るかぎりでは、そうです。しかしそれまでに、この事実を耳にした日本人がいなかった、とは言い切れません。みながみな、手記を発表するわけじゃありませんからね」

ロドリゲスは、両手の指先をつけた。

「そこでご相談ですが、わたしがお願いしたいのはコリアのハポン一族が、ほんとうに支倉使節団の末裔かどうか、調べていただきたいということなのです」

わたしは自分のたばこを出し、ロドリゲスにすすめた。火をつけてやる。

「この記事を書いた二人は、現地の人たちにインタビューしたり、いろいろ資料を当たったりしています。にもかかわらず、結論が出ていないのですから、これ以上調べてもむだだ、と思いますよ」

「セニョリータ・イイジマによれば、あなたはいろいろな資料を探したり、調べたりするのが得意だ、ということです。もう一度、調べ直していただけませんか。新しい事実が、出てくるかもしれない」

「コリアの町に、ハポンのルーツを研究している人たちがいる、と朝日の記事に書いてあります。その人たちに、当たってみたらいかがですか」

「もちろん、そうするつもりです。しかし、彼らは自分たちのことなので、調査にバイアスがかかる恐れがある。日本側の資料で、彼らの説を補強する証拠が出てくれば、これ以上確かなことはないでしょう」

「わたしを、スペインへ出張させていただけるなら、コリアへ行っていろいろと調べてきますがね」

　ロドリゲスは肩をすくめた。

「そこまでは、ちょっとね。そのかわり、一つ情報を提供しましょう。ハポンの一族、と思われる女性が一人、今日本に来ているらしいのです。彼女にインタビューすると、何か参考になる話が聞けるかもしれません」

「来ているらしい、というのは」

「下北沢の、《カンデラス》というスペイン料理店で、ハポン姓のスペイン女性が働いている、という話をスペイン人の仲間から聞いたのです。確かめたわけではないので、ほんとうかどうか分かりませんが」

「フルネームは聞きましたか」

「いや。教えてくれた男も、知りませんでした」

　わたしは、たばこを消した。

「もし差し支えなければ、なんのためにハポンのルーツを調べるのか、聞かせていただけませんか」

　ロドリゲスも、たばこを消す。

「昨今のスペインブームを当て込んで、わたしの会社コメルサも日本のワイン市場に、積極的に打って出るつもりなのです。その皮切りとして、近ぢかカバジェリアというワインを、新たに輸入販売します」

「カバジェリア」

「そうです。ご存じないと思いますが、味の方は折り紙つきの極上ワインです」

「知りませんでしたね。それとハポンと、どんな関係があるんですか」

「カバジェリアの発売に合わせて、コリアからハポン姓の人たちを、日本へ呼ぶ計画を立てているのです。支倉使節団との関連を立証できれば、話題が盛り上がることは間違いありません。カバジェリア（騎士道）とブシドウ（武士道）の出会い、ということですね」

　わたしは、耳の後ろを掻いた。

「ははあ。キャンペーンの道具に利用しよう、というわけですか」

ロドリゲスが、急いで言葉を継ぐ。

「もちろん、それだけではありません。あなたの調査の結果しだいでは、それをテーマにシンポジウムを開くことも、検討します。そうなれば、日西交流史の研究に対しても、なにがしかの貢献ができるはずです。ぜひ力を貸してください」

新しいたばこに火をつける。ロドリゲスには、すすめなかった。

あまりすっきりしない動機だが、テーマとしてはおもしろそうだ。ちょうど、仕事の谷間に当たっているし、時間つぶしになるかもしれない。

「調査費として、どれくらい用意しておられるんですか」

「二十万円でいかがでしょう。もちろん、経費は別としてですが」

「スペイン語でレポートを作成すると、翻訳代だけでもそれくらいはかかりますよ」

ロドリゲスは、両手をこすり合わせた。

「口頭で、報告していただくわけには、いきませんか」

「分かりました。では、とりあえず経費分として五万円ほど、前払いしていただきましょうか。キリシタン関係の資料は、かなり値が張ると思うので」

「経費の領収書は、いただけるでしょうね」

「領収書がもらえるものについてはね」

わたしは預かり証を書き、金を受け取った。

戸口まで送って出たとき、ふと思いついて尋ねた。

「そういえば、あなたの母方の姓はコロンでしたね。あちこちで聞かれて、うんざりしておられるでしょうが、もしかしてクリストバル・コロンにゆかりのある名前ですか」

「そうです。母方の祖先がコロンの弟の、バルトロメオだと伝えられています」

クリストバル・コロンは、クリストファ・コロンブスのスペイン名だ。

コロンブスの家系が現代に続いていることは、比較的よく知られた事実だった。何年か前にも、コロンブスの末裔のある将軍が、バスクの過激派ＥＴＡに暗殺された、という記事を読んだ覚えがある。

「そうですか。だったら、あなたがキャンペーンの先頭に立った方が、話題が盛り上がるんじゃありませんか」

ミゲル・ロドリゲス・コロンは肩をすくめただけで、何も言わずに出て行った。

3

明央大学の裏手を抜けて、神保町の古書店街へ下りた。

キリシタン関係の書籍は、これまでにたくさん出版されたはずだが、まとめて置いてある店はきわめて少ない。それほど部数が出る分野ではないので、古書市場に流れる数も多くないだろう。したがって、おおむね値段も張る、と考えてよい。

支倉常長の訪欧、いわゆる慶長遣欧使節について書かれたものが、どれだけあるのか知らない。論文も入れれば、相当な数にのぼるだろう。どこまで手を広げればいいのか、見当がつかなかった。

最初にはいった慶久堂で、うまい具合に格好の資料を見つけた。『ローマの支倉常長と南蛮文化』という図録で、一九八九年の秋に仙台市博物館が、市制百周年特別展を開いたとき、作成頒布(はんぷ)したカタログらしい。図版のほか、小論文や年表と一緒に、文献一覧が載っている。定価は明示されていないが、たぶん二千円か三千円で売られたものだ。それに、七千五百円の値がついていた。

その図録を買って、喫茶店《ラドリオ》へ行った。

コーヒーを飲みながら、図録の文献一覧をチェックする。その中で参考になりそうなもの、古書店で手にはいりそうなものを、メモした。やはり、かなりの数になる。

歴史関係の書籍を集めている店を選んで、順々にのぞいて行くことにした。東雄堂、宮山書店、巌誠堂。神保町を右に折れ、水道橋の方へしばらく歩いて、キリスト教関係書を専門に扱う、仁愛書房にも寄る。

買い集めてみると、けっこうな重さになった。

しばらく古楽堂に行ってないので、ちょっとのぞいてみることにした。古楽堂は九段下寄りにあり、現代史や軍事・外交関係を専門にする店だ。店主の高浜幸蔵とは古いなじみで、わたしのスペイン現代史に関する邦文資料は、おおむねそこで仕入れた。

二年近く前になるが、古楽堂が不動産屋の地上げにあって追い立てを食らったとき、わたしが間に立って話をまとめたことがある。古楽堂は今、新しく建ったビルの一階に、住居兼用の店を構えていた。

　高浜は、みごとな白髪をきちんと七三に分けた五十代後半の男で、現代史の文献情報に関しては、学者顔負けの専門家だった。

「しばらく。みずえさんは元気かね」

「相変わらず、遊び回ってますよ。今、病院に行ってます」

　みずえは高浜夫婦の一人娘だ。花形理絵が勤める明央大学で、事務のアルバイトをしている。大学にはいるころ腎不全を患い、御茶ノ水駅の向こうの順心堂病院に、週に二度か三度透析(とうせき)に通っていた。

「今度事務所に寄るように、言ってくれないかな。たまには一緒に弁当を食べたい」

「そういえば近ぢか、小林高四郎の『イスタンブールの夜』が入荷します。みずえに持って行かせますよ」

　前に探索を頼んでおいた、第二次大戦中の駐トルコ大使館書記官の手記だ。

「そいつはありがたい。楽しみにしてるよ」

　高浜はわたしの紙袋をのぞいた。

「ほう。だいぶ業界に、投資していただいたようで」

「うん。人から、調べものを頼まれてね」

　ロドリゲスの話をする。

聞き終わると、高浜は紙袋に手を伸ばした。

「ちょっと拝見」

買い集めた本に、ざっと目を通していく。そういうときの高浜の目は、盤面に向かう将棋指しのように見える。

やがて高浜は、むずかしい顔をしてカウンターを立ち、奥の茶の間にはいった。本を手にしてもどって来る。

「これが抜けてますね」

手に取って見ると、それは講談社から十年ほど前に出た、高橋由貴彦の『ローマへの遠い旅』という本だった。例の図録の文献目録にも載っていたが、どの古書店でも見つからなかったものだ。それほど古い本ではないが、部数が少ないせいかめったに出回らない、と言われた。

「驚いたね。こんな本を扱ってるとは、知らなかった。まあ、これも広い意味では外交関係の本、といえないこともないが」

「いや、これは商売で仕入れたんじゃないんです。建て場で見つけて、おもしろそうだから拾って来ただけでね。しかし、なかなかの労作ですよ。著者は写真家らしいんですが、支倉の足跡をこれだけ綿密にたどった執念には、正直なところ頭が下がります。ただしこういう本に限って、あまり部数が出ないと相場が決まっている。念のため、版元に問い合わせてみたんですが、案の定絶版でした。再版するか、せめて文庫にでも入れればいいのに、と思いますよ。十分その価値がある本です」

「そうか。おやじさんが言うなら、間違いないだろう」

「よかったら、お持ちなさい。わたしはもう、読み上げましたから」

「いくらで譲るかね。しかるべき店が扱ったら、それなりの値をつけるはずだが」

高浜は手を振った。

「いや、お代はいいです。ただ同然の本に値をつけたら、ばちが当たりますよ」

「それじゃ、ありがたくちょうだいするよ。いや、ここへ寄る気になったのは、やはりキリストさまのお導きだね」

高浜の気が変わらないうちに、急いで本を紙袋にしまった。

錦華(きんか)小学校の手前の《ブラッセル》で、ベルギーのビールを立ち飲みした。

そこは、うなぎの寝床のような細長い居酒屋で、イギリスのパブに似た雰囲気があることから、外国人の客も多い。ベルギーをはじめ、いろいろな国のビールを揃えているのが売り物だが、なぜかスペインのビールだけは置いてない。それが唯一の不満だった。

しかし、つまみや軽食がなかなかこっているので、ときどき立ち寄って腹ごしらえをするのだ。

事務所へもどったときは、すでに暗くなっていた。

作業デスクに買って来た資料を並べ、マーカーとポストイットを用意して、中身のチエックに取りかかる。

まず支倉使節団の概要を確認するために、『慶長使節』（一九六九年）と『伊達政宗の遣欧使節』（一九八七年）に目を通す。著者の松田毅一はキリシタン、ことにルイス・フロイスの研究にかけては第一人者とされるが、支倉使節団についても詳しいことで知られている。この二冊は、同じ新人物往来社から出ており、刊行に十八年の隔たりがあるが、内容的には同じテーマを扱ったものだった。旧著の『慶長使節』が絶版になったため、新たに『伊達政宗……』を書き下ろしたらしい。

旧著は使節団の行程そのものより、支倉がローマへ派遣されるにいたった経緯、背景に筆の大部分を費やしている。したがって、支倉がスペインへ着いてからの足跡は、ごく簡単にしか触れられていない。新著の方も、ほぼ同様の扱いだった。

いずれにせよ、著者の支倉使節団に対する評価は否定的で、十分な資金を与えずに支倉を派遣した伊達政宗にも、支倉に同行して策を弄（ろう）した、フランシスコ会の宣教師ルイス・ソテロにも、かなり辛辣（しんらつ）な批判を加えている。

また著者は、支倉の名前が一般に常長とされていることに、苦言を呈する。この時期の支倉は、自署名をすべて《六右衛門長経》と記していることから、支倉長経とするのが正しいというのが、著者の主張だった。傾聴すべき意見のように思えた。

ところで、肝心のコリア・デル・リオだが、支倉の一行がそこに滞在したことについて、著者は一言も触れていなかった。もちろん、ハポン一族に関する記述もない。本が書かれた時点では、ハポンに関する情報はまだ伝わっていなかったので、やむをえないことだろう。

次に、『大日本史料・第十二編之十二』（東大出版会）を取り上げる。

これは明治時代に、キリシタン学者の村上直次郎が、スペインやイタリアの古文書館を歴訪し、支倉使節団に関する記録を収集してまとめたもので、このテーマのもっとも基本的な文献だった。邦文五百六十五ページ、欧文四百七十六ページに及ぶ大著で、よくこれだけの史料を渉猟（しょうりょう）したものだ、と感心する。

支倉、ソテロの一行はメキシコをへて大西洋を越え、一六一四年十月五日に南スペインの、サンルーカル・デ・バラメーダに到着した。サンルーカルは、カディスの北西三十キロに位置し、グアダルキビル川の河口に臨む港町だ。

一行はセビリャに向けて、船でグアダルキビル川をさかのぼるのだが、入城する前に旅装を改めるため、少し手前のコリア・デル・リオに立ち寄る。『大日本史料』はその前後の模様を、シピオネ・アマティの『伊達政宗遣使録』から抜粋して、つぎのように記している。

「メヂナ・シドニヤは、この時サン・ルカルに在りしかば、一行の来着を聞き、馬車を以て之を迎へ、結構なる旅館を与へ、その侍臣をして之を接待せしめたり、次で、セビーヤ市の求めに応じ、二隻の船を艤装（ぎそう）して、一行をコリアに送れり、同所においては……使節に充分の満足を与ふることに勉（つと）めたり、大使はこの地に於て、その随員の為めに、衣服を新調し、容儀を整へて、セビーヤ市に入る準備をなせり」

さらに次の章では、セビリャからコリアへ歓迎団が出向き、支倉とともにセビリャへ入城するくだりがある。しかし一行が、コリアでどのように過ごしたかについては、いっさい言及がない。

ローマを訪れたあと、支倉一行は同じ道筋をたどり、またセビリャにもどって来る。そのころには当地にも、日本におけるキリシタン迫害の情報が伝わっており、一行に対するスペイン側の接し方は、だいぶ冷たいものになっていた。

ソテロは支倉の意を受け、なんとか具体的な成果を上げて日本へ帰ろうと、スペイン国王の返書や宣教師の派遣を、願い出る。そのために、伊達政宗だけはキリシタンを迫害せず、むしろ保護しているなどと、いいかげんなことも上奏している。

支倉もソテロも予定された船に乗らず、「セビーヤを距る二レグワ強の地に在るサン・フランシスコ派の僧院」に立てこもり、国王の色よい返事を待つ作戦に出た。最終的な出発日から逆算すると、二人はその僧院に数ヵ月から一年くらい、いすわったようだ。

セビリャから二レグワ強（約十一キロ）といえば、グアダルキビル沿いではコリア・デル・リオか、隣町のラ・プエブラ・デル・リオにあたる。朝日新聞の記事によれば、ラ・プエブラにもハポン姓の人がいるという。

しかし『大日本史料』には、僧院の名前も場所も明記されておらず、コリアないしラ・プエブラとの関連は、不明だった。

ギネスを一本抜き、仙台市が一九七五年にまとめた、『支倉常長伝』をめくる。使節団がサンルーカルに着き、コリアをへてセビリャに向かうくだりは、『大日本史料』に基づいたとみえて、ごく簡単に書かれているだけだった。

今度はロレンソ・ペレス著の、『ベアト・ルイス・ソテーロ伝』を手に取る。翻訳の奥付は一九六八年だが、原著は一九二四年にマドリードで、刊行されている。スペイン到着前後の記述をチェックすると、やはりコリア経由でセビリャにはいったことしか、書かれていない。

ただ帰途の部分をみると、つぎのような記載があった。

「船隊が出港準備をしている間、ソテーロ師はアンダルシア管区のロレート修道院に宿泊していた」

出典は、その修道院の設立覚書だ、という。別の箇所には、こういうくだりもあった。

「当修道院には、セビーリャ出身の栄光に輝く殉教者ルイス・ソテーロ師が宿泊した。師は……かの国（日本）の使節を伴い、マドリッド及びローマに赴き、帰途再び、ソテーロ師、使節並びに随員は、出発命令の下りるまで当地に逗留(とうりゅう)した」

『大日本史料』にいう「セビーヤを距る二レグワ強の地に在る僧院」とは、どうやらロレート修道院らしいことが分かった。もっとも、それがどこにあるのかは分からない。

高浜幸蔵がくれた、高橋由貴彦の『ローマへの遠い旅』に取りかかった。

この著者は、使節団派遣の経緯や背景よりも、具体的な旅の行程に焦点を絞っている。自分の足で、克明に支倉使節団の足跡をたどることに、執念を燃やしたようだ。図版や写真が豊富に盛り込まれ、地図や年表、使節団人員の推移一覧表まで、ついている。いかにも手作りのにおいが漂い、まさに労作というほかはない本だった。コリアに関する記述も、他の資料に比べてかなり詳しい。それは著者が、この町を実際に訪れているからだった。

著者によれば、「支倉ら一行はサンルーカルに上陸したと一般にいわれているが、正確にはこのコリアで船を降り、ここから遥かなるイベリア半島一千余キロメートルの陸の旅についた」というが、これは先に引いた『大日本史料』の記述と異なる。このくだりについては、著者が出典を記していないので、どちらが正しいか分からない。

さらに著者は、コリアの町の情景を印象的に述べたあと、こう書いている。

「古い聖堂、町役場と、手がかりを求めて一日がかりでわたしは三世紀半の昔を探ってはみたが、支倉についてはもちろんのこと、ガリンド公もカラトラバ騎士団もソテーロも、この町の歴史からすでに見離されていることを知るだけであった」

また著者は、ペレスの『ソテーロ伝』の記述を頼りに、セビリャでロレート修道院を探したが見つからなかった、とも書いている。

ギネスをもう一本あけて、一服した。

デスクに積み上げた資料文献の中で、これは書き手がみずからコリアを訪れた、おそらく唯一の本だろう。その著者が、コリアの町には支倉の事蹟を伝えるものが何もない、と慨嘆している。もちろん、ハポンのハの字も出て来ない。

この本が出版されたのは、一九八一年の十二月だ。あとがきによれば、著者が執筆のために行なった取材旅行は、一九七四年から七年間に及ぶという。コリアを訪れた時期がいつにせよ、少なくとも今から十年前までコリアの町では、支倉についてほとんど関心を持たれていなかったことが分かる。もし、少しでも話題になっていれば、取材で訪れた著者の耳に、はいらぬはずがないからだ。

もちろん、著者がコリアを訪れたとき、町にはすでにハポン姓の人が、たくさんいたに違いない。かりに著者が、そのうちの一人にでも遭遇していたら、かならずや支倉使節団との関連に、思い当たっただろう。町役場の役人が、著者に一言でもハポン一族のことを話していたら、と思うと返すがえすも惜しまれる。

逆に言えば当時、ハポン一族の人たちも自分の姓の起源に対して、さしたる問題意識を持っていなかった、ということだろう。そうでなければ、支倉のことを調べに来た珍しい日本人に、自分たちの方から情報を提供しても、いいはずだからだ。

どうやら日本側の資料には、コリアと支倉使節団を結びつけるものは、何もないようにみえる。

ミゲル・ロドリゲスから金が取れるかどうか、心配になって来た。

4

翌日の午後、下北沢へ行った。

電話で聞いたとおり、スペイン料理店《カンデラス》は駅から五分ほど歩いた、商店街のはずれにあった。漆喰の白壁に、アーチ型のドア。ステンドグラスがはまっている。

中にはいると意外に広く、インテリアにもかなり金をかけていることが分かった。地元の、商店街の連中を相手にした食堂ではなく、噂を聞きつけて遠くから食べに来る、自称グルメ族を対象にしているようだ。

営業時間は、昼間が午前十一時から午後二時まで、夜が午後五時半から九時半までで、その間は準備中になるらしい。

わたしは、ランチ・コースのパエジャを食べながら、それとなく店の様子を観察した。

中央の仕切りを挟んで、テーブル席が左右に二列ずつ、計十二席並んでいる。ウェートレスは四人で、いずれも薄いオレンジ色のブラウスに、ゆったりした黒のスラックスを身につけていた。

ウェートレスのうち、三人は日本人だった。もう一人は栗色の髪の、スペイン系らしい外国人で、おそらくミゲル・ロドリゲスが言った、ハポン姓の女だろう。

そばを通りかかるのを待って、スペイン語で声をかける。

「お嬢さん、コーヒーをお願いできるかな」

女は驚いて、足を止めた。愛想よく笑い、スペイン語で応じる。

「はい、ただいま」

目と口が大きすぎるが、歯のきれいな知性的な感じの女だ。年齢は二十代半ば、というところか。

「きみはハポン、という名前だそうだね」

聞いたとたんに、女の顔がこわばった。

トレイを胸に押しつけ、怒ったように言う。

「わたしはアルバトロスです。カルメン・アルバトロス」

「カルメン・アルバトロス・ハポン。母方の名字を省いちゃいけないね」

カルメンはあたりに目を配り、早口で言った。

「どうして、ご存じなんですか」

「電話で、マネージャーに確かめたんだ。ここにハポンという女性がいる、と聞いたものだからね」

「だれに聞いたの」

「ロドリゲスという男だ。ミゲル・ロドリゲス・コロン」

カルメンの視線が揺れた。

「ロドリゲス・コロン、ですって」

「そう。知ってるかね。クリストバル・コロンの末裔だ、と言ってたが」

「いいえ、知りません。コーヒー、すぐお持ちします」

行こうとするカルメンを、呼び止める。

「もうすぐ、休み時間になるね。近くで、お茶でも飲まないか。きみのハポン姓が、どこから来たのか教えてほしい、と思ってね。今日本は、その話題で持ちきりなんだ」

少しおおげさに言うと、カルメンは不安げに眉をひそめた。

「あなたはだれですか」

「調査の仕事をしている、岡坂という者だ。ハポン一族が日本に来ていると分かったら、新聞やテレビがほうっておかない。そうなる前に、ゆっくり話を聞きたいんだ」

カルメンはたじろいだ。

「新聞もテレビもいやよ。だれにも言わないで」

厨房のカウンターから、コックがカルメンの名を呼ぶ。

カルメンは振り返り、達者な日本語で答えた。

「今行きます」

急いでだめを押す。

「もちろん、だれにも言わないさ。この店の並びに、《レインボー》という喫茶店があったね。そこで、二時過ぎに待ってるよ。話を聞かせてほしいだけだ。迷惑はかけない」

カルメンは唇をなめ、何も言わずにきびすを返した。

やがて別のウェートレスが、コーヒーを運んで来た。

二時半まで《レインボー》で待ったが、カルメンは現れなかった。待ちぼうけを食わされたようだ。

もちろんわたしは、カルメンにとって得体の知れない男だから、無視されても文句は言えない。こちらからすれば、別に断る理由はないように思えるが、カルメンにはカルメンなりの事情があるのかもしれない。少し安易に考えすぎたようだ。もっとじっくり根回しをしてから、アプローチすればよかった。

もう一度、店へ押しかけるのも気が引ける。出直して来た方がいいだろう。場合によっては、花形理絵の力を借りる手もある。

席を立とうとしたとき、ドアがあいて男がはいって来た。

黒い顎鬚(あごひげ)を生やした、大柄な外国人だった。フードつきの青いブルゾンに、だぶだぶのジーンズをはいている。

わたしと目が合うと、男はまっすぐ席にやって来た。

体をかがめて言う。

「セニョール・オカサカ」

にんにくのにおいがした。どうやらスペイン人らしい。

わたしはすわり直した。

「そうです。あなたは」

　男は、勝手にわたしの向かいにすわり、ウェートレスにカフェ、と言った。ウェートレスが妙な顔をしたので、コーヒーのことだと教えてやる。

　男が、のしかかるようにして言う。

「おれはサンティアゴ・ピンチョン。サンティと呼んでくれ。カルメンに頼まれて来た。彼女は突然のことで動転してる。どういうことなのか、あんたに聞いて来てくれと言うんだ」

　ぶっきらぼうな口調の、聞き取りにくいスペイン語だった。

「別に、動転するようなことを頼んだ覚えはないがね。彼女の出身地とか、ハポンという姓の由来を、差し支えのない範囲で聞かせてもらおう、と思っただけだ」

「なんのために」

「あんたはカルメンと、どういう関係なんだ」

「カルメンはおれの恋人さ」

　それがほんとうなら、カルメンの趣味はあまりいいとはいえない。

　運ばれて来たコーヒーを一口飲み、サンティは泥水を飲んだとでもいうように、顔をしかめてカップの中をのぞき込んだ。

「スペイン語で、ハポンというのはこの国、つまりニッポンを意味する。それ以外の意味はない。分かるだろうね」

サンティは、カップをわきへどけた。

「ああ、分かる。だからどうだ、というんだ」

「セビリャの近くの、コリア・デル・リオという町に、十七世紀のころからハポン姓を名乗るスペイン人が、たくさん住んでいる。なぜ地球の反対側の、縁もゆかりもない国の名前を姓にしているのか、興味があるんだ。もし、カルメンがコリアの出身なら、そのあたりの事情を聞いてみたい、と思ってね」

「カルメンは、コリア出身じゃない。アルカラの出だ」

アルカラ。アルカラと名のつく町は、スペインにかなり多い。

「アルカラ・デ・グアダイラなら、やはりセビリャのすぐ近くだね」

「アルカラ・デ・エナレスだ」

意外だった。アルカラ・デ・エナレスは、マドリード郊外の町なのだ。

「アルカラ・デ・エナレスね。では母親か母親の祖先が、コリアの出身なのか」

「いや、コリアはまったく関係ない。カルメンの母親の家系は、先祖代々アルカラ・デ・エナレスの住人だよ」

するとコリア・デル・リオや、ラ・プエブラ・デル・リオのほかにも、ハポン姓を名乗るスペイン人の住む町が、あるのだろうか。

そう考えたとき、突然あることに思い当たった。

昨日から何度も資料を読み返して、支倉使節団が通過したスペインの町は、時期とともにだいたい頭にはいっている。一行は一六一四年十一月下旬セビリャを出発し、約一ヵ月後マドリードに到着した。年が明けて一月末、支倉は国王フェリペ三世に謁見し、二月には洗礼も受けている。

そして半年後の八月二十二日、一行はマドリードを発ってバルセロナへ向かうのだが、出発したその日にアルカラ・デ・エナレスにはいり、そこに二泊しているのだ。確かロレンソ・ペレスのソテロ伝に、そう書いてあったと記憶している。一行は帰路にもまた、アルカラに立ち寄ったのかもしれない。

いずれにせよ、使節団がこの町に足跡を残したことは、間違いないのだ。だとすれば、たとえ短期間の滞在とはいえコリアと同様、アルカラにおいても一行のうちのだれかが、ハポンの種をまかなかったとは、言い切れないだろう。その意味ではアルカラだけでなく、一行が滞在した町にはすべて、その可能性がある。

わたしはサンティの顔を見た。

「詳しい説明は省かせてもらうが、十七世紀の初めに支倉という侍の一行が海を渡り、スペイン各地を経由してローマとの間を往復した。その中で一行は帰路、コリア・デル・リオにかなり長期間、滞在した形跡がある。コリアに残るハポンの名前は、そのとき一行のだれかが町にとどまったか、あるいは町の女性と一時的にねんごろになったか、どちらかの名残じゃないかと考えられてるんだ」

サンティは、ぽかんと口をあけた。

かまわず続ける。

「実は支倉一行は、アルカラ・デ・エナレスにも滞在している。もしその町にもハポン姓が残っているなら、ますますハポン一族は支倉使節団の末裔である可能性が、大きくなる。分かるかね、わたしの話が」

サンティはわれに返ったように、目をぱちぱちさせた。

「ああ。言ってることは分かるが、そんな話は信じられんね。単なる伝説だよ」

「伝説にしても、それが生まれるにはなんらかの理由がある。こうなったからには、ますますカルメンの話が、聞きたくなった。母親か祖父母から、何か言い伝えのようなものを、聞いてるかもしれない。ぜひ話をしたい、と伝えてくれないか」

サンティは落ち着きを失い、シートの上でもぞもぞとすわり直した。

「カルメンが、《カンデラス》にいることを教えたのは、ミゲル・ロドリゲス・コロンという男だそうだな」

「そうだ。ロドリゲスは、だれか別のスペイン人に聞いた、と言っていた。たぶん、店へ来たことのあるスペイン人だろう」

「あんたは調査の仕事をしてるそうだが、ロドリゲスに頼まれて、ハポンのことを調べてるのか」

なかなか鋭い勘をしている。別に隠す必要もないので、そうだと答えた。

サンティは、怖い顔をして言った。

「そのロドリゲスという男は、どこの何者なんだ」

「そこまでは、教えるわけにいかない。本人の承諾がないかぎりね」

サンティは、無意識のようにコーヒーを飲み、また顔をしかめた。

「それじゃ、カルメンに引き合わせるわけにいかないな。危険が大きすぎる」

「危険だって。この話に、危険な要素なんか何もないよ」

「カルメンは、おれの恋人だ。めったな男と、話をさせるわけにいかない」

わたしは、裏に英語の表記がある名刺を、取り出した。

「あした電話をくれるように、カルメンに伝えてほしい。そのときまでに、ロドリゲスに身元を明らかにしていいかどうか、確認しておくから」

サンティはあまり気の進まぬ手つきで、名刺をブルゾンのポケットに突っ込んだ。

「おれのことは、ロドリゲスに言うな。必要があれば、おれが自分で言う」

そのままコーヒーの礼も言わずに、さっさと店を出て行った。

カルメンとは少し口をきいただけだが、サンティのような男を恋人にする女とは、とうてい思えなかった。

どうもハポンのルーツ探しが、とんでもない方向に発展しそうな雲行きになった。

5

下北沢の駅から、花形理絵のマンションに電話した。

理絵はうれしそうに言った。

「よかった。古い住所録が見つかったのね」

「事務所を、隅から隅まで探したよ」

「どこにあったんですか」

「枕の下。ちょっと、力を貸してほしいことがあるんだ。帰国早々、忙しいとは思うけど」

理絵は少し、間をおいた。

「どんなこと。力仕事はだめですよ」

「力はあまりいらない。セビリャの近くにハポン、つまり日本という姓を持つスペイン人が住んでるって話を、聞いたことがないかね。きみがいない間に、こっちでちょっと話題になったんだが」

「ハポン。ええ、知ってます。それがどうかしたの」

声がわずかに緊張したようだ。

「実はあるスペイン人から、ハポンのルーツ探しを頼まれてね」

ミゲル・ロドリゲスのことから始めて、これまでのいきさつをざっと説明する。

理絵は、一言も口を挟まずに、聞いていた。

「それでついさっき、カルメンというハポン姓の女性に会いに、下北沢のスペイン料理店に行って来たんだ。ところが、恋人と自称するサンティという名前の、妙なスペイン男がしゃしゃり出て来て、ガードを固めるのさ。ここは一つ女同士ということで、きみから直接彼女を口説いてもらえないかと思って、電話したんだがね」

「その女性は、やはりコリア・デル・リオの人なの」

「それが違うんだよ。サンティの説明によると、彼女の家系は代々アルカラ・デ・エナレスの住人だというんだ。アルカラはマドリードの近くで、コリアから遠く離れている。しかし支倉使節団が、アルカラに短期滞在したことも確かだ。おもしろいと思わないか」

「おもしろいどころじゃないわ。それで支倉関係の、日本の資料は集めたわけね」

「全部じゃないが、主なものは集めた」

理絵は、無理に抑えたような声で言った。

「力になれるかもしれないわ。今どちらですか」

「下北沢の駅だ」

「それじゃ四時に、事務所の方へうかがいます。見せたいものがあるの。お仕事の役に立つと思うわ」

「帰り道だから、きみのマンションへ行ってもいいよ。差し支えなければだが」

「あなたの資料と、突き合わせた方がいいと思うの。ここへ来るのは、また今度にして」

「だれか男がいるんだったら、今のうちに追い出した方がいいぞ」

理絵は短く笑った。

「人のせりふを取ってはいけないって、何度言ったら分かるのかしらね」

電話を切って腕時計を見ると、三時半だった。急いでもどらなければならない。

地下鉄千代田線で新御茶ノ水駅に着いたとき、時計はちょうど四時を指していた。シャトー駿河台は御茶ノ水橋側の、明央大学の裏手にある。

念のため、一階の喫茶店《マラガ》をのぞくと、案の定理絵が先に着いて、コーヒーを飲んでいた。私も一杯付き合うことにした。

ピンクのセーターに、黒い革のジャケットを着ている。スカートも革だった。

理絵は隣の椅子に置いた、黒いブリーフケースをぽんと叩いた。

「あなたは運がいいわ。この中にはいってるものを見たら、きっと驚くわよ」

「キリンの赤ちゃんでも、入れて来たのかね」

「もっとすごいものよ」

ファスナーをあけ、中から本や書類、パンフレットのようなものを取り出して、テーブルの上に並べる。

「なんだい、この資料の山は」

「まず、これを見て」

渡されたのは《AZOTEA》というタイトルの小冊子だった。表紙に、どこかの町の空中写真を、使っている。

「それは、コリアの市役所が出している、文化雑誌よ。アソテアって、屋上とか平屋根とかいう意味だけど、由来は聞かなかったわ」

ちょっと驚く。するとこれは、コリアの空中写真なのだ。理絵が、こんなものを持っているとは、思わなかった。

目次を調べて、もっと驚いた。

ヨウキチ・ワタナベ、「コリア・デル・リオのハポン姓とその伝説的起源」。

ビクトル・バレンシア・ハポン、「コリア経由、日本からローマまで」。

フェルナンド・イワサキ・カウティ、「大使支倉六右衛門常長、史料からみた旅程」。

渡辺要吉といえば、日本経済新聞にハポンのことを寄稿して、初めてこのニュースを日本に伝えた人物ではないか。またビクトル・バレンシア・ハポンは、朝日新聞にもその名が出たハポン一族の一人で、コリア在住のハポン研究家だ。フェルナンド岩崎という人物には、心当たりがない。肩書によればペルーの、カトリック大学の日系人学者らしい。

奥付を見ると、《アソテア》が発行されたのは一九九〇年、つまり去年だった。

「渡辺氏は日経に書いたあと、このアソテアに寄稿したわけだな」

「ええ。彼は、大学でスペイン語を専攻したので、その論文もスペイン語で書いたそうよ。日経の記事より、内容が詳しいわ。実はわたし、帰国する前に渡辺さんから話を聞いて、コリアに行って来たの。ビクトルも含めて、何人かハポンさんにも会ったし、この資料は全部あちらで、手に入れたものだわ」

私はあきれて、首を振った。

「まるでぼくの仕事を、予知してたみたいだ。確かに運がいい」

急いで、ほかの資料にも目を通す。

コリアの歴史を書いた、ガイドブック。

サンルーカルからセビリャにいたる、グアダルキビル川沿岸の地図。

ホァン・ヒルなる人物が書いた、『騎士と侍――十六、十七世紀のスペインと日本』という分厚いペーパーバック。これは、今年出版されたばかりの本だ。

さらに、ハポンの名前がずらりと並んだ、コリアの市役所の住民票のコピー。電話帳のコピーまである。かなり熱心に、集めてきたあとがみえた。

「のんびり、コーヒーなんか飲んでいられない。さっそく上へ行って、ぼくの資料と突き合わせようじゃないか」

事務所へ上がり、資料を全部作業デスクに並べた。

「渡辺さんから聞いた話は、だいたいこの《アソテア》の論文に載ってるわ」

ざっと目を通す。分かりやすいスペイン語だった。

その論文は、つぎのような事実を指摘していた。

一つは、支倉使節団が一六一四年十月にスペインにはいり、一六一七年七月に帰国の途につくまで、ほぼ三年間スペインにとどまり、コリア・デル・リオに滞在したこと。

もっともその間、一六一五年十月からローマへ向かい、ふたたびスペインにもどるまで半年ほど費やしているので、実際にスペインにいたのは二年三ヵ月ほどになる。

「使節団がコリアに滞在したという、確かな記録でもあるのかな。ここには、出典が書いてないが。ロレンソ・ペレスのソテロ伝によると、支倉は帰路セビリャから日本へ向けて出発する前に、ロレート修道院というところに、滞在したらしい。ところが『ローマへの遠い旅』の著者は、いくら探してもそういう修道院は見つからなかった、と書いてるんだ」

「わたしは行かなかったけど、コリアの近くにフランシスコ会の、ヌエストラ・セニョーラ・デ・ロレート（ロレートの聖母マリア）という修道院があるらしいの。あちらで聞いた話によると、支倉は病気になってそこで八ヵ月くらい療養した、ということだわ。日本で処刑された二十六聖人の、骨の一部もそこにあるそうよ」

「それを伝える文書が、何か残ってればいいんだがね」

さらに論文は、一六七三年のコリア教区教会の受洗者記録帳に、アンドレス・ハポン（コリの息子ミゲルの洗礼を執り行なった、との記録があることを伝える。この人物は、コリアの最初のハポン家の、二代目か三代目にあたる人物だろう、という。

　論文の最後に、現在コリアに住むハポン姓の住民の、数の内訳が載っていた。父方のハポン姓が三百二十一人、母方のハポン姓が五百人、父方母方ともハポン姓というケースが九人、合わせて八百三十人となっている。

「朝日新聞は千七百人と書いていたが、どっちがほんとうかな」

　理絵は向こうで取ってきた、住民票のコピーを差し出した。

「これを数えてみたら、父方のハポン姓が三百十九人で、渡辺さんが調べた一九八九年の数字より二人減っているけど、だいたい一致するわ。朝日の数字は、ラ・プエブラ・デル・リオやセビリャのハポン姓を足した数字じゃないかしら」

「セビリャにもいるのか」

「ええ。父方だけで、百九十人近くいる、と聞いたわ。母方も合わせれば、もっとふえるでしょうね。千七百人になるかどうか、知らないけど」

「アルカラ・デ・エナレスにも、ハポン姓が存在することをどう思うね」

「電話帳で調べたら、マドリードにも一人いたし、バルセロナにも二人いたわ。アルカラにいても、不思議はないでしょう。でも、コリアの人たちに言わせると、ほかの町のハポン姓はすべて、コリアから移住した人たちなんですって。ハンガリーあたりにも、出稼ぎに行って根を下ろしたハポンが、いるそうよ」

　それが事実かどうか別として、スペイン人ならかならず自分のところが本家だ、と主張するに違いない。

「コリアの人口は、二万二千人くらいだそうだが、そこに八百三十人のハポンがいるとすると、ざっと四パーセント近い人数だ。かなり多いといえるんじゃないかね」

「ゴメスやゴンサレスほどじゃないでしょうけど、コリアに関するかぎりベストテンにはいる姓だ、と思うわ」

私は電話帳のコピーを取り上げた。

「こっちの方はどうだい。もちろん、住民票ほど数はないだろうが」

「わたしが数えたところでは、父方ハポンが三十五、母方ハポンが四十三、両方ハポンが三で、合計八十一だったわ。電話の契約総数がおよそ三千三百件。三パーセント弱ね」

「かなり多い気もするが、人口比率よりは小さいわけだ」

理絵はむずかしい顔をした。

「それより、電話帳を見ていて気がついたんだけど、コリアにはハポンのほかにも気になる姓があるのよ」

そう言ってコピーをめくり、緑のマーカーで囲んだ部分を示す。それはASIANという姓だった。

「アシアン。どこにアクセントがあるんだろう」

「二番目のア。この姓が父方母方合わせて、三十二人も載ってるのよ。ハポンほどじゃないけど、かなりの数といえるわ」

「この名前がどうしたんだ」

「町の人たちに聞くと、スペイン語のアシア、つまりアジアと関係があるんじゃないか、というの」

「アジア。ジャパンから、今度はアジアか」

「ええ。それだけじゃないわ。コリアという町の名前は、スペイン語のコレア、つまり朝鮮と似てるでしょう。もっと言えば、コレア（COREA）は古いスペイン語では、コリア（CORIA）と綴ったらしいの。もっともこちらは、リにアクセントがあるんだけど」

　わたしは椅子の背にもたれ、体の筋を伸ばした。

「日本にアジアに朝鮮か。不思議なところだね、コリアという町は」

「やはり先祖に、東洋の血が混じっているのかもしれないわ。支倉使節団かどうかは、別として」

　リビングから、ギネスを持って来る。

　乾杯した。

「ところで、これだけハポン氏がいると、町の要職についてる人も、少なくないだろう」

　理絵は、コリアのガイドブックを、取り上げた。

「それで思い出したけど、これを見て」

開かれたページを見る。

それは二十世紀にはいってからの、コリアの市長の一覧表だった。マーカーでチェックされた箇所を見ると、一九三四年から三六年にかけて、バルドメロ・パルマ・ハポンという人物が、市長を務めていたことが分かった。

一九三六年は、スペイン内戦が始まった年だ。

「ふうん。内戦勃発の前後に、ハポン一族が市長をしていたとはね。三六年はこの男を含めて、市長が五人も交代してるじゃないか。かなりの修羅場が、繰り広げられた感じだな」

理絵は、唇についたギネスの泡を、ティシュでふいた。

「さて、本題にもどりましょう。ビクトル・バレンシア・ハポンの論文にも、いくつか興味深い発見があるわ」

ビクトルの論文はかなり長い。

「読んでる時間が惜しい。きみから要旨を説明してくれないか」

理絵は《アソテア》をめくった。

「これまでの話に、関係ある部分だけ拾ってみるわね。一六一六年六月二十三日に、ルイス・ソテロの仲間の修道士が二人、セビリャのインディアス通商館に出向いているの。ソテロは足を骨折して、セビリャから三レグア離れた、ロレート修道院に滞在しているので、出港することができない、と申告したようね。かわりに、自分たちが日本人と一緒に、メキシコへ行けるように勅令を承認してほしい、と願い出ているわ。インディアス総文書館、通商部五三五二号文書ですって」

『大日本史料』で調べたかぎりでは、ソテロと支倉がこもった修道院の名前は、明記されていなかった。理絵の言った文書は、『大日本史料』から漏れているのだ。

理絵が続ける。

「それで二人の修道士が、支倉と一緒に出発しようとするんだけど、船長が病気になって出港できなくなるの。そうこうするうちに、支倉も病気になったと称して、ロレート修道院に転がり込んだんですって」

「なるほど。支倉もソテロも、収穫なしには日本へ帰れないものだから、その修道院に閉じこもって、時間を稼ごうとしたわけだな」

「ほかの日本人は、大部分そのときに出港したらしいけど、支倉とソテロ以外にも何人か、残った日本人がいるようね。結局支倉たちが、スペインを発ったのは一年後、つまり一六一七年の七月のことだわ」

「そのとき日本人は、全員出発したのかな」

理絵は指で論文をたどった。

「それと関係があるかどうか分からないけど、ドン・トマス・フェリペという洗礼名を持つ、日本人のことが書いてあるわ。インディアス総文書館に、その男が一六二二年に雇い主ともめごとを起こして、国王に裁判を申し立てたという記録が、あるんですって。

一六二二年といえば、支倉が日本へ出発してから、五年後よね」

ドン・トマス・フェリペ。日本人。

ドン・トマスという洗礼名には、記憶があった。急いで、あちこちの資料を引っ繰り返し、挟んだ付箋(ふせん)を確認していく。

見つかった。

『大日本史料』の二百四十九ページ、二百五十四ページなどに、シピオネ・アマティの『伊達政宗遣使録』からの引用として、使節団のメンバーの名前が、片仮名で、書いてある。その中に、《ドン・トマス・タキノ・カヘオエ》という名前があった。

原文には《Taquino Cafioe》と表記されている。《Tachino》あるいは《Cafioye》となっている箇所もあるが、こうした異同はこの時代の文書には、さほど珍しいことではない。

ページをめくりもどすと、今度は百八十一ページから百八十二ページにかけて、つぎのようなくだりが見える。

「パードレ・ソテロは、日本の大使の護衛兵の司令官ドン・トマスを伴ひて、奥州の王の贈物を陛下に呈せり」

支倉使節団の護衛隊長ドン・トマスとは、タキノ・カヘオエではないのか。

タキノ・カヘオエについては、どの本も《滝野嘉兵衛》の字を当てているが、京都出身であること以外は、何も分からないようだ。

ビクトルの論文では、トマスのあとにフェリペ、とついている。しかし、この二人は同一人物と見て、間違いないのではないか。

支倉一行の中には、ほかにもトマスの洗礼名を持つ者が、二人ほどいる。とはいえ、その下に当時のスペイン国王《フェリペ》の名を加えたとすれば、やはり護衛隊長くらいの大物でなければなるまい。

わたしの説明を聞くと、理絵はビクトルの論文に目を落とした。

「ビクトルは続けて、こう書いてるわ。この記録の重要性は、支倉使節団の日本人がすべて帰国したわけではなく、何人かはスペインに残ったことを示している点にある、と」

「そのとおりだ」

さらに続ける。

「それだけじゃないわ。このトマス・フェリペは、支倉の護衛隊長である可能性も十分にある、とまで書いているわよ」

わたしは、納得してうなずいた。

「トマス・フェリペ、イコール滝野嘉兵衛。やはりね。それが妥当な推論だろうね」

理絵は《アソテア》を置き、今度はホァン・ヒルの『騎士と侍』を開いた。

ページを繰り、マーカーで印をつけて示す。

「ここにも、有力な補強材料があるわよ」

「どれどれ。ええと一六二二年、マドリードにドン・トマス・フェリペの姿があった、とね。この男は疑いもなく、支倉の護衛隊長だった、か。なるほど」

著者はさらに続けて、スペインへ来たトマスがフェリペ三世の宮廷で洗礼を受け、その後支倉とともに神の声を聞いて髷を切り、武器を捨てたと書いている。出典はアマティの『遣使録』の、第二十三章となっていた。

『大日本史料』に当たると、確かにそれに相当するくだりがある。マドリードを出発して、アルカラ・デ・エナレスに泊まったときのことだ。

わたしはそこを読み上げた。

「ドン・トマス、およびドン・フランシスコ、これは支倉のことだ、は髷を断ち、武器を捨てて、サン・フランシスコ派に加わり、もっぱら神に奉仕することに決したり、云々とある」

「髷を切ってしまったの。侍をやめたら、日本へ帰れなくなるじゃない」

「そんなものはほっとけば、また生えてくるさ。現に支倉は、帰国している。しかし滝野嘉兵衛は、帰らなかったんだ」

理絵は腕組みして言った。

「すると滝野嘉兵衛が、ハポン一族の先祖というわけね」

「少なくとも、その一人だった可能性がある」

「なぜ、ハポンなどという姓を、つけたのかしら」

「日本の姓は、スペイン人になじみが薄くて覚えにくかったから、ハポンハポンと呼びならわされているうちに、姓として定着したんだろう。とにかく、彼がコリアに居を定めた、という記録でも出てくれば、間違いないんだがね。あるいはそれが、アルカラ・デ・エナレスでもいい。そうすれば、カルメンの家系のハポンも、コリアと同じ条件を満たすことになる」

理絵は背伸びをした。

「なかなか、おもしろいゲームだったわ。でも、これくらいにしておきましょうよ。おなかがすいてきたの」

時計を見ると、もう六時半に近い。

「よし。力を貸してくれたお礼に、なんでも好きなものをごちそうするぞ」

「よかった。それじゃ思い切って、《ラヴィ》に行きましょう」

ずいぶん思い切ったものだ。山の上ホテルの《ラヴィ》はこの界隈で、もっとも値の張る店の一つだった。しかし、かまうものか。

どうせ、ロドリゲスが払うのだ。

6

花形理絵を、市ケ谷のマンションへ送り届けて、事務所へもどったのは九時半だった。

理絵と食事をしている間に、ミゲル・ロドリゲスに電話をするつもりだったが、話がはずんですっかり忘れてしまった。理絵はスペインで、バスクの過激派ETAと非合法の反テロ暗殺集団、GALの抗争に巻き込まれて、命拾いをしたらしいのだ。

無駄だと思いながら、ためしにコメルサに電話をかけてみた。

驚いたことに、ロドリゲスが自分で電話に出てきた。

「ずいぶんおそくまで、働くんですね。スペイン人は、残業しないのかと思った」

「日本へ来てからですよ、こんなに働くようになったのは。何か分かったんですか」

ロドリゲスから金を取り立てるためには、少しもったいをつけた方がいい。それに、まだいくつか、確かめたいことがある。

「まだですが、希望はあります。実は一つ、ご了解いただきたいことがあるんです。今日、下北沢の《カンデラス》に行ったら、ハポン姓の女性が実際に働いていました」

「やはり、ほんとうだったんだな。なんという女性でしたか」

「カルメン・アルバトロス・ハポン。母親がハポン姓だったんです」

「何か参考になる話が聞けましたか」

「ほんの雑談程度だったので、聞きたいことの四分の一も聞いていません。カルメンの恋人と称する男が現れて、話をさせまいとするんでね」

「ほう。なんという男ですか」

「サンティと名乗りました。サンティアゴ・ピンチョン」

「サンティね。それで、わたしの了解がほしい、というのは」

「わたしに調査を頼んだのが、どこのだれか教えてくれたら、カルメンと話をさせてやってもいい、と言うんです」

「かまいませんよ。ミゲル・ロドリゲス・コロン、クリストバル・コロンの子孫でコメルサという会社の、日本駐在員だと言ってやりなさい」

「会社の連絡先も、教えていいんですか」

「別に差し支えありません。なぜそんなことを調べているかも、正直に話してやってください。悪いことをしているわけじゃないから、隠す必要はないですよ」

「分かりました。あした連絡をくれると思うので、その結果によってまた電話します」

「いいでしょう。ところでカルメンは、やはりコリアの出身でしたか」

「いや。直接確かめたわけじゃありませんが、サンティの話では何代も続く、根っからのコンプルテンセ（アルカラ・デ・エナレスの住民）だそうです」

　ロドリゲスは小さく笑った。

「コンプルテンセとは、古い言葉をご存じですね。サンティがそう言ったのですか」

「いや。どうしてか知りませんが、アルカラの住民をコンプルテンセと呼ぶ、そのように辞書に出ているものですからね」

「昔エナレス川の反対側に、ローマ時代のコンプルトゥムという、古い都市があったからですよ。しかし今はあそこの住民を、ふつうアルカライーノと呼びます。カルメンは女性だから、アルカライーナですが」

「ありがとう。一つ勉強しました。それはさておき、コリア以外にも別個にハポン姓を継承する町が存在するなら、かなりおもしろいことになると思いませんか」

「おっしゃるとおりです。そのあたりをぜひ詳しく、カルメンに聞いてください。彼女の家系にどんな故事来歴があるのか、一族の広がりがどういう分布になっているのか、といったことをね」

「分かりました。また連絡します」

電話を切ったあと、ベガ・シシリアのウニコを飲みたくなったが、やはり理絵と一緒に飲むべきだろう、と思い直した。

翌日の昼前、ハポンのルーツ探しの成果を、ワープロに打ち込んでいるとき、カルメン・アルバトロス・ハポンから、電話がかかって来た。

「やあ。サンティに、話を聞いてくれたかね」

「ええ。それで、ミゲル・ロドリゲスって、どんな人なの」

「クリストバル・コロンの子孫だ、という話はしたね。彼はスペイン系の貿易商社の、日本駐在員なんだ。ワインやシェリーを輸入してる、コメルサという会社でね。別に怪しい人物じゃない」

念のため、住所と電話番号を教えた。

「でもなぜ彼は、ハポンのことなんか調べてるの」

「今度、新しいワインを輸入するので、その発売キャンペーンにハポン一族の力を借りたい、と言っている。ハポンのルーツが日本人らしい、ということでね。しかもハポン姓は、セビリャ周辺の限られた町にしかない、といわれているんだ。もしきみの家系が、代々アルカラ・デ・エナレスだというのなら、もう一つ別のハポンの系列が、存在することになる。そのあたりのことを、確かめたい。ロドリゲスのためだけじゃなく、ぼく自身の勉強のためにも、話を聞かせてくれると助かるんだが」

「あまりお役に立てない、と思うけど。どうしてもって言うのなら、午後の休み時間に来てくれてもいいわ。《レインボー》に二時半でどうかしら」

事務所を出ようとしたときに、ロドリゲスから電話がかかって来た。

わたしはこれからカルメンに会いに、下北沢まで行くことを告げた。

「《カンデラス》で会うんですか」

「いや、並びの《レインボー》という喫茶店です。一緒に行きますか」

「お任せします。今日も仕事が立て込んでいるので」

「今夜にでも、ご報告できると思います」

連絡を待つ、と言ってロドリゲスは電話を切った。

カルメンは正確に二時半に、《レインボー》のドアを押して入って来た。

サンティがついて来るかと思ったが、カルメン一人だった。《カンデラス》の制服を着たままで、ブラウスの上に薄茶のカーディガンを、はおっている。

カルメンは緊張した顔つきで、わたしと同じカフェオレを頼んだ。

「サンティはどうしたんだ。一緒に来るかと思った」

「来てほしかったの」

「そうじゃないが、きみの恋人だと称していたからね」

カルメンは、瞳をぐるりと回し、唇をゆがめて言った。

「あの人がわたしの恋人。だったら、セルバンテスは『マクベス』を書いてるわ」

どういう意味か分からなかったが、とんでもないことだと言いたいらしい。

「しかしサンティは、きみの後見人みたいに振る舞ってるじゃないか」

カルメンは、運ばれて来たカフェオレを飲み、ぞっとしない表情で肩をすくめた。

「そんな話より、わたしに聞きたいことがあるんでしょう」

たばこをすすめたが、カルメンは吸わないと言って断った。

火をつける。

「ハポンという姓は、セビリャのコリア・デル・リオという町に集中してるんだ。近くのラ・プエブラ・デル・リオやセビリャにもいるが、みなコリアから出たものだといわれている。そこへ新たにきみの家系、アルカラ・デ・エナレスのハポンが現れた。もし、コリアから流れて来たのでないとすれば、これはちょっとした発見になる。君は母親か母方の祖父母に、ハポンという姓の由来を聞いたことがあるかね」

カルメンは目を伏せた。

「ないわ。代々、アルカラの町に続いて来た名前だ、と聞いただけよ」

「アルカラの町には、十七世紀の初めに日本からローマを訪れた、ハセクラという侍の一行が短期間滞在している。もしかするとそのときに、アルカラの女性に種を植えつけたかもしれない。そんな言い伝えを、聞いたことがないか」

「ないわ。ハセクラなんて、初めて聞く名前よ」

「タキノというのはどうだ。それに似た姓とか、通りの名前がアルカラにないかね」

カルメンは唇を嚙んで考えた。

「名前じゃないけど、タキンという遊びがあるわ。それをする人を、タキネロというの」

「タキン。タキネロ。どういう遊びだ」

「タバともいうけど、動物のかかとの小さな骨を、こうやって投げ上げては受け止める遊びよ」

両手を交互に、上下させる。それはお手玉のしぐさに、よく似ていた。

しかしお手玉は、日本だけのものではないだろうし、滝野嘉兵衛がそれを広めたとは思えなかった。

「ところで、アルカラにはハポン姓を名乗る住民が、何人くらいいるんだ」

カルメンはまた目を伏せ、唇をなめた。

「わたしの家だけよ。でも両親は死んだし、わたしは一人っ子だから、家系はわたしで絶えることになるわ」

「ほんとうか。親戚はないのか」

「ないわ」

「ハポンというのはぼくの国の名前で、それ以外の意味はないんだ。そういう姓が、長い間継承されてきたことを、きみたちはどうとらえているのかね」

「何も聞かされなかったから、分からないわ。わたし自身、考えたこともないし。きっと何代か前に、日本人の血が混じったんじゃないかしら」

「アルカラの住民登録や、教会の受洗記録を調べたことはないのか」

「ないわ」

まったく、取りつく島もない。

「それほど、自分の姓に興味がないのかね」

カルメンは肩をすくめた。

「やはり、お役に立てなかったわね。ロドリゲスに、あやまっておいて」

「別に、あやまることはないさ、きみが悪いわけじゃないんだから」

とはいえ、カルメンがハポンという自分の姓に、まったく興味を持たずに育った、とは考えにくい。何か隠しているのだろうか。

カルメンが話を変える。

「でもロドリゲスにしたって、コロンの子孫だという証拠があるのかどうか、怪しいものだわ」

「冗談を言ってるようには見えなかったから、たぶんほんとうだろう。コロンの子孫が今も残っていることは、秘密でもなんでもないからね」

そのとき、ウェートレスが大声で言った。

「お客さままで、岡坂さんというかたは、いらっしゃいますか」

振り向くと、ウェートレスがピンク電話の受話器を、差し上げるのが見えた。狭い店なのに、何もマイクでどなるような声を張り上げることはない。

いぶかりながら電話口に出ると、ロドリゲスだった。

「よく番号が分かりましたね」

「番号案内で聞いたんですよ。首尾はどうですか。カルメンと話しましたか」

「ええ、ひととおりはね。彼女は自分の姓に興味がないようです。アルカラに、古くからある名前だと言いましたが、その起源についてはまったく知らないらしい」

「そうですか。あまり成果がないようですね」

「そうでもありません。昨日今日で、いくらか収穫がありましたよ」

「では今夜にでも、そちらの事務所で話を聞かせてもらえますか」

「いいですよ。何時ごろ来ていただけますか」

「九時ごろでどうでしょう」

「かまいません。では今夜九時に、事務所でお待ちしています」

席にもどると、カルメンが探るようにわたしを見た。

「だれからだったの。スペイン語で話していたけど」

「ロドリゲスだ。ここできみと会うことを、教えておいたんだ」

カルメンは、急に興味を失ったように、カフェオレを飲み干した。

「もう行かないと。夜の準備もあるので」

「もし何か思い出したら、電話をくれないか。ずっと事務所にいるから」

カルメンは軽く眉を上げ、カフェオレの礼を言って、席を立った。

7

ミゲル・ロドリゲス・コロンは、シェリーを断った。

「わたしは酒を飲まないのです。ビールもやりません」

「スペイン人にしては、珍しいですね。わたしは、一杯やらせてもらいますよ」

ラ・イナをグラスに注ぎ、口に含む。

ロドリゲスは、いくらか緊張しているようだった。髪は薄いが毛深いたちらしく、朝そったはずの髭(ひげ)が青く、かげりを見せている。

作業デスクに目を向けて言う。

「だいぶ資料を調べたようですが、何か発見がありましたか」

「決定的、というほどのものじゃありませんが、いくつか分かったことがあります」

理絵の助けを借りて割り出した事実と、その経過を詳しく報告する。

ロドリゲスは黙って耳を傾けていたが、それほど熱を入れて聞いているようには、見えなかった。少し拍子抜けがするほどだった。

「支倉は日本へ向けて出発する前に、コリア・デル・リオの近くの、ロレートという修道院に病気の静養、と称していすわりました。かなり長い期間だったようです。そのとき支倉の随員も、何人か行動をともにしています。数ヵ月後に支倉は出発するんですが、随員の中にコリアに残留する者がいたとしても、不思議はありません」

「それを立証する資料が、見つかりましたか」

「残念ながら、日本の資料にはありませんでした。しかし、スペインの資料と突き合わせると、おぼろげながら可能性を示唆する事実が、浮かんできます」

作業デスクから、主な資料をテーブルに運んでくる。

ロドリゲスは、《アソテア》やホァン・ヒルのペーパーバックを手に取り、もの珍しそうにページを繰った。

「ほう。こんな資料をお持ちとは、知りませんでした」

「たまたまスペインからもどった知人が、提供してくれたんです」

ロドリゲスは、たばこを出してすすめた。わたしは断り、自分のたばこをくわえた。

ロドリゲスが、火をつけてくれる。

「続けてください」

「支倉使節団の護衛隊長で、タキノ・カヘオエという人物がいます。この人物は、トマスないしトマス・フェリペ、という洗礼名を持ってるんです」

ビクトルの論文と、ホァン・ヒルの本の記述を援用しながら、滝野嘉兵衛がスペインに残った可能性を、指摘する。

ロドリゲスは、少しだけ興味を引かれたようだった。

わたしは続けた。

「タキノが、一六二二年にマドリードにいたとすると、コリアよりもむしろアルカラの方に近い。カルメンの家系の起源かもしれません」

ロドリゲスがうなずく。

「ところで支倉使節団は、コリアだけでなくほかの町にも、かなり長く滞在してるんでしょうね」

「ええ。セビリャ、マドリード。ことに往路のマドリードには、一六一四年の暮れから翌年の夏まで、八ヵ月滞在していますね。ローマも、かなり長かった」

ロドリゲスは、もっともらしい顔をした。

「するとそうした町でも、ハポンの名前が存在するかどうか、調べてみる必要がありそうですね」

「それはわたしも考えましたが、厳しいカトリックの国で、一時的な火遊びで子供が生まれても、ハポン姓の起源にはなりえないと思う。やはり父親が、そこに根を下ろさないとね」

「するとあなたの結論は、そのタキノがハポン姓のルーツだ、ということですね」

「少なくとも、ルーツの一人かもしれない、ということです。そして、タキノがスペインに残ったということは、第二、第三のタキノが存在した可能性も、示唆しています。そのうちの一人ないし数人が、コリアに定住してハポン姓の起源になった、と考えられる」

ロドリゲスは、たばこを消した。

「分かりました。なるほど、決定的な証拠とはいえないが、ハポンと支倉の結びつきが、事実無根の虚説でないことだけは、確かめられたといえそうだ。いい仕事をしてくださった。お礼を言いますよ」

わたしもたばこを消し、資料を購入した古書店と、理絵と食事した《ラヴィ》の領収書を取り出した。

「五万円お預かりしましたが、ほとんど残っていません。端数はお約束の二十万から差し引いて、銀行に振り込んでください」

口座名をメモし、領収書と一緒に渡す。

ロドリゲスは確かめもせずに、それを無造作にポケットに突っ込んだ。なくさなければばいいが、と思う。

「いろいろとありがとう。また何か、お力を借りることがあるかもしれません。そのときはよろしく」

ロドリゲスはソファを立って、握手を求めてきた。

「こちらこそ。わたしが買い集めた資料を、お持ちになりますか」

「いや、あなたに差し上げます」

「今日の報告の概要だけでも、タイプしてお渡ししましょうか」

「必要ありません。全部頭の中に、はいりましたから」

戸口まで送る。

ロドリゲスは、もう一度握手して出て行った。

悪くない仕事だった。もしかすると、値切られるのではないかと思ったが、意外にきちんとした男で助かった。

ソファにもどり、ラ・イナをもう一杯グラスに注ぐ。

そのとき向かいのソファの上に、紙切れが落ちているのが見えた。取り上げてみると、《ラヴィ》の領収書だった。

それはこの仕事に不可欠の経費だったし、事実いちばん金額が高かったのだ。サービスするわけにはいかない。

わたしは急いで、ロドリゲスのあとを追った。

マンションを出て通りの左右を見渡すと、錦華公園の方へ坂を下りて行く、男女の後ろ姿が目にはいった。

大柄な男の服装に、見覚えがあった。サンティこと、サンティアゴ・ピンチョンだ。女の方は黒いスラックス姿だが、カルメン・アルバトロス・ハポンに違いなかった。

二人の先を歩く、ロドリゲスの背中がちらりとのぞく。

二人はロドリゲスを、尾行しているように見えた。

夜遅くなると、このあたりは人通りが途絶える。わたしは二人に気づかれぬように、コンクリートの塀に沿ってあとを追った。

ロドリゲスが、錦華公園の階段に姿を消す。

サンティとカルメンの歩調が速まった。わたしも足を速め、最後には駆け出していた。

何かいやな予感がする。

階段の上に達したとき、下の暗がりから争うような人声が、聞こえた。木の枝が揺れ、何かを叩くような物音が響く。小さな悲鳴が上がった。

階段を駆け下りようとしたとき、だれかが足音を乱しながら、駆け上がって来た。

男の声が、下で叫ぶ。

「待て。逃げてもむだだ」

ロドリゲスの声だった。

わたしは、駆けのぼって来た人影を、さえぎった。葉陰から漏れる街灯の光に、カルメンのゆがんだ顔が浮かぶ。

カルメンはわたしを見ると、追いつめられた羊のように、あとずさりした。追って来たロドリゲスが、カルメンの腕をわしづかみにする。

「どうしたんだ。何があったんですか」

声をかけると、ロドリゲスは息を切らして言った。

「セニョール・オカサカ。ちょうどよかった、あとで説明します。急いで、警察を呼んでください」

背広の左腕が裂け、血が吹き出している。

「サンティは、男の方はどうしましたか」

「下にいます。足首の関節をはずしておいたから、逃げるに逃げられないでしょう」

下の方から、うめき声が聞こえてくる。

カルメンは、放心したように立ちすくんでいたが、やがてその場にすわり込んで、泣き始めた。

8

「ロドリゲスはCEIAT(セイアト)(反テロ特捜隊)の特派刑事だったのさ」

遅れて来た花形理絵は、目を丸くしてわたしを見た。

「CEIATですって」

「そうだ。知ってるのか」

理絵はストゥールによじのぼり、バーテンにビールを頼んだ。

複雑な表情で言う。

「ええ。あちらで、ごたごたに巻き込まれたとき、CEIATの責任者と知り合ったの」

ロドリゲスによれば、CEIATは極左、極右のテロリストを取り締まる、首相直属の秘密部隊だという。

わたしたちは、山の上ホテルの新館のバーにいた。L字形のカウンターだけの、小さなバーだ。珍しくすいており、バーテンのほかにだれもいない。

ビールを一口飲んで、理絵は言葉を継いだ。

「ロドリゲスが刑事だとすると、サンティとカルメンは何者なの」

「ETA（バスク祖国と自由）の闘士だそうだ」

心配そうに眉をひそめる。

「ETAの闘士が、日本に潜入してるの」

「そうらしい。今日スペイン大使館で、ロドリゲスから話を聞いた。カルメンは、一年ほど前仲間を裏切って、ETAのコマンド部隊の隠れ家を、治安警備隊に通報した。逃げ回る生活にいやけがさして、足を洗おうとしたらしい。三歳になる息子がいて、亭主は仲間うちの争いで殺されたそうだ。カルメンは、息子を両親に預けて、とりあえずマニラへ逃げた」

「マニラへ」

「そうだ。カルメンのほんとうの姓は、ミチェレナ・ウルティア。バスク人だ。アルバトロス・ハポンの姓は、アルカラ・デ・エナレスで知り合った女から、金で買った名前らしい。その女になりすまして、パスポートを取ったんだ」

「マニラから、どうして日本へ来たの」

「サンティに、追いつめられたからさ。サンティは組織の命令で、カルメンを連れもどしに来た。言うことを聞かなければ、始末しろと命じられていたらしい。ところが、サンティは前からカルメンに、惚(ほ)れていた。なんとか、彼女の不始末をカバーして、組織にわびを入れさせよう、と考えた」

「裏切り者を許すほど、ETAは甘くないわ」

「カルメンも、そう考えたようだね。しかし、サンティはETAの恩情に、一縷(いちる)の望みを託した。もしカルメンが、世の中をあっと言わせるような仕事をすれば、組織はきっと裏切りを帳消しにして、赦免状(しゃめんじょう)を出すだろう。そうなれば、カルメンに恩を売ることができるし、その結果彼女を手に入れることもできる、とサンティは考えたわけだな」

「それでマニラから、日本まで追いかけて来たわけね」

「そうだ。ところで、世の中をあっと言わせるような仕事、とは何か」

理絵はビールを飲んだ。

「気を持たせないで、早く教えて」

「ロドリゲスを殺すことさ」

目をむく。

「ロドリゲスを。どうして」

「ロドリゲスの母方の姓が、コロンだということは話しただろう」

「ええ。コロンブスの子孫だ、というんでしょう」

「そうだ。ETAにとって、コロンという名前は特別な意味を持ってるんだ。来年はコロンブスの新大陸到達五百年祭だが、一方では彼を中南米のインディオ征服のきっかけを作った張本人として、目のかたきにする少数民族もいる。バスク独立を叫ぶETAも、おそらくそれに同調する立場にあるだろう」

「でもコロンの名を継ぐ人は、たくさんいるんでしょう。ETAがそういう人たちを、全部殺すつもりだとでもいうの」

「全部だとは言わないが、コロン一族のうちでも殺す価値のある者を殺す、そういう考え方があるようだ。古い新聞の切り抜きを調べてみたんだが、一九八六年の二月にマドリードで、スペイン海軍のクルストバル・コロン・デ・カルバハルという少将が、車で移動中にETAに襲撃されて、命を落としている。一族中の大物だった」

理絵は白いセーターの腕をまくった。

「するとサンティは、カルメンにロドリゲスを殺させて、ETAの許しを乞おうとしたわけね」

「ところがカルメンは、サンティの提案に乗り気でなかった。両親に預けたきりの息子に会うために、スペインにもどりたい気持ちはある。しかし組織の赦免状がなければ、もどったとたんに消されてしまう。かといって、ロドリゲスを殺せば一度抜けた組織に、また逆もどりすることになる。むずかしい立場に追い込まれたわけだ」

「サンティは、カルメンが迷っているのを見て、自分の手でロドリゲスを始末しよう、としたのね。それをカルメンの手柄にすれば、組織にもカルメンにも、いい顔ができるから」

「そのとおりだ。しかし、カルメンに逃げられるといけないので、ロドリゲスを尾行するのに、連れて歩いた。サンティと一緒にいるかぎり、カルメンも自分は無関係だ、と言い抜けることができないからね」

わたしは水割りをお代わりした。

「ロドリゲスはなんのために、あなたにハポンの調査を依頼したのかしら」

「ロドリゲスは、カルメンとサンティが日本へ潜入したというので、CEIATの本部から派遣されたんだ。しかしCEIATといえども、日本では捜査権も逮捕権もない。サンティには、スペインで逮捕状が出ているが、名前が違っているし、写真もない。逃亡犯引き渡しの国際協約も、ここではほとんど役に立たないわけだ。そこで、ぼくを仲介にして、二人に罠を仕掛けることにした。つまり、ハポンのルーツを調べるという口実で、ぼくを通じてカルメンに、プレッシャーをかけたんだ」

「二人はロドリゲスが、CEIATのメンバーだと、知っていたの」

「薄うす、感じていただろうね。素性を根掘り葉掘り聞かれれば、どうしてもカルメンはぼろを出してしまう。名前を買っただけで、ハポンの由来など知ってるわけがないし、自分が最後の家系だと言い張るしかなかった。だから、サンティはロドリゲスが何者で、なぜぼくにカルメンのことを調べさせるのか、しきりに知りたがった。ワインのキャンペーンの話など、てんから信じなかっただろう」

「ロドリゲスは、自分がコロンの子孫であると知れば、サンティがかならず動くと確信していたのね」

「そうだ。だから二人に対して、素性も会社名も隠そうとしなかった。昨日などは、ぼくとカルメンが話してるところへ電話してきて、ぼくの事務所へ来る約束をしてみせた。カルメンを通じて、自分の行動がサンティに筒抜けになるように、うまく仕組んだんだ。あとは、やつが襲ってくるのを、待つだけさ。彼はテコンドーの心得があるんだ。サンティには、日本で拳銃を手に入れられないと踏んで、素手でナイフに立ち向かった。ちょっとけがをしたが、狙いどおり二人をつかまえることができた。日本の警察も事情を聞けば、二人を国外退去という形で、ロドリゲスに引き渡すだろう。めでたし、めでたしというわけさ」

「ロドリゲスを殺したあと、二人はどうするつもりだったのかしら」

「サンティは今日の成田発の、JALのロンドン行きチケットを二枚、持っていた。手が回らないうちに、高飛びするつもりだったらしい」

理絵は、つまみの枝豆を口に入れた。

「ロドリゲスは自分を餌にして、二人をおびき寄せたというわけね。よくやるわ」

「それよりぼくの調査報告を、よくがまんして聞いたものさ。二人に、尾行されてることは承知していたはずだから、早く事務所を出て決着をつけたかっただろうに」

「あなたが、あまり熱心に説明するので、帰るに帰れなかったんでしょう」

「調査料に値する仕事をしないと、ぼくも寝覚めが悪いからね」

理絵は、カウンターに肘（ひじ）をつき、手の甲に顎を載せた。

「でもそのカルメンという人、なんだかかわいそうね。スペインへ帰って、無事にすむのかしら」

「ロドリゲスの話では、息子を連れて国外へ出られるように、なんとかするそうだ。もっともカバジェリアなどと、ありもしないワインのキャンペーンをでっち上げる男だから、あてにできるかどうか分からないが」

理絵は、くすりと笑った。

「結局、あなたがいちばん、ばかを見たようね」

「そうでもないさ。おかげで、貴重な資料が手にはいったし、商売にもなった」

「ロドリゲスがほんとうに、お金を振り込んでくれればいいけど」

「そのうち半分は、きみのものだからな」

　そういえばロドリゲスに、《ラヴィ》の領収書を渡しそびれてしまった。

「あてにしないで、待つことにするわ。とにかく、結論めいたものが出て、よかったわね」

　わたしは水割りを飲んだ。

「いや、まだ一つ調べ残したことがある。向こうへ行って、ある人物に会わなきゃならない」

「だれに」

「カルメンに名を売った、本物のカルメン・アルバトロス・ハポンさ。アルカラのハポンがどこから来たのか、本人に確かめるんだ」

　理絵があきれたように首を振る。

　ベガ・シシリアの栓は、当分あきそうもない。


　この作品を執筆するにあたって、文中に明示した新聞、書籍、図録、史料のほか、スペイン日本通運社長（一九九一年七月当時）の渡辺要吉氏、コリア・デル・リオのビクトル・バレンシア・ハポン氏などハポン各氏、セーフウェイ・プロモーションのスタッフ各氏の談話を、参考にさせていただきました。付記して感謝します。

血の報酬

1

間の悪いことに、パジャマに着替えたばかりだった。

「今赤坂のバーで飲んでるんだが、無線タクシーがずっと話し中で、つながらないんだ。この土砂降りじゃ、当分だめだろう。このままだと、あしたの法廷に差し支える。ちょいと車を引っ張り出して、迎えに来てくれんかね」

桂本忠昭のだみ声が、受話器の中でがんがん響く。壁の時計は、午前一時半を指していた。

「しかし先生、わたしもたった今一杯引っかけたばかりで、これから寝るとこなんです。酔っ払い運転はしたくないし、無線がつながるまでもうしばらく、飲んでればいいじゃないですか」

瓶入りのギネスを一本だけだが、酒を飲んだことに変わりはない。

桂本はうなった。

「酔っ払い運転はしたくない、だと。のべつ、酒気を帯びてふらふらしとるくせに、突然聖人君子みたいなことを、言うんじゃない。いいか、あんたがその事務所でぬくぬくと寝ていられるのも、もとはと言えばわたしのおかげなんだ。まさか、忘れたわけじゃあるまいな、岡坂神策君」

岡坂神策君、とおいでなすった。

この、JR御茶ノ水駅に近いシャトー駿河台の一室を、現代調査研究所の住居兼用事務所として、格安に借りることができたのは、何を隠そう弁護士桂本忠昭の知恵と、腕力のおかげだ。そのことはわたしだけでなく、錦華公園の鳩も認めている。

「もっと早めに切り上げていたら、地下鉄の終電で帰れたでしょうに。少しは健康のことも考えて、酒を控えた方がいいんじゃないですか」

「女房みたいなことを言うな。あんたに車のキーを預けてあるのは、こんなときのためでもあるんだ。お説教なんか聞きたくない。さっさと迎えに来てくれ」

締め切り間際のレポートをようやく打ち上げ、ちょうどいい具合に眠気が差してきたと思ったら、この始末だ。受話器をねじ切りたくなる。

「分かりましたよ。どこへ行けばいいんですか」

「店まで迎えに来い、とは言わんよ。外堀通りの山王下の角に、さくら銀行のはいってるビルがある。十分後に、その前で落ち合おう」

「待ってくださいよ。パジャマで運転するわけにはいかない。せめて、三十分後にしてくれませんか」

「二十五分三十秒だけ、待つことにしよう。ちょっとでも遅れたら、家主に言ってその事務所を、叩き出してやるからな」

口ぶりでは桂本も、だいぶ酩酊しているようだ。

一度脱いだ服を着込み、洗面所で顔を洗った。

ときどき、仕事を回してくれることもあって、桂本に借りがないわけではないが、この種の雑用でこき使われるのには、閉口する。

地下駐車場へ下りて、桂本のシーマを引き出した。桂本はめったに車を使わないので、わたしがガソリン代を払って、使わせてもらうことが多い。最近はずっと、キーを借りっぱなしになっていた。それが今夜は、あだとなったわけだ。

土砂降りというほどではないが、かなり雨脚が強い。

駿河台下から内堀通りへはいり、皇居前から祝田橋へ向かった。時間が遅いせいか、雨にもかかわらず車の流れは、比較的スムーズだった。

カーラジオをつける。ちょうどニュースが始まった。

「おととい来日した、南米ヌエバスコ共和国のホセ・マリア・アラステギ総統は、昨夜八時赤坂の迎賓館に小宮山首相ら政府首脳を招き、前日の歓迎晩餐会に対する答礼のレセプションを開きました。アラステギ総統はその席上で、ヌエバスコのウラン資源が、日本のエネルギー問題の解決に貢献することを喜ぶ、と述べて盛んな拍手を浴びました。なお総統は、今夜もう一泊迎賓館に宿泊したあと、明朝観光のため関西へ移動する予定になっています」

たばこに火をつける。

ヌエバスコは一九〇〇年代の初頭、スペイン北部バスク地方の民族主義者たちが中央政府に追われ、南米に逃れて建国した小さな共和国だった。それ以来八十余年、ヌエバスコは文民統制による共和制をしいてきたが、二年前陸軍少将だったアラステギが、資本家勢力をバックにクーデタを起こし、文民政府を倒して強力な軍事政権を樹立した。アラステギは総統の座につき、血と暴力による苛烈な恐怖政治を始めた。

ヌエバスコは、今や名ばかりの共和国で、穏健な共和派は総統一派に封じ込められ、総統が党首を兼任するAP（国民行動党）の一党独裁を、許していた。より闘争的な民族主義者たちは、隣国との国境に近い北部の山地に逃げ込み、ヌエバスコ祖国解放戦線と称するゲリラ部隊を組織して、過激なテロ活動を開始した。スペイン本国の過激派ETA（バスク祖国と自由）も、アラステギ打倒の地下闘争を支援し始めた、といわれる。もっともETAはスペイン、フランス両国政府の協力によって、大物幹部が根こそぎ逮捕されるなど、このところ地盤沈下が激しい。自分の頭の上のハエを追うのに、精一杯だろう。

一年ほど前、東部の山岳地帯で大規模なウランの鉱床が発見されてから、ヌエバスコを巡る国際関係のバランスが、一変した。日本も、それまでの冷淡な対応を改め、領事館の設置にとどまっていた外交関係を、一挙に大使の交換にまで発展させた。そればかりか、ヌエバスコから働きかけてきた、経済協力とウラン資源供給のバーター協約の提案に、一も二もなく飛びついた。今度のアラステギ総統の来日は、その根回しのためといわれている。

祝田橋を右折し、桜田門から虎ノ門へ抜けて、外堀通りにはいった。

山王下の、さくら銀行の前まで来たとき、TBSに通じる赤坂通りから、黒い傘が一つ出て来た。白いドレスを着た女の隣に、グレイのスーツを着た大きな体が見える。それは半分以上、傘の下からはみ出していた。

桂本は、目ざとく自分の車を見つけ、女に手を振って歩道の上を駆け出した。そのまま水しぶきを立てながら、車のところまでやって来る。

助手席のドアを、あけてやった。

桂本は急いで車に乗り込み、水からはい上がったブルドッグのように、勢いよく身震いした。シーマの車体がぐらぐらと揺れ、アルコールのにおいがむっと車内に充満する。

「くそ、なんて雨だ。人がたまに酒を飲むときぐらい、降らんでもいいだろうに」

「雨にあたっても、しょうがないでしょう。それより、行く先はどちらですか。調布のご自宅ですか」

桂本はハンカチを出して、濡れて張りついた薄い髪を、ていねいに拭いた。

「いや、自宅へは帰らん。高円寺へやってくれ。女房に内緒で、借りとるマンションがあるんだ。あんたも調布を往復するより、その方がましだろう。とにかく、迎えに来てくれて助かった。また、仕事を回してやるからな」

あまりうれしくて、涙が出そうになった。

車を発進させ、赤坂見附の交差点へ向かう。

桂本ははでなくしゃみを一つして、はなをすすり上げながら言った。

「昼間、都心をタクシーで走ってたら、やけに警察の装甲車が目立ったが、何かあったのかね、今日は」

「ヌエバスコ共和国の、アラステギ総統が来日してるからでしょう」

「ああ、ヌエバスコの親玉か、ウランを売り込みに来た。それにしても、何をあんなに警戒してるんだ。核燃料や原発にからむ反対デモか」

「それもあるでしょうが、実際に警戒してるのは総統の暗殺だ、と思います」

「暗殺。どういう意味だ」

「アラステギを暗殺して、本来の共和国を再建しようとする、反体制勢力があるんです。新聞で読んだんですが、二年前政権の座について以来、アラステギに対する暗殺計画は明らかにされただけでも、二十五件にのぼるそうです。しかもそのうち六件は、国外での未遂事件らしい」

「国外というと、今度みたいに外国を訪問中にねらわれた、というわけか」

「そうです。ある意味では国内より、海外での方がねらいやすいからでしょう」

「しかし万一、日本で暗殺されるようなことがあったら、政府の面目はまるつぶれだな」

「だから、厳重警戒してるんですよ。もっとも総統自身も、ロールスロイスの特製装甲車を本国から持ち込んだり、大量の護衛官を連れて来たりして、警戒おさおさ怠りないようですがね。護衛官のうち何人かは、ひそかに拳銃を持ち込んでいる、という話も聞きました」

「ヌエバスコの公用語は、スペイン語か」

「ええ。バスク語も一部、使われていますが」

「やはりそうか。どうりで詳しいと思ったよ。スペインがからむと、あんたは頭に血がのぼるからな」

「先生の春本、春画のコレクションと同じですよ」

「わたしの高尚な趣味と、あんたの俗悪な好奇心を一緒にしてもらっちゃ、困るね」

「そういえばアラステギ総統は、ほとんど病気といっていいくらい、根っからの女好きだそうです。先生のコレクションを見たら、ぜひともウランと交換してくれ、と言うかもしれませんよ」

「ばかを言え。どれほど金を積まれても、あれだけは売らんよ」

　わたしは笑った。

「ぱちぱちぱち。八十点差し上げます」

　桂本はわたしの方に顔を向けた。にこりともせずに言う。

「何をわけの分からんことを、言っとるんだ」

　わたしは笑うのをやめた。売らんを、ウランに引っかけた駄じゃれかと思ったが、考えてみれば桂本にその手の才能が、あるわけがなかった。

赤坂見附の交差点を横切り、四ッ谷駅に通じる紀伊国坂にはいる。

弁慶堀を右に見て、迎賓館の横手に差しかかったとき、ライトの中に黒っぽいコートを着た、女の姿が浮かんだ。

そばの歩道に接して停まる、白いカローラの後尾が見える。

2

女は、傘を差していなかった。

青白い顔に、髪がへばりついている。濡れた車道によろめき出ると、わたしたちの車に手を振った。

桂本は体を乗り出し、ワイパー越しに女を見た。

「おい、よけて行くんだ。酔っ払ってるらしいぞ」

女は口を大きくあけた。何か叫んだようだった。しかし、酔っ払いには見えない。

何か事情がありそうだ。わたしはスピードを落とした。

「事故かもしれません。ちょっと停めてみましょう」

「おせっかいはやめとけ。こんなとこで、時間を食いたくない」

「今さら、五分や十分遅れたところで、どうってことはないじゃないですか」

車を左に寄せ、カローラの後ろに停める。女が運転席の窓に、飛びついて来た。

窓をあけると、雨が斜めに吹き込んだ。女は窓から手を入れ、わたしの右腕を驚くほど強い力でつかんだ。口をあけ、何か言おうとするが、言葉が出ない。

「どうしたんですか。まあ、落ち着いて」

一応なだめてみたが、女は喉の奥でああ、ああと声を出すだけで、何も言わない。ひどく取り乱しており、まるで窓からわたしを引き出そうとでもするように、しきりに腕を引っ張る。年齢は二十代の後半か、暗いのではっきりとは見えないが、目鼻立ちのくっきりした、なかなかの美人だ。

助手席から桂本がどなる。

「用があるなら、早く言いたまえ。わたしたちは、急いどるんだ」

女は自分の口を指し、激しく首を振った。

それでようやく思い当たった。

「口がきけないんですか」

反射的に聞いてしまった。口がきけない人は、通常耳も不自由なのだ。

ところが驚いたことに、女はすぐにうなずいた。

「耳は聞こえるんですね」

女はもう一度うなずき、またわたしの腕を引っ張った。わたしは窓を閉め、ロックをはずしてドアをあけた。外へ出ると、思ったより強い雨が顔を叩きつけてくる。

女はわたしを、カローラの運転席へ引きずって行った。顔を見上げ、エンジンキーを回すしぐさをして、また激しく首を振る。

「エンジンが、かからないんですか」

　女がうなずく。

　わたしは運転席に乗り込み、差し込んだままになっているキーを、回してみた。からからと乾いた音がしただけで、エンジンはかからなかった。アクセルを踏み込んで、何度か試してみたが、結果は同じだった。

「どうやら、バッテリーが上がったようですね。ライトでも、つけっぱなしにしてたんじゃないですか」

　女は濡れた髪に指を突っ込み、歯を食いしばって泣き声を漏らした。

「充電用の、バッテリーコードはありませんか。あればあっちの車とつないで、エンジンをかけられるんだが」

　女は力なく首を振った。桂本のシーマにも、コードは積んでいない。

「困ったな。JAF（日本自動車連盟）を呼ぶしかなさそうだ。JAFにはいってますか」

　女が首を振る。

　もちろん桂本も、JAFにはいっていない。金額の多少にかかわらず、むだな出費をいっさい避けるのが、桂本のやり方なのだ。

　わたしは車をおり、女の肘を取った。

「とにかく、わたしたちの車に乗ってください。こんなところで濡れてたんじゃ、体にも毒だ。もしそうしてほしいなら、お宅へ送ってあげてもいいですよ。この車は、あしたにでも取りに来れば、いいんだから」

女はわたしの手を振り放し、まるで拉致されるのを恐れるように、ドアの枠にしがみついた。

シーマの窓から、桂本が首を出してどなる。

「おい、何をしとるんだ。早くしないと夜が明けちまうぞ」

わたしは女をそのままにして、通りかかるほかの車に手を振ってみた。バッテリーコードを積んでいる車が、あるかもしれないと思った。

しかし、この雨の夜中に車を停めて、他人の悩みに耳を傾けようという奇特な人間は、わたしくらいのものらしい。どの車もしぶきを上げて、さっさと通り過ぎて行く。

あきらめて、女のそばへもどった。

「このままではどうしようもない。とにかく家まで送りましょう。自宅でも親戚の家でも、どこでも行ってあげますよ。もし電話があるなら、番号を教えてください。わたしがかけてあげますから」

女はわたしを見上げ、絶望的に首を振った。絶望という言葉が、この女のためにあるような、そんな目をしていた。

途方に暮れた。桂本が言ったとおり、女をよけて通り過ぎればよかったという思いが、ちらりと頭をよぎる。

そのとき、迎賓館の塀の暗がりで、人影の動く気配がした。よく見ると、塀の引っ込んだところに木戸があり、その中からだれか出て来たようだった。

街灯の明かりに照らし出されたのは、オリーブグリーンのトレンチコートを着た、中年の男だった。

男は足早にそばへやって来ると、さりげなく身構えながら言った。

「そこで何をしてるんだ」

どれだけ、わたしが怪しい男に見えたにせよ、むっとしないではいられないような、横柄な口調だった。

「通りがかりの者さ。この人の車が、エンストしてしまったんだ。バッテリーが上がったらしい。コードがあれば、こっちの車とつないで、エンジンをかけられるんだが」

女がわたしを押しのけ、泣き声を上げて男に抱きついた。

男は女の背中を軽く叩き、なだめるように言った。

「落ち着くんだ、真澄。洋介はどうした。どこにいるんだ」

意外ななりゆきに驚く。夫婦か親子か知らないが、どうやら身内らしい。

女は、泣きながらコートに手を入れ、しわくちゃになった紙切れを取り出した。

男はそれを引ったくり、街灯の明かりにすかして見た。たちまち顔が険しくなる。男は唇を嚙み締め、わたしがそこにいることなど忘れたように、じっと闇に目を向けた。

それから拳を振り上げ、どんとカローラの屋根を叩いた。

「くそ、なんてことだ。よりによって、こんなときに」

うめくように言い、ふと思い出したように、迎賓館の方を振り向く。

それから紙切れをコートに突っ込み、威圧するような目でわたしを見た。

「わたしは、警視庁警備部警護課の、西海という者です。緊急の所用で、すぐに立川まで行かなければならない。そちらの車を、拝借できませんか」

横柄な態度から、もしかしたらと思ったが、やはり警察官だった。

見たところ五十をいくつか過ぎており、濡れた髪にも白いものが目立つ。背はわたしと同じくらいだが、体はもっと引き締まっているようだ。

わたしは、雨に濡れた額をこすった。

「そう言われても、こちらにも都合がありますからね。緊急事態なら、パトカーを呼ぶこともできるじゃありませんか」

西海と名乗った刑事は、ちょっとためらってから言った。

「これはわたしの娘で、関村真澄といいます。事情があって、口がきけないのです。実は、四歳になる孫の洋介が急病で、すぐに立川の市立総合病院まで、行かなければならない。娘はそれを、知らせに来たのです。孫の血液型は非常に特殊で、輸血する血を探すのに時間がかかる。身近なところで、適合する血液型を持つ者は、わたししかいません。すぐに行かないと、手遅れになる。どうか協力してください」

口に流れ込む雨をなめた。判断に迷う。

もしこの男の言うことが本当なら、まさしく緊急事態には違いないが、少なくとも公務でないことも確かだ。もし断った場合、罪に問われるだろうか。ここはやはり、弁護士の意見を聞く必要がある。

わたしはシーマにもどり、桂本に事情を話した。

桂本は、相手が警視庁の刑事だと聞くと、西海を呼んで警察手帳を見せてほしい、と要求した。西海はすぐに手帳を取り出し、桂本に渡した。

桂本は車内灯をつけ、記載事項を丹念に調べた。それから手帳を西海に返し、しかつめらしい口調で言った。

「警視庁警備部警護課、主任警部の西海六郎さんですね」

西海はうなずいた。

「そうです。失礼ですが、あなたは」

「わたしは弁護士の、桂本という者です。そちらの男は、わたしの運転手兼助手のようなもので、岡坂といいます」

抗議しようとすると、桂本は押しかぶせるように続けた。

「岡坂君。どうやらこの人は、偽刑事ではないようだ。子供の命がかかってるんじゃ、協力しないわけにいくまい。ただし、車を貸すのは困る。あんたが運転して、わたしを高円寺で落としてから、二人を立川へ送るんだ。たいして、遠回りにはなるまい。それから責任をもって、車を事務所へもどしてもらいたい。分かったかね」

いやもおうもない。わたしは桂本の鉄面皮にあきれながら、しぶしぶシーマの運転席にもどった。

西海は、泣きじゃくる娘を抱きかかえるようにして、後部シートに乗り込んだ。

車を発進させる。よく事情が飲み込めないが、こうなった以上は西海親娘に協力して、立川まで行くしかないだろう。

迎賓館の正門前から、東宮御所の横を抜けて、権田原へ出た。

首都高速四号線の、神宮外苑の入り口へ向かう。幡ケ谷ランプで下り、環状七号線へ出て高円寺へ回るつもりだった。そのあとまた首都高速へもどり、中央自動車道へはいって立川へ向かえばよい。

外苑から高速へはいったところで、西海が体を乗り出して言った。

「この自動車電話を、お借りしてもいいですか」

桂本がいい、と答える。

西海が受話器を取り上げ、ボタンを押す気配がした。

「オイガ（もしもし）。ポドゥリア・アブラル・コン・セニョール・エンバハドール・オヤングレン（オヤングレン大使閣下と話したいんですが）」

驚いたことに、西海の口から出たのは、れっきとしたスペイン語だった。わたしは、聞き耳を立てた。

少し間をおいて、西海が話し始める。

「セニョール・オヤングレン。西海です。仕事は終わりました。……いや。……そうですか、それはよかった。……ええ、ありがとうございます。しかしこちらの事情で、すぐにはそちらへ行けなくなりました。肝腎の孫が発作を起こして、入院してしまったのです。今娘と一緒にいます。……もちろん、気持ちは変わりません。しかし今すぐには、行けないのです。孫には、わたしの血が必要だ。その事情は、ご存じのはずです。……そう、もしお願いできるなら、立川市の市立総合病院に、外交官特権を行使できる車を一台、回してくれませんか。そうすれば、手術が終わりしだいわたしの身柄を、そちらに委ねることができます。……では、のちほど」

受話器がもどされる。

わたしは、ハンドルから片方ずつ手を離し、ズボンで汗をふいた。ただならぬ雰囲気が感じられる。

桂本が、はでなげっぷをして、後ろに声をかけた。

「外国語が、達者でいらっしゃるようですな。どこの言葉ですか。わたしは英語とドイツ語がいくらか分かる程度で、ほとんど語学音痴なものだから」

西海が、あまり気の進まない声で答える。

「スペイン語です」

桂本はひょい、と首を上げた。

「スペイン語ですと。だったらこの、おかさ」

わたしは短く急ブレーキを踏み、桂本をダッシュボードへつんのめらせた。

桂本は、あわてて手足を突っ張り、噛みつくようにわめいた。

「おい、どういうつもりだ、この雨で、急ブレーキなんか踏んだりして。もう少しで、フロントグラスに頭を突っ込むとこだったぞ」

「路面にだれか、人が倒れていたような気がしたんです。そのまま走り過ぎてしまったけど、車体に何かショックはありませんでしたか」

桂本は不安そうにすわり直した。

「ほんとか。別に何も感じなかったぞ」

「だったら、いいんですがね。そう言えば、だれかに轢き逃げされた死体を、後続車がもう一度轢いて逃げた場合、法的にはどういうことになるのかな」

桂本は、くしゃみをした。

「まあ、死体損壊罪を構成するだろうな。器物損壊罪だ、と主張する学者もいるがね」

「轢き逃げされた人間がまだ生きているのを、後続車がもう一度轢いて死にいたらしめた場合は、どうなるんですかね」

「その場合は、過失傷害致死に道交法違反が重なって」

そこで言葉を切り、わたしに食ってかかる。

「おいおい、なんだって急に法律論争なんか、吹っかけるんだ」

「すみません。突然眠気が差してきたんです。むずかしい話をすれば、目をあけていられる、と思いましてね」

「居眠り運転だけは、かんべんしてくれよ。まだ死にたくないんだ。ことに雨の夜に、車の中なんかではな。ラジオでもつけたらどうだ。少しは眠気が覚めるだろう」

3

ラジオのボタンを押す。

桂本が、よけいなおしゃべりを始めないように、ボリュームを少し大きめにした。最近売り出し中の若い女のタレントが、ディスクジョッキーをやっている。

新宿を過ぎたあたりで、車が渋滞し始めた。どうやら事故でもあったらしい。

西海が、また体を乗り出してくる。

「桂本さん。このぶんでは、高円寺を回っている時間がない。たいへん申し訳ないが、このまま立川に直行してもらえませんか」

言葉遣いはていねいだが、うむを言わせぬ口調だった。

桂本はもぞもぞと体を動かし、わざとらしく咳払いをした。

「そうですな、急には渋滞も解けそうにないし、やむをえんでしょう。岡坂君、聞いてのとおりだ。高円寺には寄らずに、立川へ直行してくれ。そのあとでわたしを、調布の自宅へ送ってもらいたい」

「分かりました」

西海は短く礼を言い、体を引いた。

渋滞はかなり長く続いた。

幡ヶ谷ランプに差しかかったとき、突然ディスクジョッキーが中断されて、緊迫したアナウンサーの声が割り込んだ。

「臨時ニュースをお伝えします。日本との経済協約をまとめるため来日中の、ヌエバスコ共和国のホセ・マリア・アラステギ総統が、本日午前二時半ごろ宿泊先の赤坂迎賓館の地階ロッカールームで、射殺死体となって発見されました。詳しいことはまだ分かっていません。なお、たった今はいりました外電によりますと、ヌエバスコ本国において共和派による無血クーデタが行なわれた模様で、もしそれが事実だとすれば、アラステギ政権は総統の死亡と同時に、崩壊することになります」

桂本は急いでつまみに手を伸ばし、ボリュームを小さくした。

「おい、聞いたか。アラステギが殺されただと。さっきの話は冗談じゃなくなった。これは、えらいことになったぞ」

わたしは桂本以上に緊張したが、ことさら無関心な口調で応じた。

「政情不安定な中南米では、珍しくないんじゃないですか」

桂本は興奮を隠さず、体を後部シートの方にねじ曲げた。

「そう言えば西海さん。あなたはさっき、赤坂迎賓館から出て来られたんじゃありませんか。警備部警護課というからには、総統警護の仕事をなさっていたに違いない。今の臨時ニュースは、ほんとですか」

西海はそれに答えず、固い口調で言った。

「もう一度、ボリュームを上げてくれませんか」

わたしは言われたとおりにした。すでに臨時ニュースは終わり、ディスクジョッキーにもどっている。

女性タレントが、アラステギの死についてピントはずれの感想を述べ、つぎの話題に移った。

「さっきもお伝えしましたけれども、単心室症で立川市立総合病院に入院した関村洋介ちゃんのことですが、相変わらず輸血用の血液が見つからないため、医師団は焦りの色を濃くしている、ということです」

運転席の背もたれが、がくんと揺れた。真澄が乗り出したらしい。

「洋介ちゃんの血液型は、日本人に非常に少ないRhマイナスのO型で、しかも因子型がCdE、つまり大文字のC、小文字のd、大文字のEという組み合わせでなければいけないそうです。母親の、関村真澄さんは言葉の方が不自由で、しかも洋介ちゃんを病院に運び込んだあと、車で姿を消してしまいました。病院側の話では、真澄さんは洋介ちゃんと同じ血液型を持つ、自分の父親を呼びに行ったらしいんですが、その後連絡もなく行方が分かりません。このCdE因子型は、日赤中央血液センターにもストックがなく、登録されている数少ない同型血液型の保持者と連絡をとっていますが、現在のところまだコンタクトできていない、ということです。街のみなさんの協力を仰ぐほかに、洋介ちゃんを助ける道はありません。深夜トラックの運転手さん、ドライバーのみなさん。もし、あなたがこの血液型の保持者か、保持者の所在をご存じでしたら、今すぐ最寄りの交番ないしは立川市立総合病院へ、連絡していただきたいと思います」

真澄が泣き崩れる。

西海の声がそれにかぶさった。

「泣くんじゃない。まだ間に合う。おれの血は最後の一滴まで、洋介のものだ」

桂本がまた興奮して、体ごと後ろを振り向く。

「あなたたちのことを、放送してるぞ。これは何がなんでも、急がなきゃならん」

西海は返事をしなかった。真澄の泣き声だけが流れる。

永福のランプの手前で、スリップ事故を起こしたらしい車の処理が、行なわれていた。そこを過ぎると、渋滞がうそのように解けた。

音楽が途切れ、新たに緊張したアナウンサーの声が、割り込んできた。

「ふたたび臨時ニュースです。さきほどお伝えした、ヌエバスコ共和国のアラステギ総統の射殺事件に関連して、警視庁は総統の警護を担当していた警備部警護課の西海六郎警部を、重要参考人として指名手配しました。西海警部は、アラステギ総統が射殺された直後とみられる午前二時二十分ごろ、総統の主任護衛官アントニオ・サバレス少佐を地階ロッカールーム付近で殴り倒し、迎賓館の東門から姿を消したことが、確認されています。東門の警備員の話では、緊急の用件で外に車が迎えに来ているはずだ、と西海警部に言われ、開門して警部を外へ出した、ということです。警部は、少し離れた場所に駐車していた、黒か紺のシーマと思われる車に乗り、連れの男女三人とともに走り去った、と報告されています。なお現場には、バッテリーの上がったカローラが放置されており、この車は西海警部のものであることが、判明しました。なお、西海警部はスペイン語が堪能なことから、今回のアラステギ総統の警護担当に指名された、とのことです」

また音楽が始まる。

重苦しい雰囲気が、車内に漂った。桂本は、ようやく事態が飲み込めたらしく、何も言わずにじっと前を向いたまま、すわっていた。

後ろのシートで、真澄が言葉にならない声を洩らした。父親を責めているような、そんな雰囲気だった。今のニュースに、驚いたようだ。

真澄の抗議に取り合わずに、西海はわたしに声をかけてきた。

「つぎの高井戸ランプで、おりてくれませんか」

「おりるのは簡単だが、立川へ着くのが遅れますよ」

「それは分かっている。しかし、このシーマが手配されたとすれば、高速道路では逃げ場がない。この時間帯なら、一般道路を行ってもそれほど時間のロスには、ならないだろう」

　桂本が押し殺した声で言う。

「するとあんたは、今の臨時ニュースが言ったとおり、アラステギ総統を殺したことを認めるんだな」

　短い沈黙のあと、西海は低い声で答えた。

「ああ、認める」

「だったら、このまままいちばん近い警察署に、自首して出るよう忠告する。もしお望みなら、弁護士としてわたしが同行してもよい」

「それはできません。孫の手術に間に合わなくなる。そろそろ高井戸のランプだ。おりてください。環八を越えてしばらく行くと、左側に小学校がある。その先を、右へ曲がってもらいます」

　このあたりに、土地鑑があるようだ。

　意外な展開に混乱しながらも、わたしは車線を変更してランプをくだった。環状八号線を突っ切り、高速道路の下を走り続ける。

　桂本は虚勢を張るように言った。

「このままわたしたちを拘束すると、逮捕監禁罪を犯すことになりますよ」

「それは承知のうえだ、桂本さん。殺人罪を犯したわたしに、これ以上恐れるべき法がある、と思いますか。わたしはここに拳銃を持っているし、それを使うのを今さら躊躇したりしない。孫の手術が無事に終わるまで、だれにもじゃまをされたくないんです。だからあなたたちを自由にして、警察に連絡される危険を冒すこともできない」

「いったい、なんだってアラステギ総統を、殺したりしたんだ。それに、非常線をかいくぐって、逃げられると思うのかね」

西海が答える前に、わたしは口を挟んだ。

「西海警部は、ヌエバスコに亡命するつもりなんです。立川の病院へ行けば、外交官特権を行使できる車が、ちゃんと用意してあるという寸法だ。日本の警察に、身をゆだねる気はないんです」

西海が息を飲む気配がする。

「あんたは、スペイン語が分かるのか」

「分かります。ついでに、ことのいきさつを話してくれませんか。あなたの行為を正しいとは思わないが、お孫さんにはなんの罪もない。手術に間に合うように、できるかぎりの協力はします。そのかわり、事情を説明してほしい」

桂本も、それに同調した。

「そうだ、わたしたちに分かるように、説明してもらいたい」

西海は返事をしなかった。

わたしは、西海の言った小学校を見つけ、その角を右へはいった。井の頭線の、富士見ヶ丘駅へ抜ける道だ、と思う。

少し行くとまた左側に学校があり、西海はその手前を左折するように、指示した。

やがて、なんの前触れもなく、西海が話しはじめた。

「一ヵ月ほど前、ヌエバスコ共和国の駐日大使、ペドロ・オヤングレンがわたしにコンタクトを求めてきました」

4

ときどき道筋を指示しながら、西海がわたしたちに打ち明けた話は、おおむねつぎのようなものだった。

真澄の夫関村耕一は、半年ほど前勤務先の核燃料事業団の仕事で、ヌエバスコ共和国の首都モンドラゴンへ、一ヵ月の短期出張に出かけた。しかし到着して一週間後、関村はエネルギー省へ向かうためにホテルを出たあと、忽然と姿を消してしまった。警察当局による必死の探索もむなしく、杳として行方が知れない。反体制のゲリラ組織、ヌエバスコ祖国解放戦線に誘拐されたとみる者もいたが、そのままぷつりと消息が絶えてしまった。

半月ほどして、ヌエバスコ政府から日本大使館へ、関村の捜索を打ち切る旨通告があった。理由は明らかにされなかったが、関村はすでに解放戦線の手で処刑された、とのうわさが流れたためのようだった。

連絡を受けた真澄は、心臓疾患を抱える息子洋介への心労も重なって、強度の精神錯乱状態に陥った。そのため西海は、真澄を神経科の病院に、入院させた。二ヵ月ほどで、真澄の精神状態も一応落ち着き、退院にこぎつけることができた。しかしショックの後遺症で舌がこわばり、口がきけなくなってしまった。妻を亡くしたあと、一人暮らしだった西海は、娘と孫を実家に引き取り、一緒に生活を始めた。

それからほどなく、ヌエバスコ共和国のアラステギ総統の来日が内定し、日本側の警護責任者として、スペイン語のできる西海に白羽の矢が立った。

そんなある日、ヌエバスコのオヤングレン駐日大使が突然電話をよこし、関村耕一のことで話があると言って、西海を東京郊外の人目につかない割烹旅館へ、呼び出した。

オヤングレンが持ち出した話は、西海を驚嘆させるのに十分だった。

オヤングレンによれば、行方不明になった関村がまだ生きており、祖国解放戦線に加わってアラステギ政府と戦っているというのだ。

関村はうわさのとおり、祖国解放戦線のゲリラ部隊に、誘拐されたのだった。解放戦線は、核燃料事業団から身代金を取ろうとしたが、事業団の相談を受けたヌエバスコの警察本部が取引を認めず、かえって妨害したために話し合いは、不調に終わった。金を出せば、誘拐事件があとを絶たないというのが、警察側の言い分だった。

ヌエバスコ政府は、この一件に関して厳しい報道管制をしいた。日本側に十分な情報を与えず、捜索打ち切りの通告もきわめて、一方的なものだった。そのため日本でも、関村に関する報道ははなはだ断片的で、尻切れとんぼなものに終わった。

一方、身代金を取りそこなった解放戦線は、意外にも関村を処刑しなかった。どうやら関村の、ウラン資源や核燃料に対する知識を、ゲリラ戦に利用できると判断したらしい。また関村の方も、ゲリラ部隊と起居をともにするうちに、彼らの思想と行動に共鳴するところがあったとみえ、反政府運動に協力するようになったという。

オヤングレンはもともと共和派の外交官で、本来ならアラステギに粛清されても、不思議はない立場にあった。しかし、ヌエバスコ建国以来の名家の出であり、国民の人望も篤いことから、遠い極東に放逐されることで、粛清を免れたのだった。

オヤングレンは、祖国解放戦線とも秘密の連絡があり、関村のことも詳しく報告を受けていた。アラステギ総統の来日が急遽決定したとき、総統暗殺の可能性を最初に検討したのも、オヤングレン自身だった。

オヤングレンは、関村の家族関係を徹底的に調査し、警視庁警備部に籍を置く義理の父親、西海六郎の存在にたどりついた。西海は、大学でスペイン語を専攻しており、警視庁にはいったあとも大使館のアタシェとして、アルゼンチンに在勤したことがある。

オヤングレンは警視庁に、アラステギ総統の来日にあたって、スペイン語のできる者を警備担当官に起用してほしい、と強く要請した。そしてねらいどおり、西海が警備責任者に任命された。

オヤングレンは、そうした事実を細大もらさず西海に打ち明け、その上である取引を申し出た。

西海が言う。

「オヤングレンはわたしのことを、すみからすみまで調べ上げていた。孫の病気のことも、その中にはいっていました。オヤングレンによれば、ヌエバスコにはブレジネフ時代にソビエトから亡命した、イゴール・レルモントフという、世界一の心臓外科医がいる。現在は、アラステギ総統の不興を買って、行動の自由を奪われているが、ヌエバスコが民主体制にもどれば、すぐにも現場復帰するだろう。レルモントフは心臓外科のうちでも、もっともむずかしいとされる単心室症の手術、それも五歳児以下の術例について、驚異的な成功率を誇る名医だ、というのです。それともう一つ、ヌエバスコ国民の大多数を構成するバスク人の血統は、世界でもっともRhマイナスの血液型が多い民族だ、とも言った。なんでも全人口の、三割近くに達するらしい。当然洋介と同型の因子を持つ者も、かなりいるでしょう。手術するにせよしないにせよ、日本にいてわたしを含むごく少数の血に頼るより、どれだけ不安が少ないかしれない。これで、分かったでしょう。オヤングレンは、わたしたち一家の亡命と引き換えに、アラステギ総統を暗殺してほしい、と持ちかけてきたのです。わたしは、三分以上は考えなかった。ヌエバスコに亡命すれば、娘は関村と再会できるし、孫は孫で輸血の不安なしに、手術を受けることができる。独裁者アラステギの頭に銃弾を撃ち込むのに、わたしはほとんど罪の意識を感じなかった」

　真澄の泣き声が高まる。

　おそらく西海は、真澄にそうしたいきさつを、いっさい話してなかったのだろう。真澄の涙は、死んだと思った夫が生きていたと分かった喜びととまどい、さらには殺人を犯した父に対するおののき、といった心の葛藤がないまぜになったものに、違いない。

　西海が続ける。

「真澄にはわけを話さず、今夜二時に洋介を車に乗せて、迎賓館の東門の前へ来るように言いました。わたしはアラステギを始末したあと、二人を連れて芝白金のヌエバスコ大使館へ行き、亡命する予定だった。ところが間の悪いことに、ここしばらく安定していた洋介の容体が悪化し、今夜急に発作を起こしてしまった。さっき娘から、事情を書いたメモを見せられたときは、目の前が暗くなる思いでしたよ。よりによって、なぜこんなときに、とね。オヤングレンが電話で言うには、本国でも無血クーデタが成功して、大使館のアラステギ一派は拘束され、わたしたちの受け入れ準備が整った、ということだった。これで、洋介に万一のことがあったら、死んでも死に切れない気持ちです」

　しばらく沈黙が続く。車はすでに三鷹市にはいっていた。

　桂本が重苦しい口調で言う。

「たとえアラステギが、血も涙もない独裁者だったとしても、法の手続きを踏まずに殺して、いいわけがない」

「わたしは、日本人であることをやめたのだ。これからは、ヌエバスコの人間として、生きていく。ヌエバスコにとってアラステギ総統は、明らかに不幸をもたらす存在だった。わたしは、自分の犯した行為を悔いはしない」

今度は、わたしが尋ねる。

「それにしても、よくアラステギを殺せたものだ。本国から連れてきた屈強な護衛官が、何人もついていたんでしょう」

西海は小さく、笑いを漏らした。

「女ですよ。女が命取りになったんです。アラステギは評判どおり、女なしでは一晩も過ごせない、あきれるほどの好色漢だった。独身ということもあって、海外に出るたびに護衛官たちは、女の手配で頭を痛めていたそうです。実はゆうべ、迎賓館で開かれた答礼のレセプションに、民間のバンケットから和服の女たちが、派遣されてきた。その中の一人に、アラステギが一目惚れしたのです。アラステギは酒を飲みながら、わたしにあの女をなんとかしてくれ、ともちかけました。まさに、千載一遇のチャンスだった。わたしはアラステギに、夜中の二時に一人で地階のロッカールームへ忍んで来るように言い、館内の見取り図を手渡しました。秘密の部屋に女を待たせておき、そこへわたしが案内する、という口実です。もちろん地階には厨房、空調機械室、電気室などのほかに、従業員や警備員の宿泊室がある。しかし、東南の角のロッカールーム付近は、夜間人がいません」

「総統はその話に、乗ったわけですね」

「そう。総統は本館二階の南東部にある、国賓用のスイートに泊まっている。地階のロッカールームへ行くには、スイートを出て正面の小階段をおりればよい。地階へおりて廊下を東へ直進すれば、突き当たりがロッカールームです。予想どおり総統は、午前二時を回ったころ、一人でやって来ました。舌なめずりをしながらね。わたしは、総統を拳銃で威してひざまずかせ、クッションを銃口に当てて、頭を撃ちました。総統は、なぜ殺されるかも分からず、おそらくたいした恐怖も苦痛も感じないで、死んでいきました」

桂本が、体でため息をつく。

車は三鷹市内の、静かな住宅街に差しかかっていた。雨もいつの間にか、だいぶ小降りになってきた。

わたしはまた尋ねた。

「さっきの臨時ニュースによると、サバレスとかいう総統の主任護衛官を、殴り倒したそうですが」

「ロッカールームを出たところで、総統を探しに下りて来たサバレスと、ばったり顔を合わせたのです。手ごわい男ですが、まさかわたしがアラステギを殺したとは知らず、油断していたので機先を制することができた。サバレスはアラステギに忠実な、蛇のように執念深い男です。いっそ殺しておいた方が、よかったかもしれない」

そのとき突然すぐ近くで、サイレンが短く吠えた。

わたしは不意をつかれ、ぶつかったT字路で反射的に、右へハンドルを切った。曲がり込んだとたん、進入禁止の標識が立っているのが目にはいったが、すでに遅かった。一方通行の道路に、乗り入れてしまったのだ。

真夜中のことで、むろん対向車はない。わたしはかまわず、そのまま走り続けた。

バックミラーにヘッドライトが一つ映り、もう一度短いサイレンの音が追って来た。白バイにまたがった、警官の姿が見える。

後ろで西海がののしり、わたしのそばへ体を乗り出した。

「停めてください」

「いいんですか」

「やむをえないだろう。ここで白バイと追いかけっこをして、街中のパトカーを呼び集めるわけにいかない」

道が少し、広くなる。

わたしは、テニスコートの金網に寄せて、車を停めた。まるで、自分が殺人を犯したように、動悸が激しくなるのを意識する。

西海が押し殺した声で言う。

「よけいなことを、しゃべらないでほしい。怪我人は出したくないが、いざとなればわたしも、覚悟を決めるからな」

白バイが車のわきで停まり、警官がフラッシュライトをつけた。

わたしは窓を下げ、警官がそばへ来るのを待った。ゴーグルをしており、いかつい顎がヘルメットの下から、はみ出している。この警官にも、西海の手配が回っているだろうか。回っているに違いない。そうでなければこんな時間に、こんな場所をパトロールしているわけがない。

警官はわたしの顔を照らし、詰問口調で言った。

「ここは一方通行ですよ。標識が見えたでしょう。いくら夜中だからって」

後ろの窓が、下がる音がした。

振り向くと、西海が警察手帳を出し、警官に示すところだった。

「本庁の者だ。事情があって、急いでいる。見逃してくれ」

警官は口をつぐんだが、西海が手帳をしまおうとすると、急いで言った。

「失礼。中を拝見させていただきます」

西海はちょっとためらったが、ライトの中で手帳を開いてみせた。

ライトの光が軽く揺れ、警官の呼吸が乱れる気配がする。

「西海警部。アラステギ総統の警備担当の、西海警部ですね」

西海は手帳を閉じ、ポケットにしまった。覚悟していたような態度だった。

「そうだ。わたしが手配されたことは、承知している。しかし今言ったとおり、わたしは急がなければならん。孫が緊急手術をするのに、わたしの血が必要なんだ。逃げ隠れするつもりはない。手術がすんだら、ただちに本庁へ出頭する覚悟だ。病院まで、きみが先導してくれると、ありがたいんだが」

警官は、気をつけをした。

「お言葉ですが、西海警部。それは、わたしが判断すべきことでは、ありません。警部を見つけしだい、警視X三号に連絡せよとの命令を、受けています。本庁警備部の柳田警護課長と、総統の主任護衛官サバレス少佐がX三号に同乗して、国立の警部のご自宅に向かっている最中です。無線連絡すれば、調布インターで高速をおりて、ここへ直行できると思います」

その毅然とした態度と口調から、ただの平巡査でないことが分かる。

西海も、強い口調で応じた。

「残念だが、ここで彼らを待っている時間はない。手術に間に合わなくなる。このまま行かせてもらいたい」

「ですが警部、アラステギ総統の死は、たいへんな国際問題になる、と思われます。ただちに出頭して、釈明されるべきです」

「釈明するつもりはない」

いつロックをはずしていたのか、西海はいきなりドアを警官に叩きつけ、車外に転がり出た。不意をつかれた警官は、濡れたアスファルトの上に尻餅をついた。西海はすぐに跳ね起き、コートをひるがえして倒れた警官に、飛びかかった。孫がいる年齢には見えない、素早い体の動きだった。どこをどう突いたのか分からないが、警官は西海の下で一声叫んだきり、路上に長ながと伸びてしまった。

西海は深い息を一つつき、立ち上がった。なにごともなかったように、ふたたび車に乗り込む。ほんの十秒かそこらの出来事で、わたしはハンドルから手を離す余裕もなかった。

「心配することはない、ちょっと気を失っただけだ。すぐに、目を覚ますだろう。それより、早く車を出してくれ。だいぶ時間を、むだにしてしまった」

言われたとおりにする。

わたしは、内心西海の行動に反発を覚えながら、なんとか病院までたどり着きたい、という気になっていた。珍しく口を閉じたままの桂本も、おそらく同じ気持ちだっただろう。

しかし、間が悪いときは、こんなものだ。

さらに住宅街を五分も走ったころ、突然車のスピードが鈍り始めた。アクセルを踏んでも、ほとんど反応がない。

計器盤を見て愕然とした。燃料メーターの針が、目一杯のEを指していたのだ。

考えてみれば少し前から、エンジンのパワーが落ちた感じがあった。最後に満タンにしてから、ほかのことに気を取られ、ガソリンのことをすっかり忘れていた。とにかく、ガス欠になってもおかしくないほど、間隔があいになるか思い出せない。

たことは確かだった。

　事情を知ると、西海はさすがに言葉を失った。真澄が、絶望のうめきを漏らす。

　わたしは、車をだましだまし走らせながら、あれこれと知恵を巡らせた。どこか適当な家を叩き起こし、車を貸してくれと交渉することができるだろうか。

　そうこうするうちに、車は完全に燃料が切れ、走れなくなってしまった。わたしは、道端に車を寄せて、停めた。

　桂本が、ため息をついて言う。

「こうなった以上、じたばたしてもしょうがない。警察に連絡して、パトカーを回してもらおうじゃないか」

　西海が、シートから体を起こした。

「それはだめだ。やむをえなかったとはいえ、白バイの警官に手を出してしまった。こうなったら、とことん逃げるしかない」

　わたしは西海を見た。

「もう逃げられませんよ。今ごろは、あの警官が息を吹き返して、X三号とやらに連絡を取ってるでしょう。まもなくこのあたりは、パトカーで一杯になる」

　桂本が言葉を継ぐ。

「日本の警察も、鬼じゃない。お孫さんのことは、もう承知してるだろうし、あなたが手術用の血を提供するまで、逮捕を控えるくらいの恩情はあるはずだ」

西海は、かたくなに首を振った。

「いや、それは甘い見方だ。国際世論の手前、警視庁は一刻も早くわたしを逮捕しなければ、面目が立たないと考えているだろう。かりに彼らが、逮捕を一時見合わせたとしても、今度はサバレスが承知するまい。やつは、わたしを殺すつもりだ。アラステギの死はサバレスにとっても、破滅を意味しているのだからな」

「共和派が主導権を取りもどしたのなら、もうサバレスを恐れることはないはずだ。警視庁も、サバレスの好きにはさせておかんだろう」

桂本が言ったとき、どこか遠いところで、パトカーのサイレンが鳴った。後ろを向くと、西海は何も耳にはいらなかったように、窓の外をじっと見つめていた。

その視線の先に、《内科・小児科・片山医院》と書かれた、白い看板があった。

西海はしわがれ声で言った。

「よし、まだ洋介を助ける望みはある。サバレスにつかまらないうちに、すませなければならん。真澄、一緒に来てくれ」

5

老医師、片山辰雄の額に浮かんだ汗を、真澄がハンカチでそっと押さえた。

パジャマの上に白衣をまとった片山は、注射器を構えて四度目の採血に、取りかかった。さすがに顔色が青い。いかに経験豊かな医師でも、一人の人間からこれほど大量の血液を抜くのは、初めてのことに違いなかった。

上半身裸でベッドに横たわった西海の顔は、片山以上にすっかり血の気を失い、唇はひからびて紫色に変色していた。

片山によれば、人間の血液の量は体重のおよそ十三分の一で、総血量の三分の一を失うと、命に関わるという。

採血の前に体重を測ると、西海は七十五キロあった。理論的には一九〇〇cc程度まで採血可能だが、限度ぎりぎりまで試す危険は冒せない、と片山は言った。とりあえず一二〇〇cc採血することで、西海も最終的に了解した。西海に万一のことがあれば、もう一度採血する必要が起きた場合、どうしようもなくなるからだ。

電話をかけに行った桂本が、診察室にもどって来た。

西海の上にかがみ込んで言う。

「病院に電話してきました。今のところお孫さんは、小康状態を保っているそうです。しかしできるだけ早く手術しないと、生命の保証はできないと医師は言っている。一時間以内に血液を届ける、と請け合っておきました。あとはわたしたちに、任せてください」

「すまん。よろしく頼みます」

さすがに弱った声で、西海が答えた。

片山医師は、血液を溜めたありあわせのガラス瓶に、凝固防止剤と思われる溶液を加えた。それをそっとかたわらの机に置き、手早く西海に栄養剤と造血剤を、注射した。急いで診察室を出て行く。

ベッドのわきに立った真澄は、おろおろしながらすっかり顔つきの変わった父親に、しがみついた。喉から、言葉にならない声を漏らす。

西海は、ひからびた唇にそっと舌先をはわせ、娘に言った。

「心配するな。このご両人が片山先生の車で、おまえと一緒に病院までおれの血を、運んでくれる。おれはここで英気を養いながら、警察が来るのを待つ」

真澄は父親の手を握り、分かったというように、何度もうなずいた。

西海が続ける。

「おれのことは気にしないでいい。しばらくこうしていれば、また血が湧いてくる。おれは、洋介専用の血液銀行、というわけさ」

笑おうとしたが、唇の端がゆがんだだけだった。

わたしは西海の執念に、ほとんど圧倒されていた。

西海が、警察の手に自分をゆだねるのを拒んだのは、同僚たちの恩情にすがるのを、いさぎよしとしなかったからか。あるいは、まったく彼らを信用していなかったからか。

もしかするとどちらでもなく、オヤングレン大使と何がなんでも先にコンタクトし、外交官特権の恩恵に浴することによって、あくまで亡命を実現しようという心づもりだったかもしれない。

しかしこうなった以上、西海の血液は確実に病院に届くにせよ、西海自身はそこで待っているはずのヌエバスコの公用車に、乗ることができないだろう。

片山医師が、合成樹脂でできた小型のアイスボックスを抱えて、あたふたともどって来た。中で氷のぶつかる音がする。

片山は、血液の瓶をアイスボックスに収め、わたしの方に差し出した。

受け取ろうとすると、真澄がわたしを押しのけるようにして、それを自分の腕の中に抱え込んだ。桂本がほうっておけというように、わたしに向かってうなずく。

片山が、汗をふきながら言った。

「そこの戸口から庭へ出ますと、ガレージがあります。これが車のキーです」

わたしはキーを受取り、西海親娘に代わって片山に頭を下げた。

「いろいろと、ありがとうございました。改めて、このお礼はさせていただきます」

「医師として、当然のことをしたまでです。長生きすると、いろいろなことがある。早く行った方がいいでしょう」

そのとき建物の外で、乱れた靴音がした。

わたしたちは、金縛りにあったように、その場に釘づけになった。真澄の整った顔が、醜くゆがむ。

出し抜けに、玄関のブザーが鳴り始めた。まるで、死刑執行の知らせのようだった。

神経を逆なでする性急さで、断続的に、執拗に鳴り続ける。

西海が、ベッドから頭をもたげ、声を絞り出した。

「おそらく警察だ。表に停めた車を、見つけたんだろう」

桂本が、ひきつった笑いを浮かべて言う。

「ちょうどいいじゃないか。パトカーで、血液を運んでもらうんだ」

片山が背筋を伸ばした。

「わたしが出て、事情を説明しましょう」

そう言い残すと、足早に診察室を出て行った。わたしたちは固唾をのんで、表の様子に耳をすました。

ドアの開く音がする。続いて、くぐもった人声。やがてそれが、押し問答をするようなやりとりに変わる。

突然短い悲鳴が聞こえ、何かが倒れる音がした。

西海の土気色の頰が、瞬時に引き締まった。うつろな目に、険しい光が宿る。渾身の力を振り絞り、ベッドの上に上体を起こした。

「真澄。そこのドアから逃げろ。どこか近くに、警護課長の柳田警視がいるはずだ。彼なら、事情を分かってくれる」

桂本が太った体を揺すり、わたしに目配せした。

「よし、わたしが一緒に行こう。あとは頼んだぞ」

「分かりました」

 真澄はアイスボックスを抱き、桂本と一緒に奥のドアを目指して走った。わたしは西海を制し、ベッドの裾を回って玄関に通じるドアへ向かった。

とたんにそのドアが、風にあおられたように開いて、体格のいい男がぬっと戸口に、立ちはだかった。手に拳銃を握っている。

男はすばやく診察室に目を走らせ、奥のドアへ向かう桂本と真澄を見て、どなった。

「アルト（止まれ）」

それはスペイン語だったが、強い語勢に押されたかたちで、二人は足を止めた。そろそろと、向き直る。拳銃を見た真澄の目に、一瞬恐怖の色が走った。

西海が、悲痛なスペイン語で、懇願する。

「サバレス、娘を行かせてやってくれ。わたしは覚悟ができている。あんたの気がすむようにすればいい。しかし、娘だけは見逃してくれ、頼む」

するとこれが、アラステギ総統の主任護衛官、アントニオ・サバレスか。

サバレスは縮れた栗色の髪の大男で、顔の左側が赤紫色に腫れ上がっている。おそらく迎賓館で、西海に殴り倒されたときのものに違いない。

サバレスは左手でネクタイを緩めると、拳銃を真澄に向けたまま、じっと西海を見た。その目は恐ろしいほど無感動で、ちょうど正気を失った人間のような、不気味な色をたたえていた。

ひどくゆっくりした口調で言う。

「だれも、ここから出てはいかん。死体になるまではな」

西海は息を吸い込み、同じようにゆっくりと言った。

「アラステギは、死んだんだ。もう、あんたの後ろ盾は、だれもいない。状況をよく考えろ。オヤングレン大使に命乞いした方が、よほど利口だぞ」

「黙れ、この裏切り者め。自分が何をやったか、分かってるのか。きさまが総統を殺したおかげで、オヤングレンをはじめ共和派のどぶねずみどもが、またおれたちの国にのさばることになるんだ」

「自分が何をやったか、よく承知しているさ、サバレス。ごきぶりを一匹、叩きつぶしてやったんだ」

サバレスはぱくりと口をあけ、声を出さずに笑った。

静かに銃口を、西海に向け直す。

わたしは壁に背をつけたまま、はらはらしながら二人のやりとりを、見守った。西海はサバレスを挑発し、自分に注意を向けさせることで、娘を逃がすチャンスを作ろうとしているらしい。わたしには、それをはたから支援できるかどうか、自信がなかった。正気をなくした外国人の手にあるのは、おもちゃの拳銃ではないのだ。

サバレスが言う。

「ほかの護衛官は、今ごろオヤングレンの前にひれ伏して、靴の先をなめているだろう。

しかし、おれは違う。アラステギ総統は、おれを死刑囚の独房から引っ張り出してくれた、命の恩人だ。国へ帰れば、おれは今度こそ間違いなく、銃殺されるだろう。おれはこれから、ヨーロッパへ飛ぶ。しかし、その前にきさまを殺して、総統のかたきを討つ。そうでないと、どうにも寝覚めが悪いからな」

サバレスは拳銃を握り直し、西海にねらいをつけた。

わたしは採血器具が載ったワゴンを、靴の先でサバレスの方へ、蹴り飛ばした。サバレスは体をひねり、それを膝ではねのけた。

「逃げろ、真澄」

西海がどなり、同時にベッドから転げ落ちた。わたしも反射的に、身を沈めた。

真澄が、はじかれたようにドアへ向かって、身をひるがえそうとした。それより早くサバレスは、銃口を蛇の鎌首のようにくねらせ、真澄目がけて発砲した。銃声が診察室を揺るがし、真澄はつんざくような悲鳴を上げると、背中からドアに叩きつけられた。

わたしはわれを忘れ、サバレスの足に向かってダイブした。

サバレスはすばやく身をかわし、わたしの肩をパワーショベルのような靴で蹴った。壁際まで、吹っ飛ばされる。

体を立て直そうとするわたしの目に、床に落ちた西海が自分の背広を引き寄せ、その下にあった拳銃を抜き出すのが、ちらりと見えた。血を抜かれて弱った体の、どこにそんな力が残っていたのかと思うほど、機敏な動きだった。

西海が拳銃を構えたとき、サバレスは声を出して笑いながら、銃口を上げて無造作に引き金を絞った。西海は苦痛の声を上げ、ベッドの足元に倒れ伏した。

サバレスが追い撃ちをかける前に、わたしはもう一度その足目がけて、必死のダイビングを試みた。

西海に気を取られていたサバレスは、今度は逃げることができなかった。わたしは、サバレスの膝にしがみつき、死の物狂いでねじり倒そうとした。

「くそ、放せ」

サバレスはわめき、わたしをすごい力で蹴った。そのとき、銃声が立て続けに二発、轟然と鳴り響いた。

サバレスはわたしの頭を越えて、入口のドアに叩きつけられた。手から拳銃が吹っ飛び、床に音を立てて転がる。

わたしが体を起こしたときには、サバレスは胸を朱に染めて、ずるずると床に崩れ落ちていた。目を開いたままだった。

床をはいずり、西海のそばへ行く。

西海の裸の脇腹に、赤黒い穴があいていた。まるで自分が撃たれたように、刺すような苦痛がわたしを襲った。あれだけ血を抜かれたあと、至近距離から銃弾を食らい、しかもなお拳銃を撃つことができたとは、なんという精神力だろうか。ほとんど、信じられなかった。

西海はまだ、かすかに息があった。わたしを見て、何か言いたそうに唇を動かしたが、言葉にならない。

やがて西海の右手から、拳銃が床へ滑り落ちた。体の下に、小さな血溜まりができ始める。わたしは西海の手を握り締めたが、もはや握り返しては来なかった。

わたしは膝をがくがくさせながら、立ち上がって奥のドアを見た。ドアは表の庭に向かって、半分ほど開いていた。桂本も真澄も、姿が見えない。

急いで庭へ出る。

ようやく薄明るくなり始めた空の下で、土の上にはいつくばる桂本の背中が、ぼんやりと浮かんだ。すぐ横の植え込みに、真澄が倒れている。

そばへ行くと、真澄の黄色いワンピースの胸が、赤黒く染まっているのが見えた。わたしは膝をつき、真澄を抱き起こした。意識がない。

「やられたんですか」

声をかけると、桂本は力なく首を振った。

「分からん」

ざっと真澄の体を調べたが、どこにも外傷はないようだった。

桂本が、脇腹をついた。植え込みの奥を、目で指す。

「彼女はあれを引きずりながら、ここまではって逃げたんだ」

そこに転がっているのは、例のアイスボックスだった。ボックスの横腹に穴があき、ピンクの液体が流れ出している。

わたしはそれを引き寄せ、半ば覚悟しながら、蓋をあけた。

アイスボックスの底には、砕けたガラス瓶の破片と氷のかけらが、わずかなピンクの液体とともに、残っているだけだった。

わたしは桂本と同じように、地面にはいつくばった。ショックで頭が上がらない。

アイスボックスは、サバレスの放った銃弾から真澄を守ったかわりに、西海が残した貴重な血液を、失ってしまったのだ。

6

朝の光が病室に差し込んだ。

頭に包帯を巻いた片山医師が、ベッドで眠る真澄の脈を取った。片山は、押し入って来たサバレスに拳銃で殴られ、頭部にかなりの打撲傷を負った。しかし、気丈にも自分で頭に包帯を巻き、真澄の手当をしているのだった。

真澄は多少の擦り傷以外に、やはりどこも怪我をしていなかった。サバレスの銃弾は、胸に抱えたアイスボックスに当たり、方向を変えて壁にめり込んだ。西海とわたしがサバレスとやり合っている間に、真澄は壊れたアイスボックスを抱いて庭へ逃れ出たが、途中で血液が流出していることに気づき、ショックのあまり意識を失ったとみえる。床に伏せていた桂本が、あとを追って庭へ出たときは、すでに真澄は植え込みの中に倒れていた、という。

病室にはわたしたちのほか、西海の上司で警備部警護課長の柳田警視と、ヌエバスコ共和国の駐日大使オヤングレンがいた。オヤングレンは、日本語ができるヌエバスコ人の通訳官と、一緒だった。

柳田は西海とほぼ同年配で、重戦車のような体を無理やり制服に詰め込んだ、赤ら顔の男だった。桂本とわたしは、すでに柳田にことのいきさつを、詳しく報告していた。

西海がアラステギ総統を殺したのは、オヤングレン大使の依頼によるものだったと聞くと、柳田はしばらく深刻な顔をして考えた。それから、この件はほかで絶対にしゃべらないでほしい、とわたしたちに頼んだ。

オヤングレンは六十がらみで、メタルフレームの眼鏡をかけた大学教授風の、物静かな男だった。

開口いちばんオヤングレンが強調したのは、西海がいかなる理由でアラステギ総統を射殺したにせよ、ヌエバスコと日本の外交関係には、まったくひびがはいらない、ということだった。オヤングレンは、西海がわたしたちに真相を打ち明けたと思っていないか、打ち明けたとしてもそれを認めるつもりはない、というふうに見えた。

ほどなく真澄の口から、軽いうめき声が漏れた。

片山は小さな瓶の蓋をあけ、真澄の顔の前で二、三度往復させた。刺激臭が鼻をつく。

真澄は眉根を寄せ、顔をそむけて目をあけた。少しの間、自分のおかれた状況が分からない様子で、ぼんやりと天井を見つめる。

それからゆっくりと、まわりに立つ男たちを一人ずつ、目で追った。

わたしの顔を見たとき、ようやく記憶がもどったらしく、声を立てて起き上がろうとした。片山がその肩に手を置き、そっとベッドに押しもどす。

「落ち着きなさい。何も心配することは、ありませんよ」

真澄はそれに逆らって、なおも体を起こそうとした。

わたしは真澄の顔をのぞき込んだ。

「真澄さん、安心しなさい。洋介君は助かりました。手術がうまくいったんです」

真澄はそれでも、あらがうのをやめなかった。

もう一度、同じことを繰り返す。ようやく真澄は、体の力を抜いた。枕に頭を預け、物問いたげにわたしを見上げる。単なる気休めを言っているのではないか、という疑いの色がありありと、浮かんでいる。

わたしは続けた。

「うそじゃありません。ほんとうに、洋介君は助かったんです。お父さんの血はむだになってしまったが、ここにおられるヌエバスコのオヤングレン大使が、別の血液を病院に届けてくれましてね。おかげで手術は、一応成功しました。あとは洋介君の回復を待って、ヌエバスコで本手術をするようにと、大使はそうおっしゃってるんですよ」

真澄は、まだ信じられないというように、オヤングレンに視線を移した。通訳官がオヤングレンに、わたしの言葉を手短に通訳した。

オヤングレンは大きくうなずき、真澄を安心させるように笑いかけた。

「セニョール・オカサカのおっしゃるとおりです。アラステギ総統が亡くなった直後、たまたまこの通訳官がラジオで洋介君のことを耳にして、わたしに知らせてくれたのです。洋介君の血液型を聞いて、わたしはすぐにぴんときました。実はアラステギ総統も、洋介君と同じRhマイナスのO型で、しかもこれまた同じCdE因子型なのです。わたしたちバスク系の国では、Rhマイナスの血液型は珍しくありませんが、CdE因子型はさすがにそれほど多くない。わたしはすぐに迎賓館へ使いをやり、総統の遺体を引き取りに行ったスタッフに、指示を出しました。総統はどこへ行くときも、テロリストに狙撃されたときのことを考えて、かならず輸血用の血液を身近に用意させていました。ことに海外へ出る場合は、五リットルの同型血液を特製の冷凍庫に入れて、随行員に携行させるのです。そして今度の来日も、例外ではありませんでした。案の定スタッフは、迎賓館の地階にある国賓荷物室の片隅に安置された、血液保存用の冷凍庫を発見しました。わたしは、ただちにそれを立川の市立総合病院へ、運ばせたのです」

そして一呼吸おき、こう付け加えた。

「アラステギ総統は死んで初めて、人の役に立ったわけです」

つまりは、そういうことだったのだ。

わたしは、オヤングレンのスペイン語を、日本語に要約して真澄に伝えた。真澄の目がうるみ、安堵の涙が目尻からこぼれ落ちた。

柳田警視が、小さく咳払いをして言う。

「大使は、国家元首の暗殺という緊急事態にもかかわらず、洋介君の命を救うために尽力してくださった。西海警部の犯した罪は、重大な国際問題を引き起こしかねないものでしたが、大使はそれで両国間の友好関係がいささかも揺るがないことを、具体的行為によって証明されたわけです」

その発言の裏には、政治的な意味が隠されていた。

オヤングレンは、西海にアラステギの暗殺を依頼したことを認めないかわりに、日本側の警護の失態を非難することも、しないだろう。柳田は、そうしたオヤングレンの思惑をよく承知しており、真相を追及するつもりがないことを、言外ににおわせたのだ。

通訳官が柳田の言葉を通訳すると、オヤングレンは念を押すように言った。

「体力が回復したらすぐに、わたしたちは息子さんとあなたをヌエバスコへ呼んで、心臓外科の世界的権威、イゴール・レルモントフ博士の手術を受けられるように、手配します。わたしたちはあなたがたを、心から歓迎するつもりです」

通訳官が、その言葉を真澄に伝える。

オヤングレンが、関村洋介にアラステギの輸血用血液を提供し、さらにヌエバスコで本手術を受けさせると真澄に申し出たのも、真相を漏らさないでほしいという、無言の要求だった。駐日大使が日本の警備担当者に、自国の国家元首の暗殺を依頼したとなれば、たとえそれが悪名高い独裁者であったとしても、国際的非難はまぬがれないからだ。

ヌエバスコは民主体制にもどっても、アラステギの遺志をそのまま引き継いで、ウラン供給と経済協力のバーター政策を、推進するに違いない。それが、新生ヌエバスコと日本政府の、暗黙的了解事項になるであろうことは、想像にかたくなかった。

桂本とわたしも、すでに柳田からこの件については他言無用、と釘を刺されている。おそらく、その筋から改めてもう一度、念を押す働きかけがあるだろう。場合によっては、強い圧力がかかるかもしれない。

真澄もまた、そうした微妙な思惑がからんでいることを理解したらしく、複雑な表情でわたしを見た。わたしは、どういう顔をしていいか分からず、ただ意味もなくうなずくしかなかった。

真澄母子のためには、沈黙を守った方がいいような気がする。日本にとどまって、外国元首を暗殺した父親の汚名を引き継ぐより、いっそヌエバスコに渡って、独裁者から民衆を解放した、英雄の遺族として歓迎される方が、二人にとって幸せかもしれない。さらに解放戦線に身を投じた、夫の関村耕一とまた一緒に暮らすことができるし、洋介に万一のことがあった場合も、日本にいるより血液の手配が容易だろう。

それまで黙っていた桂本が、珍しくやさしい声で真澄に話しかけた。

「お父さんのことを、間違っても責めないでほしい。みんなあなたと、洋介君のためにしたことなんだ。お父さんには、お父さんなりの正義があった。その遺志を、無にしてはいけませんよ」

　桂本もわたしと、同じ気持ちらしい。

　しかし、父親のことが出たとたんに、真澄の顔がふたたび曇った。真澄は、不安そうにわたしたちを見回し、それからシーツの上に指で字を書いた。

《父は？》

　片山医師の顔に、ちらりと狼狽の色が走った。おそらくそこにいた全員が、うろたえたに違いない。だれも何も言うことができず、その場に立ち尽くしたままだった。

　真澄の目を、恐怖がよぎった。

　真澄は、驚くほどのすばやさで、ベッドから滑り下りた。片山が、あわてて押しとどめようとしたが、その手をかいくぐって、ドアに走る。下着のままだった。

　わたしたちは、だれも真澄を止めなかった。止めたくても、体が動かなかったのだ。

　真澄が病室を飛び出したとき、ようやくわたしたちはわれに返り、どやどやとあとを追って、廊下へなだれ出た。

　真澄の足がまさしく、父親の遺体が置いてある病室へ向かったのは、理屈では説明できないことだった。ドアの前で、立ち番をしていた制服警官までが、真澄の突進を制止するのに、失敗した。もはやだれにも、真澄を止めることは不可能だった。

　真澄がドアを押し開いたあとから、わたしたちは病室になだれ込んだ。

そこには、死体運搬車を待つ西海とサバレスの遺体が、並んでベッドの上に横たえられていた。

真澄は、父親の遺体の前に、立ちすくんだ。西海は上半身が裸のままで、下半身だけシーツにおおわれていた。

片山が真澄のそばに立ち、痛切な口調で言った。

「本来なら、致命傷というほどの傷ではなかった。ただ採血した直後だったため、出血のショックに耐えられなかったのです」

真澄は食い入るように、父親を見つめた。

西海の死に顔は、決して安らかなものではなかった。真澄の心中に、どのような葛藤が渦巻いたか、考えるだけでも胸がつぶれる思いだった。

真澄の目に、涙があふれた。

真澄は、もの言わぬ死体と化した父親に身を投げかけ、声をかぎりに泣き叫んだ。

「お父さん。お父さん」

病室にいた者は、みなその悲嘆に胸を詰まらせ、黙って頭を垂れた。

こわばったままだった真澄の舌が、何ヵ月ぶりかで解き放たれたことに気づいたのは、どうやらわたしだけのようだ。

解説

杉江松恋（すぎえまつこい）

初めて逢坂剛氏にお会いした際、開口一番の言葉は「私はだいたい必要な本は買ってしまったので、欲しい本はないんです」だった。すごいことをおっしゃる、と思った記憶がある。

その場は全日本大学ミステリ連合が毎夏開催している大会の記念講演会場で、当時の逢坂剛は『カディスの赤い星』（一九八六年。講談社→講談社文庫）で第五回日本冒険小説協会大賞・第四十回日本推理作家協会賞・第九十六回直木三十五賞を獲得、冒険小説の新たな旗手として注目されている時期だった。冒険小説作家ということでどんな豪傑が現れるかと思いきや、聴衆のほとんどを占めていた本の虫たちの同族が登場したのだから、学生たちの舞い上がり方たるやなかった。公安警察の暗部を描いた問題作『百舌（もず）の叫ぶ夜』（一九八六年。集英社→集英社文庫）も話題になっていた時期で、学生から「公安警察の内情をどうやって調べたのでしょうか。潜入取材をされたのですか」という質問が飛んだのに対して、「あれも古本で調べました。丹念に回っていると本当は出しちゃいけない内部の資料がときどき店頭に転がっているんです」と事もなく答えられたのを記憶している。古本マニア侮るべからず。

その逢坂が長年書き続けている岡坂神策シリーズの一作にあたるのが本書、『緑の家の女』だ。オリジナルの単行本は『ハポン追跡』の題名で一九九二年九月に講談社から刊行され、その後一九九五年十月に講談社文庫に収められた。今回が二度目の文庫化であり、それを機に題名が改められた。岡坂神策シリーズは逢坂の看板作品の一つであるが角川文庫には初収録となる。まずはシリーズの概略を説明しておきたい。

岡坂神策の初登場作は「オール讀物」一九八四年十一月号に発表された短篇「謀略のマジック」である。このときの岡坂は「御茶ノ水駅から徒歩五分」「文化学院、駿台予備校、浜田病院といった人の出入りの激しい建物に囲まれた一郭」の曙ビル四階に大学時代の同期生・松川英三と共同で「現代調査研究所」を構えていた。しかし松川は、この話の中で殺されてしまう。事務所の共同経営者が殺されることから始まる物語という点は、逢坂の敬愛する作家ダシール・ハメット『マルタの鷹』(一九三〇年。ハヤカワ・ミステリ文庫)を連想させる。同短篇は一九八七年に刊行された『クリヴィツキー症候群』(新潮社→新潮文庫)に収められたが、同時収録された「幻影ブルネーテに消ゆ」は、そのダシール・ハメットの影が物語の背景を横切っていく一篇である。なお同作と「遠い国から来た男」の二篇は本来別の人物を主人公とする作品だったが、『クリヴィツキー症候群』収録時に岡坂ものに書き換えられた。

この第一短篇集の段階で、岡坂神策シリーズの基本形はできあがっている。岡坂は私立探偵めいた仕事を頼まれることもあるが本職はルポライターで、現代史、ことに内戦時代のスペイン史に強い関心を抱いているという設定だ。二〇世紀の歴史の立役者たちは一九八〇年代にはまだ存命であるか、彼らが残した足跡・臭跡が容易にたどれる状況にあった。岡坂はそれを追うのである。彼のスタイルは行動して直接人に会うだけではなく、文献資料の分析からも情報を得る。だからこそ日本有数の本の街である神保町近辺に事務所を構えているのだ。作者の逢坂は執筆にあたってやはり膨大な量の参考資料を収集する。そのスタイルがそっくり付与されたのが岡坂神策というキャラクターなのだった。ビブリオマニアの探偵は世に珍しくないが、そこに行動型私立探偵の人物類型が重ね合わされているのである。作者の分身でもある主人公は、このように他にあまり類例のない人物像を備えている。

『クリヴィツキー症候群』に続く作品が長篇『十字路に立つ女』（一九八九年。講談社→講談社文庫）である。現代調査研究所が曙ビルから近くのシャトー駿河台に移ったほか、岡坂の身辺にも大きな変化がある。スペイン文学研究者の花形理絵と出会ったのだ。彼女と岡坂とは、やがて強く惹かれ合うようになる。一九九一年に刊行された長篇『斜影はるかな国』（朝日新聞社→講談社文庫）は、その花形理絵を主人公とする物語だ。勤めていた明央大学を休職してスペインへと渡った彼女は、思いがけずバスク地方独立を巡る過激組織ＥＴＡ（バスク祖国と自由）の絡んだ事件に巻き込まれる。物語にはもう一つ、スペイン内戦に義勇兵として参加した日本人の調査という柱があり、現代と過去の謎が並行して進んでいく。ここでさまざまな体験を積んだ花形理絵が帰国し、本書収録作「ハポン追跡」で岡坂と再会するのだ。岡坂が彼女に人間としての成長を感じ取ったのも当然のことである。

シリーズの第四作が本書『緑の家の女』、五年の間が空き、一九九七年に長篇『あでやかな落日』（毎日新聞社→講談社文庫）が刊行される。これは逢坂が身を置いていた広告業界を舞台にしたスリラー巨編だ。その次が再び短篇集で『カプグラの悪夢』（一九九八年。講談社→講談社文庫）。以降は『牙をむく都会』（二〇〇〇年。中央公論新社→講談社文庫）、『墓石の伝説』（二〇〇四年。毎日新聞社→講談社文庫）、『バックストリート』（二〇一三年。毎日新聞社）と長篇が続いている。『牙をむく都会』は映画の話題をいとぐちとしてスペイン内戦の問題に切り込んでいく内容、『墓石の伝説』は作者の偏愛する西部劇映画へのオマージュともいえる一篇、『バックストリート』は作者の原点に戻るかのように第二次世界大戦史に切り込む物語である。こうして見ると岡坂の事務所を「現代調査研究所」としたのは大正解で、現代に生きる者が関心を抱くものすべてがこのシリーズの題材となりうるのだ。

本書の話題に戻ろう。収録作は五篇で、作品ごとにまったく風合いが異なる点が大きな魅力となっている。

表題作（初出：「オール讀物」一九八七年七月号）は岡坂神策が、世話になっている桂本忠昭弁護士に頼まれて、ある家族向けマンションを不正に利用している居住者の調査を行うという一話だ（雑誌発表時期が古い作品なので、まだ事務所が曙ビルにある点にご注意）。家族と偽って愛人を住まわせている不埒な男の尻尾を押さえる話、だったはずがどんどん転がって行って意外なところに着地する。一人称の物語は視野に収められる範囲が狭いので、思わぬ方角から新たな情報が出てきたりする。そうした曲がり角での思わぬ出会いのような進展の仕方が楽しいのである。本篇の出会い頭要素は、かつての美男俳優の代名詞であるエロール・フリンの伝記的事実で、岡坂の関心領域の話題がちゃんと絡んでいる点が素晴らしい。しかもその導入に使われているのが「幻影ブルネーテに消ゆ」などでも言及されたダシール・ハメットの愛人リリアン・ヘルマンの自伝『未完の女』（一九六九年。平凡社ライブラリー）なのである。岡坂神策ものの、恰好の入門篇というべき一作だ。余談ながら、本篇で名のみ登場する御茶ノ水署防犯課の「軒並みやつにタダ酒を飲まれて、つぶれた店もいくつかあると聞いた」とひどいことを言われている刑事は『しのびよる月』（一九九七年。集英社→集英社文庫）他の御茶ノ水警察シリーズに登場するあの人だろう。

続く「消えた頭文字」（初出：「小説すばる」一九九一年一月号）も、桂本弁護士から振られた依頼で始まる話だ。この桂本弁護士は「謀略のマジック」からのレギュラーメンバーで、敏腕法律家として活躍するだけではなく、時に無茶を言って岡坂を振り回す、コメディリリーフの役も務めることがある。このときの岡坂は長身の美女から血のつながっていない娘の居所捜しを頼まれるのだが、それが思わぬ事件へとつながっていく。

逢坂にはトリック創作や犯人当ての要素を重視する謎解き作家の一面があるが、これもそうした性格が前面に出た短篇である。なお、作中に登場する〈バライカ〉はかつて存在したロシア料理店で、御茶ノ水・神保町界隈（かいわい）の実在の店名が出てくるのも逢坂作品の楽しい点なのである。

「首」（初出：「オール讀物」一九九一年七月号）には「クリヴィッキー症候群」で初めて登場した明央大学精神医学教室教授・下村瑛子が顔を出す。岡坂の依頼人は柏原美千子という美女で、彼女がかかっている精神科の医師が、治療を口実にクライアントの秘密を聞き出し、ライバル企業に売りつけようとしているのではないか、という疑惑について相談されたのである。逢坂作品には『さまよえる脳髄』（一九八八年。新潮社→新潮文庫）など、脳の働きの不思議を題材としたものがあるが、これもその系譜に入る作品だ。

前出の「ハポン追跡」（初出：「小説現代」一九九一年十二月号）は花形理絵復帰作であり、それにふさわしく支倉常長一行の子孫が海外に現存するのではないか、という壮大な謎が提示される。歴史的な謎解きと見せかけておいて実は、という企み（たくら）が楽しい作品で、作家・逢坂剛の引き出しの多さを垣間（かいま）見せてくれる一篇である。続く「血の報酬」（初出：「オール讀物」一九九二年八月号）はがらりと趣きを変えたアクション篇で、要人暗殺と死の危機に瀕（ひん）している子供の救済という二つの問題に挟まれ、岡坂は身動きのとれない状態になる。その状況設定が巧（うま）く、短い枚数ながらタイムリミット・サスペンスの佳作として仕上がっている。さながらプログラム・ピクチャーとして撮られた犯罪映画のようであるが、そうした要素ももちろん逢坂剛を構成するものの一つなのだ。

以上、駆け足気味に本書と岡坂神策シリーズについてご紹介した。重厚なテーマが展開される長篇もいいが、本書のように一作ごとに作風や題材が異なり、ページをめくるたびにまったく違う物語が楽しめる短篇集にこそ、シリーズの凝縮された魅力が詰まっている。ミステリー短篇集の理想形といってもいいだろう。本書を手に取られた方が一人でも多く岡坂神策シリーズのファンになってくださることを心よりお祈りする。

本書は一九九五年十月、講談社文庫より刊行された『ハポン追跡』を改題、修正したものです。

緑の家の女

逢坂 剛

平成29年 2月25日　初版発行

発行者●郡司 聡

発行●株式会社KADOKAWA
〒102-8177　東京都千代田区富士見2-13-3
電話 0570-002-301（カスタマーサポート・ナビダイヤル）
受付時間 9:00～17:00（土日 祝日 年末年始を除く）
http://www.kadokawa.co.jp/

角川文庫 20198

印刷所●株式会社暁印刷　製本所●株式会社ビルディング・ブックセンター

表紙画●和田三造

ISBN978-4-04-104742-2　C0193

角川文庫発刊に際して

角川源義

第二次世界大戦の敗北は、軍事力の敗北であった以上に、私たちの若い文化力の敗退であった。私たちの文化が戦争に対して如何に無力であり、単なるあだ花に過ぎなかったかを、私たちは身を以て体験し痛感した。西洋近代文化の摂取にとって、明治以後八十年の歳月は決して短かすぎたとは言えない。にもかかわらず、近代文化の伝統を確立し、自由な批判と柔軟な良識に富む文化層として自らを形成することに私たちは失敗して来た。そしてこれは、各層への文化の普及滲透を任務とする出版人の責任でもあった。

一九四五年以来、私たちは再び振出しに戻り、第一歩から踏み出すことを余儀なくされた。これは大きな不幸ではあるが、反面、これまでの混沌・未熟・歪曲の中にあった我が国の文化に秩序と確たる基礎を齎らすためには絶好の機会でもある。角川書店は、このような祖国の文化的危機にあたり、微力をも顧みず再建の礎石たるべき抱負と決意とをもって出発したが、ここに創立以来の念願を果すべく角川文庫を発刊する。これまで刊行されたあらゆる全集叢書文庫類の長所と短所とを検討し、古今東西の不朽の典籍を、良心的編集のもとに、廉価に、そして書架にふさわしい美本として、多くのひとびとに提供しようとする。しかし私たちは徒らに百科全書的な知識のジレッタントを作ることを目的とせず、あくまで祖国の文化に秩序と再建への道を示し、この文庫を角川書店の栄ある事業として、今後永久に継続発展せしめ、学芸と教養との殿堂として大成せんことを期したい。多くの読書子の愛情ある忠言と支持とによって、この希望と抱負とを完遂せしめられんことを願う。

一九四九年五月三日

角川文庫ベストセラー

誇りをとりもどせ
アルバイト・アイ
大沢在昌

莫大な価値を持つ「あるもの」を巡り、右翼の大物、ネオナチ、モサドの奪い合いが勃発。争いに巻き込まれた隆は拷問に屈し、仲間を危険にさらしてしまう。死の恐怖を越え、自分を取り戻すことはできるのか？

最終兵器を追え
アルバイト・アイ
大沢在昌

伝説の武器商人モーリスの最後の商品、小型核兵器が行方不明に。都心に隠されたという核爆弾を探すために駆り出された冴木探偵事務所の隆と涼介は、東京に裁きの火を下そうとするテロリストと対決する！

生贄のマチ
特殊捜査班カルテット
大沢在昌

家族を何者かに惨殺された過去を持つタケルは、クチナワと名乗る車椅子の警視正からある極秘のチームに誘われ、組織の謀略渦巻くイベントに潜入する。孤独な潜入捜査班の葛藤と成長を描く、エンタメ巨編！

解放者
特殊捜査班カルテット2
大沢在昌

特殊捜査班が訪れた薬物依存症患者更生施設が、何者かに襲撃された。一方、警視正クチナワは若者を集めたゲリライベント「解放区」と、破壊工作を繰り返す一団に目をつける。捜査のうちに見えてきた黒幕とは？

十字架の王女
特殊捜査班カルテット3
大沢在昌

国際的組織を率いる藤堂と、暴力組織〝本社〟の銃撃戦に巻きこまれ、消息を絶ったカスミ。助からなかったのか、父の下で犯罪者として生きると決めたのか。行方を追う捜査班は、ある議定書の存在に行き着く。